山东文化体验廊道故事丛书·上编

胶东
红色文化故事

JIAODONG HONGSE
WENHUA GUSHI

总编纂　王志民

主　编　王晓鸽

山东文艺出版社

图书在版编目（CIP）数据

胶东红色文化故事 / 王晓鸽主编 . — 济南：山东文艺出版社，2023.9

（山东文化体验廊道故事丛书）

ISBN 978-7-5329-6907-4

Ⅰ. ①胶… Ⅱ. ①王… Ⅲ. ①革命故事—作品集—中国—当代 Ⅳ. ①I247.81

中国国家版本馆CIP数据核字（2023）第105869号

胶东红色文化故事

JIAODONG HONGSE WENHUA GUSHI

总编纂　王志民　　主编　王晓鸽

主管单位	山东出版传媒股份有限公司
出版发行	山东文艺出版社
社　　址	山东省济南市英雄山路189号
邮　　编	250002
网　　址	www.sdwypress.com

读者服务	0531-82098776（总编室）
	0531-82098775（市场营销部）
电子邮箱	sdwy@sdpress.com.cn

印　　刷	山东临沂新华印刷物流集团有限责任公司
开　　本	880 毫米 × 1230 毫米　1/32
印　　张	8.5
字　　数	182 千
版　　次	2023 年 9 月第 1 版
印　　次	2023 年 9 月第 1 次印刷
书　　号	ISBN 978-7-5329-6907-4
定　　价	59.00元

前　言

　　党的二十大报告明确提出："坚守中华文化立场，提炼展示中华文明的精神标识和文化精髓，加快构建中国话语和中国叙事体系，讲好中国故事、传播好中国声音，展现可信、可爱、可敬的中国形象。"习近平总书记在文化传承发展座谈会上深刻指出，要在新起点上继续推动文化繁荣、建设文化强国、建设中华民族现代文明。编纂出版《山东文化体验廊道故事丛书》（以下简称《丛书》）是深入学习贯彻党的二十大精神和习近平总书记重要指示精神，贯彻落实山东省委、省政府关于打造文化"两创"新标杆部署要求的重要举措，是立足山东文化资源优势，以沿黄河、沿大运河、沿齐长城、沿黄渤海和沿胶济铁路等文化体验廊道为轴线，以各市文化体验廊道建设为着力点，撷取历史文化精华的大型普及性学术工程，是在新的历史起点上讲好山东故事、坚定文化自信、推动文化繁荣、促进文旅结合的重点文化项目。

　　山东，古称"齐鲁之邦"，是中华文明最重要的发源地之一。奔流的黄河由山东入海，齐鲁大地是黄河文明的核心区域之一。巍峨屹立的泰山，自古以来就是历代帝王封禅之地，是中国东方上层文化的活动中心，1987年被联合国教科文组织列为中国第一个世界文化、自然双重遗产。黄渤海环绕的山东半岛是全国最大的半岛，漫长海岸线形成了丰厚的海洋文化资源，一直是中国北方海上丝绸之路的重要门户。山东又是伟大思想家、教育家孔子和孟子的故乡，是儒家文化的发源地，是中国人乃至全球华人、华裔心中的"圣地"。在被称为中华文明"轴心时代"的春秋战国时期，齐鲁是中华文明的"重心"所在：诸子百家，多出齐鲁；儒墨显学，独领风骚。齐国故都临淄，是当时最大的工商业都城，被国际足联命名为"足球起源地"；这里诞生了中国历史上最早的大学堂——稷下学宫，是诸子百家争鸣的学术文化中心；齐长城西起济水，东到大海，蜿蜒于泰沂山脉，全长一千余里，是现存最早的有准确遗迹可考、保存状况较好的古代长城；被列为世界文化遗产名录的京杭大运河，纵贯山东南北，极大影响了元明清以来山东地区的经济文化发展，鲁西沿岸城市带的崛起，成为中国南北文化交流融合的运河明珠，见证了山东地区社会文化的隆替嬗变。近代以来，随着烟台、青岛等沿海城市的崛起和胶济铁路的修筑，山东成为中西文化交流、冲突、碰撞、融合的核心地区之一，收回青岛主权成为"五四"爱国运动的导火索。革命战争年代，山东党政军民用生命和鲜血凝聚而成的"党群同心、军民情深、水乳交融、生死与共"的"沂蒙精神"，是齐鲁优秀文化、伟大建党精神与中国共产党领导的人民革命英雄主义精神的集中体现，是对山东境内沂蒙、胶东、渤海、鲁西（冀鲁豫边区）

等抗日革命根据地红色文化、革命精神的集中凝练和概括，与延安精神、井冈山精神、西柏坡精神等一起成为中国共产党人精神谱系的重要组成部分。齐鲁文化在中华文明发展中的特殊地位，山东地区源远流长、丰富厚重的文化资源，坚定文化自信和自觉的历史责任担当是我们举全省之力编纂《丛书》的内在动力。

《丛书》以国家文化公园建设为引领，以落实文化"两创"、推动"两个结合"为宗旨，以推动全省及各市文化建设为目标，是具有权威性、故事性、可读性、趣味性的历史故事集成，是一套可携带、可利用、可转化的文化读本。《丛书》分为上、下两编，上编16本，围绕"四廊一线"文化体验廊道、八大文化传承发展片区展开。"四廊一线"构筑的沿黄河、沿大运河、沿齐长城、沿黄渤海、沿胶济铁路的文化交通线纵横交错，相互联系又各具特色，其特点是以脍炙人口的故事形式联通"四廊一线"的人物事迹、重点景区、遗址遗迹等，厚植文化体验廊道的思想内涵和文化底蕴。八大文化传承发展片区，既涵盖了沂蒙、渤海、鲁西、胶东四大红色文化片区，又吸收了泰山文化、儒学文化、齐文化作为重要支撑，演奏出山东历史文化、革命文化、社会主义先进文化的时代交响。下编16本，紧紧围绕各地市优势和特色展开，主要记述本地区历史故事、文化遗址与人文景观、非物质文化遗产等内容，是推动文化廊道落地、推进片区文化建设、增强文化认同、深化文旅体验的重要载体。

《丛书》由山东省委常委、宣传部部长白玉刚统筹谋划和指导，省委宣传部专门组建学术编纂委员会负责具体实施，省直各有关部门和各市委宣传部给予大力支持配合，省内相关高校、研究机构和各市有关单位共 100 余位专家学者积极参与，历经酝酿策划、启动实施、提纲设计、样稿研讨、通稿审稿、编辑出版等六个阶段。2022 年以来，省委、省政府先后印发《关于打造中华优秀传统文化"两创"新标杆行动计划（2022—2025 年）》《关于建设文化体验廊道推动文旅融合高质量发展的实施计划（2023—2025 年）》，全方位挖掘展现山东人文沃土可以深度耕作的比较优势，为《丛书》编纂做好了思想、学术和组织准备。具体编纂过程中，省委宣传部专门印发《关于做好〈丛书〉编纂工作的指导意见》，统一思想认识，作出全面部署。编委会以线上线下形式，多次召开全体会议和分组专题会议，狠抓三个重要工作节点：**一是审定编撰提纲。**通过反复研讨、交流、修改、会审等形式逐一审定编写提纲，最大程度保证全书质量。**二是树立样稿典型。**集中力量撰写、反复研讨修改，确定分类样稿，做好典型导引。**三是全力做好通稿统审。**采用主编初审、各卷主编交流互审、学术专家主审、首席专家终审等层层把关、集中审查、反复修改的方式提高稿件质量。

回顾《丛书》编纂工作，始终注意把握好以下四个方面：**一是坚定文化自信。**通过挖掘历史资料、开发历史资源、恢复历史场景等形式，获取文化营养，坚定文化自信。**二是助推文化自觉。**通过传承弘扬优秀传统文化、红色文化、社会主义先进文化，深入挖掘历史先贤和革命先烈的伟大事迹，推动文化自觉，与培育践行社会主义核心价值观有机结合。**三是落实文化"两创"。精选真实历史故事，注重挖掘故事背后的文化内涵，推动齐鲁优秀传统文化在新时代创造性转化和创新性发展，推进文化自信自强。**四是服务文旅融合。**借助故事、景观、遗址、非遗讲解词、短视频等融媒体形式，让广大读者在区域文化旅游、廊道文化体验中感受中华文化的博大精深，增强民族自豪感和自信心。

在内容撰写上注重四个结合：**一是与廊道体验相结合。**突出廊道建设概念，以故事为纬线，以时代发展为轴线，通过富有魅力的故事讲述，展示历史人物、景观、史实，引领读者体验传统文化的恢宏气势和博大精深。**二是与景观建设相结合。**以真实动人的故事为景观建设提供重要的历史资源和文化依据，通过一个个精品景观建设展示历史故事的丰富内涵和当代价值。**三是与文物保护相结合。**通过讲述历史故事，让广大读者进一步了解相关文物、遗址的历史文化价值，提升文物保护意识，推动群众性文物保护工作再上新台阶。**四是与媒体利用相结合。**立足于故事转化，使故事成为各类媒体传播的重要基础、蓝本和素材，成为廊道文化、片区文化讲解、传播的重要学术依据和资料来源。

《丛书》的编纂出版，是普及、传播优秀传统文化，推动文化"两创"的新尝试。衷心希望广大读者通过阅读本书，吸收丰富文化营养，多提宝贵修改意见。

编者

2023 年 8 月

导　语

　　胶东自古以来就以物华天宝、人杰地灵而闻名。秦始皇三次东巡到胶东，留下"之罘刻石"；唐朝时的登州（今烟台蓬莱区）已成为海上"丝绸之路"的起点；明朝著名抗倭将领戚继光曾在家乡登州立志"封侯非我意，但愿海波平"……1919年的五四运动，使胶东地区接受了马克思主义的洗礼，革命斗争蓬勃发展，红色文化应运而生；新民主主义革命时期，胶东人民创造的革命历史波澜壮阔，传承的红色基因生生不息；新中国成立后，胶东各地的经济社会事业不断谱写新的篇章……这都离不开胶东红色文化的滋润涵养和激励鼓舞。

　　党的创建和大革命时期，革命的种子开始在胶东萌发。20世纪20年代，烟台、青岛、潍县等地开始传播马克思主义，发展团员、党员，创建青年团和共产党组织。1921年，中国共产党成立后不久，中共中央就派邓中夏来到烟台开展党团活动。10月，烟台海军学校学生郭寿生加入中国社会主义青年团，成为山东第一位青年团团员。1923年春，党的一大代表邓恩铭来到青岛筹建党团组织，开展工人运动，不久就建立了胶东最早的共产党组织——中共青岛组。1926年6月，庄龙甲主持成立了中共潍县地方执行委员会，这是山东第一个中共县级党组织。

土地革命战争时期，胶东各地农民暴动风起云涌。1933年3月，中共胶东特委在牟平县北刘伶庄村成立，领导莱阳、海阳、牟平、招远、文登、荣成、栖霞、掖县（今烟台莱州市）等县的党组织。从此，胶东地区有了党的统一领导机构。1935年11月，文登、荣成、海阳、牟平等地爆发的"一一·四"农民武装暴动，是土地革命战争时期中国共产党在胶东地区领导的规模最大的武装斗争。这次暴动中诞生的中国工农红军胶东游击队，是中国北方沿海地区和山东省内唯一一支坚持到抗战全面爆发的红军队伍，是山东党组织在严酷环境中红旗不倒的重要标志。

全面抗战时期，中国共产党成为胶东抗战的中流砥柱。1937年12月24日，胶东特委发动了天福山抗日武装起义，成立了胶东地区第一支共产党领导的抗日队伍——山东人民抗日救国军第三军（简称"三军"），揭开了胶东人民武装抗日的序幕。1938年2月13日，三军首战牟平城后，与日军驻烟海军陆战队在牟平雷神庙展开激战，打响了胶东武装抗战第一枪。3月8日，掖县党组织领导了玉皇顶起义，成立了胶东最壮大的抗日队伍——胶东游击队第三支队（简称"三支队"），随后成立的掖县抗日民主政府是山东第一个县级抗日民主政府。三支队在掖县创建北海银行，发行北海币，逐渐成为山东根据地的主要货币。北海银行在1948年12月与华北银行、西北农民银行合并为中国人民银行。1938 年 8 月，胶东北海区行政督察专员公署在黄县（今烟台龙口市）成立，这是山东第一个专区级的抗日民主政府，标志着胶东第一个抗日根据地——蓬黄掖抗日根据地基本形成。

1938 年 12 月，胶东区第一次党员代表大会在掖县葛城村召开，选举产生了中共胶东区委。胶东区委先后驻掖县、黄县、海阳、乳山、莱阳等地，辖东海、北海、南海、西海四个海区。1941 年 2 月，胶东区行政联合办事处在栖霞县成立，这是党的历史上胶东区行政建制的开端。4 月 23 日，山东省战时工作推行委员会在《关于全省行政区域划分的决定》中明确规定："胶东区范围以潍县（全县在内）、高密（全县在内）、安丘之西门口（在内）以北及胶县之张哥塞（在内）、曹文（在内）两地以北为界，上属各点迤东与东北各县均属之。"这之后，随着革命形势的变化，胶东区范围虽有些许变更，但主要区域没有变化。

1942 年 7 月 1 日，胶东军区在海阳县朱吴镇成立，统一了胶东区内的主力部队、地方武装和人民抗日武装的领导与指挥。胶东党组织带领胶东人民发扬爱国奉献、创新创造的精神，在招远县等地筹集十三万两黄金密运延安，支援全国抗日战争；在海阳县开展全民地雷战，打得日本侵略者魂飞魄散；在牙前县（今烟台栖霞市、海阳市、牟平区，威海乳山市一带）进行改革试验，努力建设新民主主义的新胶东……胶东军民在中国共产党的领导下，同仇敌忾，英勇奋战，打垮了国民党顽固派的"抗八联军"，粉碎了日、伪军对抗日根据地的"拉网合围"。

由此，胶东抗日根据地成为革命政权稳固、经济实力雄厚、教育文化繁荣的模范根据地。

1944年3月，胶东军区所属各部队对日、伪军展开春季攻势，8月，发动了更大规模的秋季攻势。1945年8月，胶东军区部队被编为山东省第三路大军，向胶济铁路潍县以东和胶东半岛沿海各城市的日、伪军展开全面反攻。激战一个月后，取得了抗日战争的最终胜利。

解放战争时期，胶东重要海港城市烟台、威海的解放，为中国共产党夺取、接管、治理港口城市和开展民主政治、外交斗争、经济建设积累了成功经验。1945年10月，美国军舰威逼烟台、威海沿海，并提出在烟台登陆的无理要求。胶东区委在党中央正确方针指引下，依靠广大群众同美军进行了针锋相对的斗争，以和平方式阻止美军登陆，成为中国近现代外交史上的重大胜利。同月，胶东区委、胶东军区根据党中央和山东分局的指示，抽调十个整团的兵力，分批渡海北上，开赴东北战场，并派出三千余名干部支援东北人民的解放事业。1945年12月，中共中央华东局（简称"华东局"）成立，胶东区委隶属华东局，辖东海、北海、西海、南海四个地委和烟台市、威海卫市两个市委。1946年7月，华东局决定将滨北地委划归胶东区委领导。1948年，胶东区行政区划图显示，含潍县、高密、诸城、莒县、五莲等县在内的以东、以北各地均属胶东区范围。至新中国成立，胶东区共辖五个专区、两个直属市、四十个县、三个县级市、两个县级特区和一个县级办事处。

全面内战爆发后，胶东地区是国民党军队重点进攻的地区之一。国民党军队为实现打通胶济线的企图，集中了五个军约十万人的兵力向胶东解放区进犯。胶东区委、胶东军区带领全区军民组织了胶县、高密、即墨、掖县粉子山等战役，给了国民党军队以沉重打击。1947年8月，蒋介石亲抵青岛部署进攻计划，纠集了六个整编师的兵力，向胶东解放区发动了重点进攻。9月，国民党军队侵占烟台市，胶东区委紧急动员全区军民为保卫胶东解放区而战斗。在取得平度、招远道头战役重大胜利后，又突破敌人在高密朱阳地区的重围，发动了胶河战役。10月4日，胶东子弟兵收复掖县县城，毛泽东听闻后代表中共中央发来电报，指出："庆祝你们收复掖县及歼灭敌人数部的重大胜利。自从你们转入反攻后，我军业已无例外地全面转入反攻。敌人已没有任何一处再能进攻。"1949年8月，长山列岛全部岛屿解放。至此，山东全境解放。

1950年5月1日，山东分局（1949年3月下旬成立）发布《关于取消区党委与行政公署一级机关及调整各地委、专署区的决定》，指出，在抗日战争及解放战争时期，"在建设与巩固各地党的组织及人民民主政权，发动与组织广大群众进行减租减息、土地改革、生产运动、参军、支前及武装自卫等斗争中，各区党委、行署独当一面，把党的路线、政策、方针变为群众的行动，与群众建立了深厚的感情，取得了充分的联系，因而争取了山东抗日战争及人民解放战争的胜利"。此后，胶东区所属各地调整为文登、莱阳、胶州三个专区。

在战火纷飞的艰难岁月，英勇的胶东儿女为了民族独立和人民解放，义无反顾奔赴战场，慷慨就义，为国捐躯。先后有二百八十万人次踊跃支前，五十万人参军入伍。从胶东走出去的子弟兵先后组建起第四十一军、第二十七军、第三十一军、第三十二军四个军，有名有姓的烈士达7.6万人。理琪、任常伦、陆升勋及马石山十勇士等入选全国第一批著名抗日英烈和英雄群体名录。在2009年国家评选出的"100位为新中国成立作出突出贡献的英雄模范人物"中，来自胶东的占到了1/10。胶东军民创办的九处兵工厂是抗战中"山东军工的主力"、解放战争中"华东军工的主要部分"。1949年9月，胶东共产党员占到胶东总人口的2.87%，远远高于山东1.66%和全国0.83%的统计数据。

党的历史是最生动、最有说服力的教科书。深受红色文化的熏陶，胶东人民养成了质朴敦厚、勤劳勇敢、甘于奉献的优秀品格。胶东各地经济社会发展的实践充分证明，在新时代唱响红色文化主旋律，是牢记历史、珍爱和平的必然要求，是凝心聚力、团结奋斗的精神纽带，是保持生机、创新发展的强大引擎。

目　录

1

一

播撒火种　迎接黎明

"春风浩荡战鼓急，百舸争流自当先。"敢为人先，勇立潮头，是胶东人民自古以来的优秀品质。十月革命一声炮响，给中国送来了马克思主义。进步的精神和思想吹拂着胶东大地，让胶东人民看到了希望的曙光，唤醒了劳苦大众尘封已久的斗争决心。以王尽美、郭寿生等为代表的胶东先进青年知识分子敏锐察觉到新思想的进步，如饥似渴地学习马克思主义，身体力行地践行马克思主义者的信仰。一个个年轻的生命不畏艰辛，不惧迫害，马克思主义的点点星火在胶东大地渐成燎原之势，共产党组织也逐步建立起来。

（一）红色火种

信仰之火一经点燃，就永远不会熄灭。胶东早期"播火者"用信仰之火照亮胶东革命之路，不断播撒马克思主义思想的种子，团结发展革命同志，发动工人运动。哪怕"上无片瓦，下无寸土"，也要"把我四万万同胞的腐败脑筋洗刷净尽，更换上光明纯洁的思想"。宁愿以身犯险，也要秘密调查，向中共中央报送万余字的《最近烟台报告》。青岛三次同盟大罢工虽败犹荣，让世人看到了"咱们工人有力量"。这生生不息的红色火种，为暗夜之下的胶东迎来光明和希望。

1. 王尽美在家乡的革命活动

1919年，许多爱国青年经过五四运动的斗争洗礼，开阔了眼界，增长了见识，在斗争中不断成长，成为无产阶级先锋战士，为革命事业做出了卓越贡献。王尽美，就是其中的杰出代表。

王尽美，原名王瑞俊，家乡在山东诸城枳沟镇大北杏村（时属莒县）。他家有三间土坯房，屋顶以草铺就，门框低矮，进门时身高一米六以上的人都需要弯腰，屋内共有两盘矮土炕。1898年6月14日，王尽美在这里出生，并在这里度过了二十个春秋。然而作为佃农，这样三间房子也是从地主家借来的。可以说，王尽美家"上无片瓦，下无寸土"，十分贫寒。

1918年春末夏初的一个早晨，王尽美抱着"把我四万万同胞的腐败脑筋洗刷净尽，更换上光明纯洁的思想"的目的，离开家乡，到济南求学，考入了山东省立第一师范北园分校（简称"一师北园分校"）。五四运动爆发后，正处在深深疑虑、徘徊彷徨之中的王尽美心胸豁然开朗。他开始意识到，处在这样的历史条件下，整个国家民族的命运都操控在帝国主义列强和封建军阀政客手中；埋头读书，不问政治，对救国救民是无益的，这绝不是热血青年的选择；自己应该投身于反帝反封建斗争的行列，走出课堂，奔向社会，去斗争，去奋战。于是，他义无反顾地投入轰轰烈烈的五四运动，并被推选为一师北园分校的代表，组织罢课，带领同学们参加集会、游行，并联络济南其他学校的学生建立反日爱国组织，开展街头宣传活动。他雄辩的口才和激昂的演讲，深深地感染着同学和群众，激发了他们强烈的反帝爱国热情。

五四运动在济南形成高潮以后，王尽美响应济南学联发出的"外籍学生回各县开展运动"的号召，于1919年暑假跟几个学生骨干满怀反帝爱国的激情和坚持斗争的信念，一起回到了家乡。当时，五四运动早就在诸城各地轰轰烈烈地展开，邱纪明和王翔千是诸城师生进步活动的发起人和组织者。王尽美等人的到来，受到了诸城学联的热烈欢迎。他了解了诸城开展运动的情况后，向大家介绍了济南和北京开展运动的盛况，明确指出学生运动必须跟农、工、商群众相结合，反帝爱国斗争必须跟新文化运动相结合。

在王尽美等人的策划下，诸城城关各校学生在县城西河滩召开反日救国大会，号召反对卖国条约，提倡国货，保全领土。在学生们的宣传影响下，商店关了门，工人、店员和其他进步人士都去参加了大会，与会者达数千人。会上，王尽美首先上台讲话。他愤怒地控诉了帝国主义列强的侵略和北洋军阀政府的卖国罪行，讲述了济南和全国的斗争形势，号召全县学生罢课、商人罢市，齐心抵制日货，并要求拒绝在《巴黎和约》上签字。这次大会，群情激昂，场面悲壮。县立高小学生王伯年当场啮指血书"宁死不当亡国奴"七个大字，把大会推向了高潮。会后，举行了声势浩大的游行示威。学生们的爱国热情深深感动了各界人士，县城大小商号店铺纷纷关门停业，人民群众纷纷加入学生游行队伍，壮大了声势。当时参加大会的老同盟会会员、诗人孟超写诗赞道："望断桑榆泪眼枯，血书七字胜兵符。中华自有真男子，宁死不当亡国奴！"在这次大会的推动下，诸城反帝爱国斗争的烈火由县城蔓延到乡村各大集镇，出现了蓬勃发展的燎原之势。

为了广泛发动群众，王尽美指导诸城城里部分教师和高年级学生编写了一些易懂、易记、易唱的演唱材料，如《国耻记》《救国五更》《高跷段》等。他还亲自动笔，利用《长江歌》的曲调，填上新词，并亲自教群众演唱："看看看，滔天大祸，飞来到身边——日本强盗似狼贪，硬立民政官！此耻不能甘，山东又要似朝鲜！嗟我祖国，攘我主权，破我好河山。听听听，山东父老，同胞忿怒声，送我代表赴北京，质问大总统！反对卖国廿一条，保护我山东，堂堂中华，炎黄裔胄，主权最神圣。"这首歌曲思想鲜明、通俗易懂、节奏铿锵有力，把国要破的国情和民不甘的民情生动地表达了出来，老百姓喜欢听，乐意唱，因此流传很广，影响很大。

为了把斗争持续深入地开展下去，王尽美在城里跟学联的同学们研究了下一步打算，安排好工作后，又徒步四十里赶到积沟。看到离别一年的家乡依然如旧，王尽美心里十分惆怅。他顾不上回大北杏村老家看望祖母、母亲、妻子和襁褓中的儿子，而是先来到他的母校积沟高小与老师、同学们见面，和他们促膝长谈。王尽美首先赞扬了同学们参加五四运动的爱国热情，同时向大家提出了一个更深刻的问题：如何把运动坚持下去，达到救亡图存的目的。在王尽美的启发引导下，同学们对面临的境况进行了热烈的讨论和分析。大家很快统一了认识，"抵制日货""禁止出口"很快变成了他们的实际行动。他们组织"十人团"（十个人为一组），在通往青岛的大道口盘查日货，阻止商人和牛贩子把农畜产品运往青岛出卖以资敌。

这期间，王尽美参加了枳沟高小的宣传队，到枳沟大集进行演讲。在他的宣传发动下，农民也纷纷行动起来，他们考虑到学生年龄小，怕深夜盘查商贩出危险，也自动组织起"十人团"配合学生行动。有的农民还重新用土法纺纱织布，以抵制日本的洋纱洋布。对于农民的觉醒，王尽美深感喜悦，他给农民作了一首歌谣以示鼓励："穷汉白劳动，财主寄生虫。人穷并非命，世道太不公。农民擦亮眼，革命天才明。"诸城的爱国运动持续高涨，王尽美把这里的做法和经验写成材料汇报给济南学联，并用传单形式在诸城县和周边县散发，把革命的火种播撒到更远的地方，有力地推动了五四运动在山东的开展。

王尽美在诸城开展的爱国运动进一步激起了家乡人民反帝爱国的斗志，使诸城人民的斗争觉悟不断提高，为后来中共诸城地方党组织的建立和发展奠定了思想基础。王尽美也在反帝反封建的实际斗争中，不断砥砺自己的学行，一步步地成长起来，开始接受马克思主义，并由激进的民主主义者转变为坚定的马克思主义者。

2. 烟台第一位共产党员郭寿生

1916年的冬天，一艘来自上海的客轮缓缓驶入烟台港。经过几天的海上颠簸，大部分乘客都疲惫不堪。一群十六七岁的青年却激动不已，在甲板上兴奋新奇地张望着这座北方海军要塞。他们就是北洋政府海军部在全国遴选的海军学员，即将进入烟台海军学校。

郭寿生

烟台海军学校位于胶东半岛北部的烟台金沟寨，其历史可以追溯到1903年清朝筹建的海军学堂。1913年成为北洋政府的海军学校，1928年并入福州马尾海军学校。烟台海军学校从建立到撤并，经历了清王朝的腐朽没落和军阀统治的黑暗禁锢。然而这座全国招生的海军学校并没有因此沉沦，却因汇聚了各地优秀青年而在烟台马克思主义的传播和党团组织的建立上起到了敢为人先的关键作用。1916年入学的郭寿生和李之龙正是学生中的杰出代表。

到达烟台后，新鲜感逐渐消退，郭寿生等人发现了学校中的一些教育弊端。比如，教材陈旧，教学刻板，学生甚至不能出校门和外界接触。这使郭寿生这样的热血青年十分苦闷，但为了完成学业也只好默默忍受着。三年后，五四运动的爆发使郭寿生等海军学校学生提高了反帝反封建的觉悟，促进了他们对改造中国落后现状问题的反思和探索。1920年，他们在学校里秘密组织了读书会，开始研究马克思《资本论》入门、社会主义理论和苏联革命史实。郭寿生尤其爱读《新青年》杂志，他的思想进步受《新青年》影响很大。正好在这一年3月，北京大学的李大钊发起成立了马克思学说研究会，郭寿生、李之龙了解到这个情况后，便通过书信方式申请加入，最终成为通讯会员。

1921年6月，李之龙因不满海军当局克扣薪饷、压迫学生，鼓动校工停工和水兵罢航，结果被开除学籍。7月，李之龙来到上海，偶然中结识了参加中共一大的代表董必武、陈潭秋、李汉俊等人，并向他们介绍了烟台海军学校学生与军阀统治黑暗教育进行斗争的情况，特别提到具有强烈革命愿望和马克思主义信仰的郭寿生。烟台海军学校进步学生在五四运动后对马克思主义的学习和传播，以及在反抗军阀统治中表现出来的坚定性与革命性，引起了创立不久的中国共产党的特别关注。

1921年夏秋之交，中共中央根据李之龙的介绍，派邓中夏专程来到烟台海军学校，秘密找到郭寿生了解情况。当时著名的工人运动领袖王荷波也曾来到烟台，与郭寿生见面会谈。经过了解考察，当年10月，邓中夏等人介绍郭寿生加入中国社会主义青年团，并指定他负责烟台海军学校团组织的发展工作。郭寿生由此成为山东省第一位青年团团员。郭寿生入团后，很快在烟台海军学校秘密组织起马克思主义研究小组，通过阅读讨论马克思主义著作，宣传马克思主义，唤起青年学生的革命热情，扩大团组织的影响力。

王荷波曾将自己与郭寿生联系的情况向他的上级罗章龙汇报过，再加上罗章龙是北大马克思学说研究会的创始会员，和郭寿生多少有点联系，所以罗章龙记住了烟台海军学校郭寿生这个名字。1922年的春天，罗章龙以中共北方区委组织委员的身份从青岛来到烟台，秘密找到了郭寿生，向他了解有关马克思学说研究会、社会主义青年团等方面的问题，并向他提出要注意根据烟台当地的实际情况开展工作，还要建立经常性向中央请示报告制度的要求。

1922年夏，郭寿生在烟台海军学校学习期满，被派往南京鱼雷枪炮学校学习。在南京学习期间，他频繁往返于上海和南京两地，经常与陈独秀、瞿秋白、邓中夏、恽代英、王荷波等人接触，汇报交流党团工作。1923年春，经王荷波、恽代英介绍，郭寿生由中国社会主义青年团团员转为中国共产党党员，成为烟台第一位共产党员，并于当年冬天乘船返回烟台，继续在烟台海军学校学习。

回到烟台海军学校后，郭寿生认为，先用文字来宣传"新海军运动"可以吸引更多志同道合的同志关注海军革新，进而参与革新运动。所以，他决定发行一种专刊，定名为《新海军》月刊，并自任主编。实际上，他是想办成一份中国共产党对海军进行宣传的刊物。1923年底，《新海军》创刊号由中国共产党开设的上海书店印刷发行，并向全国代售。可是不久，这本刊物就因为批判军阀海军的黑暗教育制度，引起了北洋政府海军部和烟台海军学校校方的疑忌，被列入违禁品，勒令停刊。

《新海军》月刊的停办使有志海军青年非常失望。于是，郭寿生就联合曾万里等同学讨论变换斗争方式，决定在学校中秘密成立"新海军社"，并将其作为社会主义青年团的外围组织。"新海军社"成立后，有许多同学踊跃参加。郭寿生做出规定，凡是"新海军社"成员，只要信仰共产主义并且愿意参加海军革命工作，就介绍其加入中国社会主义青年团。他先介绍曾万里、韩廷杰等同学入团，然后成立了马克思主义研究会，组织新团员阅读进步书刊，深入学习马克思主义，进一步扩大了社会主义青年团的影响；此后又介绍了叶守桢、林祥光等多名同学入团。随着团员队伍的壮大，1923年底，郭寿生在烟台海军学校建立了团支部。

1924年2月，根据陈独秀的要求和王荷波的来信，郭寿生独自秘密调查了烟台人民、军政、教育、工业、新闻、商业、农业、宗教、社会、外交十个方面的情况，完成了一份万余字的报告——《最近烟台报告》。中共中央对这份调查报告十分重视，于当年5月以《烟台调查》为题，将其作为典型材料在中共中央机关报《向导》周报上分四期全文刊发。

1924年在烟台党的历史上是重要的一年。这一年，郭寿生介绍烟台海军学校同学曾万里、叶守桢加入中国共产党；这一年，烟台海军学校成立了直属中共中央领导的中共烟台组。当时，郭寿生二十三岁，曾万里二十二岁……正是这些具有马克思主义信念的烟台先进青年，建立了烟台最早的中国共产党组织。

3. 风起云涌的青岛工人运动

1897 年至 1922 年间,青岛先后被德国和日本侵占。德、日两国为了掠夺资源,建码头,修铁路,开办了大量工厂企业,青岛的工人阶级队伍也随之形成和壮大。至 1922 年底,青岛工人总数已达 4.9 万人,其中产业工人约两万人,成为青岛工人阶级的核心力量。

1923 年,邓恩铭受济南党组织派遣,来到青岛筹建党团组织,开展工人运动。在青岛,邓恩铭利用《胶澳日报》副刊编辑的职务之便,开始在进步青年和工人群众中有计划地宣传马克思主义。这为尽快在青岛建立地方党组织、开展革命工作,奠定了思想基础。8 月(另一说为 1924 年 5 月),邓恩铭同共产党员王象午建立了中共青岛组,这是胶东党史上第一个中共组织。1923 年底,王尽美和邓恩铭一起介绍公立青岛国民小学教员延伯真加入中国共产党。随后,四方机厂工人郭恒祥、

1925 年 2 月,青岛四方机厂工人庆祝大罢工胜利,全体合影

工人骨干傅书堂等相继入党，使青岛党的组织不断发展壮大。

青岛党组织建立后，开展工人运动成为工作的重中之重。1924年，青岛爆发了人力车夫罢工、日资钟渊纱厂工人罢工、胶澳商埠电话局司机生罢工，都取得了胜利。1925年的四方机厂工人大罢工则预示着青岛工人运动走向高潮。

1925年初，胶济铁路管理局发生了派系内讧，导致胶济铁路全线员工大罢工。为争取工人利益，青岛党组织和正在青岛巡视工作的中共山东地方执行委员会书记王尽美研究决定：利用统治阶级的内部矛盾，发动四方机厂工人大罢工，以打击胶济铁路当局，改善工人的政治、经济地位，展示工人的力量。

2月初，邓恩铭在四方私立小学召开会议，四方机厂二十余名工人积极分子参加。会议决定利用胶济路局两派争权夺利的有利时机，发动四方机厂工人参加罢工，以达到公开成立工会的目的，并派傅书堂等五人为代表与路局谈判。在随后的谈判中，代表们提出的五项条件均遭拒绝。当傅书堂向王尽美、邓恩铭汇报这一情况时，王尽美说："我们和他们合作本是一种手段，谈判破裂很好，说明我们工人自己有充分的力量。"党组织决定继续进行罢工的准备工作。

2月8日，胶济铁路全线员工举行大罢工。铁路工人用枕木钢轨封锁铁路线，司机熄灭了机车内的炉火，各段各站的工人一律停止工作，未开出的货车客车一律不许开出，已开出的在午夜12时一律停止，不再开动。整条胶济线全线瘫痪。

罢工坚持到第七天，路局派警务处处长带领一队荷枪实弹的路警到厂施压。警务处处长蛮横地说："停工就是罢工，罢工就有罪。"当场命令卫兵拔枪对准工人进行恫吓。共青团员伦克忠挺身而出，理直气壮地反驳道："罢工有罪？铁路带头罢工的处长有没有罪？"警务处处长自觉理亏，带着路警灰溜溜地走了。罢工第九天，路局终于答应工人提出的部分条件。党组织根据实际情况，指出：不能要求一次斗争解决一切问题，要适可而止，只要同意条件的 60%，就是胜利。四方机厂工会根据党组织的意见，决定复工。2 月 18 日，四方机厂全体工人召开大会，庆祝罢工胜利，全厂一千五百余名工人参加了工会。在四方机厂工会的基础上，胶济铁路总工会宣告成立。

四方机厂工人大罢工的胜利和胶济铁路总工会的成立，在中国工人运动史上占有重要一页。四方机厂工人大罢工不仅振奋了本厂工人的斗志，也使青岛其他行业的工人深受鼓舞，特别是极大地鼓舞了仅一墙之隔的日本大康纱厂（新中国成立后改为青岛国棉一厂）的兄弟姐妹们为争取生存权利而斗争的信心。青岛党组织因势利导，发动日商纱厂工人举行了三次大罢工，掀起党领导下的青岛工人运动的第一次高潮。

1925 年 3 月下旬，青岛各纱厂工会已经初具规模，其中大康纱厂工会会员达八百余人。对此，日本厂主早有察觉，派人秘密监视，伺机进行破坏。4 月中旬的一天，趁工人上班之际，大康厂主勾结警察厅非法搜查工人宿舍，抄走工会文件和会员名册，逮捕三名工会积极分子。日本厂主的这种践踏人权的强盗行径引起工人的强烈不满。4 月 19 日深夜，大康纱厂五千余名工人在中共青岛支部的领导下举行罢工。

大康纱厂工人罢工得到全市工人阶级的积极支持。当天，四方机厂一千四百余名工人开始怠工以示声援。与此同时，青岛各大纱厂相继行动。内外棉、隆兴、钟渊等日商纱厂也加入罢工的行列。至 4 月底，日本在青岛的六大纱厂二十余万枚纱锭全部停止了运转，所有日商纱厂、丝厂近两万工人都参加了同盟大罢工。青岛日商纱厂工人实现第一次同盟大罢工。中共山东地方执行委员会主要领导成员王尽美等都来到青岛领导罢工。罢工持续了半个多月，日本资本家经济损失巨大。5 月 9 日，罢工工人代表向日本厂主提出九项复工条件，日本厂主签字同意。5 月 10 日晚 10 时，各大纱厂复工。

5 月中旬，中华全国总工会副委员长刘少奇到青岛指导工人运动。在了解了纱厂工人的生产生活和大罢工的经过后，刘少奇指出：要最大限度地把工人组织起来，成立工会，为工人的利益做斗争。

然而，5 月 10 日工人复工后，日本厂主首先发难，不履行已签字同意的九项条件，强行开除了五十余名工会代表，并伺机破坏工会组织。5 月 25 日，胶澳当局派军警到大康等三家纱厂强行摘除工会的牌子，被工人成功阻止。这让日本厂主大怒，以关厂威胁工人，引发了第二次同盟大罢工。日本厂主通过日本政府，要求北洋军阀政府及胶澳当局从速镇压罢工。胶澳督办温树德根据北京政府和山东督办张宗昌的命令，立即制订了屠杀工人的计划，并下令"以严厉之手段，做最后之解决"。28 日晚，温树德调集两千余军警，包围了大康等三家纱厂及工人宿舍。29 日晨，在内外棉纱厂，军警根据温树德"打死人不要紧"的命令，悍然向工人开枪。一时间，枪声大作，死伤遍地。一些卑劣的日本人竟站在楼上向工人开枪，致使工人躲避不及，中弹倒地。当场有八名工人死亡，十七名工人重伤，轻伤无数，史称青岛惨案。随后，七十五名工运骨干被捕，三千多工人被押解回原籍。此外，被日本人暗杀、活活抛入海中或闷死在地沟的工人不计其数。第二次同盟大罢工失败。

此后，日本厂主勾结胶澳当局，加紧迫害工人。日本厂主的暴行，再次激起工人的愤怒，大康纱厂工人遂联合内外棉纱厂、隆兴纱厂工人于7月23日举行了第三次同盟大罢工。日本厂主通过日本政府向中国政府施加压力，要求再次派兵镇压罢工。

7月25日，收受日本资本家和亲日派商贾巨额贿赂的张宗昌决定大开杀戒。26日，张宗昌令大批军警包围了四方机厂厂房和工人宿舍，捣毁了四方机厂和各纱厂的工会，破坏了中共四方支部。与此同时，地方当局还在全市疯狂搜捕在运动中"闹事"的工人、学生。仅26日和27日两天内，就有数十人被捕，近百人受通缉，六百余人被迫逃广，八千余名纱厂工人完全失去自由。日商纱厂工人第三次同盟大罢工失败，工人被迫含泪复工。青岛工人运动由此走向低潮。

青岛日商纱厂三次同盟大罢工历时一百天，在中国工运史上写下了壮烈的一章。7月29日，敌人将中共四方支部书记李慰农秘密杀害。噩耗传到上海时，中共中央正在召开执委扩大会议，总书记陈独秀提议暂停会议，为烈士致哀。会议还决定，广泛搜集李慰农烈士的事迹，编成宣传材料，号召全党学习。噩耗传到烈士家乡，李慰农年迈的母亲至死不信。她拿着儿子写的家书，经常站在村头，面朝北方，遥望天际，盼望儿子能够归来……

（二）革命先驱

多少革命先驱、仁人志士，为了党的事业，为了革命理想，或英勇斗争、舍生取义，或毁家纾难、公而忘私，留下了一座座精神丰碑。他们的事迹，无不诠释着"坚持真理、坚守理想，践行初心、担当使命，不怕牺牲、英勇斗争，对党忠诚、不负人民"的伟大建党精神。中国共产党和中国人民始终坚信：要革命就会有牺牲，但只要勇敢斗争、不懈奋斗，我们就一定能赢得胜利，就一定能让人民过上幸福的生活！

1. 红色革命一家人

1925 年 7 月 28 日夜，从青岛西行的列车风驰电掣。列车上坐着一位青年，他神情严肃，心事重重，一会儿扫视着周围的乘客，一会儿透过车窗凝视着夜幕下的青岛。他就是中共四方支部干事、胶济铁路总工会副委员长傅书堂。

傅书堂，1905 年生于高密北关一个贫寒的家庭，十五岁考入青岛四方机厂艺徒养成所当学徒工。1924 年，在邓恩铭、孙秀峰的介绍下，加入中国共产党，成为高密最早的党员，也是青岛为数不多的早期党员之一。在青岛，傅书堂参与组织多次罢工斗争，极大地鼓舞了全市人民反帝反封建的斗争热情。这些斗争让青岛当局惊恐万分，他们勾结日本商人，对傅书堂等六十余人伸出毒手，傅书堂不得不回到高密的家中隐蔽。

车轮滚滚，一路向西。傅书堂很是疲倦，但毫无睡意，半闭着眼睛，陷入了沉思。回想起与自己风雨同舟的工友惨遭杀害，他悲恸不已，暗下决心：烈士的血不能白流，必须与敌人斗争到底。而今青岛已无立足之地，高密却有广阔的活动空间。家乡人民富有革命传统，孙文抗德、小刀会劫富济贫等反帝反封建的斗争此起彼伏，从未中断；马克思列宁主义开始广泛传播，红色工会也已成立；铁路工人参加过大罢工，有较高的政治觉悟……应该在家乡打开新的局面。

一声汽笛打断了他的沉思，高密火车站到了。荷枪实弹的敌人坐着铁甲车从傅书堂的面前呼啸而过，震耳欲聋。

第二天，天刚蒙蒙亮，傅书堂顾不上舟车劳顿，立即化装来到高密火车站。见到工友，他异常激动，迫不及待地向他们介绍了青岛如火如荼的工人运动情况，并教育他们说："工人要生存，要有出路，必须结为团体，和帝国主义走狗们斗争！"工人们听后热血沸腾，一致表示要同生死、共患难，一起干到底。不久，尚鲁民、程云祥等工人在傅书堂的介绍下加入了中国共产党。

8月的一天，烈日炎炎。高密县城北关村傅书堂家几间破旧的茅草屋窗户紧闭，大门紧锁，几名衣着破旧的党员同志陆续来到这里秘密召开会议。在这次会议上，中共高密城市支部诞生了，傅书堂任书记，这是高密的第一个党组织。党员们非常激动，他们坚信一群人由于共同的信仰而凝聚在一起，为真理而战，为人民而战，必将取得胜利。

星星之火，可以燎原。随后，中共高密火车站支部，中共栾家庄、小王家庄等党支部纷纷建立，党员发展到数十人。1926年秋，同样是在那几间不起眼的茅草屋里，傅书堂慷慨激昂，宣布中共高密地方执行委员会建立，他任书记。这是高密的第一个县级党组织。

为掩人耳目，党的很多工作是秘密开展的，老百姓对共产党还不了解。傅书堂决定迅速扩大党的宣传，每逢深夜，油灯如豆，他便堵好门窗，伏案刻板，油印标语、传单。没有经费，党员们有的把种的地卖了，有的捡煤核卖钱作宣传费；没有工具，傅书堂用钢板作刻板，用唱针作笔，用橡皮作胶辊，自制油印工具。每逢大集前一天夜里，党员就把标语贴在人多显眼的地方。大集这天，工人们组成游艺团，走街串巷进行演出，散发传单。这可把高密的警察忙坏了，到处收传单，撕标语，不让老百姓看。可越是这样，围观的人越多，赶集的人一传十，十传百："大救星共产党真的来了！"老百姓的生活开始有了盼头。

在傅书堂的领导下，中共高密县委先后组织发动陆殿臣起义、筹备革命武装、开展反日斗争、组织潍河暴动，沉重打击了高密的地方反动势力，扩大了党的影响，拉开了新民主主义革命时期高密人民反帝反封建斗争的序幕。

傅书堂不仅自己参加革命，家人也为革命工作无私奉献。

他家是高密有名的红色革命大家庭。党组织建立后，他的家既是党支部的所在地，也是党的交通站。寒风凛凛，父母站在村口为同志们站岗望风；饥肠辘辘，年迈的父母毫不吝啬地把平时舍不得吃的白面拿出来给同志们吃；其情殷殷，深明大义的父母待同志像对自己的孩子一样，同志们感动不已。

傅书堂的大妹傅桂兰、二妹傅玉真、妻子李淑秀做出了舍小家顾大家、大义灭亲的惊人壮举。1929年3月的一天，趁着茫茫夜色，傅书堂的妻子李淑秀和二妹傅玉真乔装打扮，连夜乘火车从济南秘密来到青岛。原来，党组织为了保护时任中共山东省委代理书记的傅书堂，安排他到苏联学习，就让原先在济南做掩护工作的姑嫂二人到青岛继续做党的掩护工作。

当时，中共地下党员张英被党中央派到青岛铲除叛徒王复元，而王复元却去了济南。张英想，自己只身一人去济南，可能引起敌人怀疑，暴露行动计划。正在一筹莫展之时，恰逢傅书堂的大妹傅桂兰到青岛看望李淑秀和傅玉真，傅桂兰和张英遂决定假扮夫妻去济南。没有料到，他们刚到济南，就遭到逮捕。傅桂兰遭受了严刑拷打，但始终守口如瓶。张英被打得皮开肉绽，但他练过软硬功夫，这些刑罚不在话下。趁狱警晚上不注意，张英假装肚子疼，越墙逃走，连夜返回青岛。傅桂兰则被迫留在济南，后因抑郁去世。

傅玉真到青岛后不久，便和在青岛打工的原高密火车站工人、党员丁惟尊结了婚。不久，傅玉真入党，成为高密的第一位女党员。年仅十八岁的她经常畅想，自己和丈夫都是年轻的共产党员，如果永远一起工作，一同革命，该是多么理想的生活、多么伟大的事业！然而，傅玉真深爱的丈夫丁惟尊竟然叛变了革命，她眼睁睁地看着曾和自己出生入死的同志被丈夫杀害，悲痛欲绝。思前想后，她决定大义灭亲，和嫂子一起把丈夫叛变的消息向中共青岛市委做了汇报。青岛市委当即决定铲除掉丁惟尊。这时，张英刚返回青岛，便接到铲除丁惟尊的任务。

8月10日深夜，丁惟尊家响起了急促的敲门声。"老丁在吗？中央有要紧的事要商量。"张英镇定地说。"有事明天再说，我睡下了。"丁惟尊不耐烦地答道。在一旁的姑嫂二人明白其中原委，便劝丁惟尊出去看看，最后他还是走了出去。过了一会儿，远处传来两声枪响，丁惟尊应声倒地。听到枪声，傅玉真潸然泪下，但她并未对自己的决定后悔。

丁惟尊被铲除后，傅玉真和李淑秀姑嫂二人机智地与敌人周旋，配合张英和王科仁在山东路的新盛泰皮鞋店内处决了叛徒王复元。王复元死后，敌人十分震惊，在青岛滥杀无辜。傅玉真和李淑秀返回高密家中，李淑秀在家照顾公婆和孩子，直至傅书堂从苏联返回。傅玉真和曾任高密县委委员的马馥塘结婚，二人辗转来到莱阳、禹城、泰安等地，坚持革命斗争。1938年，傅玉真参加了八路军山东纵队。

傅书堂的三妹傅秀云、弟弟傅余声、弟媳张丛佚先后加入中国共产党，在战火纷飞的年代为革命出生入死，和平年代在各自的工作岗位上鞠躬尽瘁。时至今日，傅书堂及其全家听党话、跟党走的感人事迹依然在高密大地广为流传，也是高密人民心头不能忘却的红色记忆。

2. 胶东农村播火者

1925 年，宋海艇入党，当时他已经三十三岁了。在革命浪潮席卷胶东大地之时，他不算一个年轻党员，但他的爱国爱民思想早已萌发，并一直奔跑在革命的道路上。

宋海艇出生于莱阳县万第镇水口村的一个农民家庭里。他九岁上学，读过私塾，上过小学、中学，曾就读

宋海艇

于掖县的省立九中和山东省青州（益都）甲种农业学校，是一个真正的知识分子。1919 年，五四运动爆发，革命洪流激发了他的反帝爱国热情。于是，他积极投身于这场运动之中，在斗争的浪潮里，经过革命风暴的洗礼，不断提高救国救民的思想觉悟。这一年，他借暑假回乡之机，在万第小学组织师生宣传五四精神和开展查封日货等活动。11 月，他以山东学生代表的身份，参加了在上海法租界内由施洋为首召开的全国各界联合会成立大会，第一次听到了"打倒帝国主义""打倒军阀"的革命口号。从此，他懂得了许多爱国爱民的道理，逐步成长为一个有学识有抱负的青年，并决心把毕生精力奉献给革命事业。

1921 年夏，宋海艇经同学介绍，到山东省教育厅举办的讲演所里做了一年的抄写文字工作。在工作中，他目睹了半殖

民地半封建社会的黑暗，进一步激发了反帝、反封建、反军阀的革命热情。他深深认识到，欲救国救民，必须继续求学，寻求革命真理。

1922 年夏，宋海艇考入济南山东农业专科学校。在学校里，他除了刻苦攻读专业知识外，还积极学习时事政治，研究"三民主义"，并经常与忧国忧民的同人交往。1924 年，正值第一次国共合作、建立统一战线期间，宋海艇由同学吕宪斌介绍，加入了国民党。此后，他积极参加学校进步团体组织的"社会科学研究社"，学习社会科学知识。这一年，由于经济困难，宋海艇面临失学的境地。在危难之际，过去在青州甲种农业学校读书时的同学吴晓初慷慨解囊，资助了学费，他才得以继续求学。吴晓初不仅是宋海艇的挚友，而且成为他走向革命道路的启蒙老师。吴晓初经常启发他，"三民主义"虽然进步，但不如共产主义革命彻底，并介绍《向导》《新青年》等进步刊物让他学习。在吴晓初的指引下，宋海艇初步确立了信仰和向往共产主义的思想基础，并以此指导自己的革命行动。1925 年春节，宋海艇利用探亲的时机，积极向故乡的小学教员、贫苦农民宣传救国救民的革命道理，并在莱阳城城隍庙会上进行共产主义革命的演讲。

1925 年 3 月 12 日，孙中山先生在北京逝世。宋海艇在济南各群众团体召开的追悼孙中山大会上挺身而出，向群众广泛散发宣传材料，积极组织为青岛罢工工人募捐。在这些活动中，他表现得勇敢坚定，不久，便由吴晓初介绍加入了中国共产党。这一年暑假，宋海艇接受了党组织交给他的筹建济南面粉厂总工会的任务。党的信任和重托给予他极大的鼓舞和力量。一个多月的时间，他跑遍了济南十余个面粉厂，利用自己编写的宣传提纲，一边宣传，一边落实了工人代表，圆满完成了任务。

1925年11月，中共山东地执委机关遭破坏。党组织指示宋海艇以国民党左派的身份回原籍开展农民运动，秘密发展共产党员。于是，他立即把大褂当了十五元钱作路费，回到家乡莱阳县万第镇水口村。当宋海艇踏上莱阳的土地时，他并不知道自己成了胶东农村的第一位共产党员，他只知道自己要为党工作，在胶东农村播下革命的火种。

宋海艇回乡后，在万第小学以教学为掩护，积极开展党的工作。他以五卅惨案中日本资本家枪杀上海日商纱厂工人顾正红的罪恶事实，向民众宣传军阀混战、民不聊生的社会现状，宣扬只有共产党才能救中国的革命道理，激发群众的爱国热情。这期间，他一边宣传，一边物色可以发展的党员对象。通过经常组织宋海秋、宋云程等进步教员学习《共产党宣言》《京汉铁路工人流血记》《向导》等革命文章和刊物，宋海艇提高了他们的思想觉悟，使他们很快成为莱阳早期党组织活动的骨干力量。

1925年冬至翌年春，宋海艇以"信仰共产主义"为标准，先后发展了万第镇的宋海秋、宋云程、梁逵卿等八名小学教员为共产党员，这是他在胶东农村播下的第一批革命火种。随后，宋海艇以这些党员为骨干，在水口、石龙沟、护驾崖、鲍村、南石础、小院、陡山等村办起了农民夜校，组织贫苦青年识字学文化，传播共产主义思想，揭露张宗昌横征暴敛和地主残酷剥削农民的罪恶事实，号召穷苦人民团结起来同他们做坚决斗争。他和党员骨干一起，先后在万第周围三十余个村庄发展农民协会会员二百余人，发展党员二十余名。自此，莱阳的革命火种已渐呈燎原之势。

宋海艇感到时机难得，立即以万第镇为中心，继续风餐露宿，四处奔波，积极开展发动农民运动和扩大党员队伍工作。至 1927 年春，宋海艇已经把党的活动扩展到了海阳的夏泽、黄崖底、桑梓口等村。夏季，莱阳、海阳两地凡是有共产党员的村都建立了农民夜校和农民协会组织。这些村的农民协会会员通过上夜校，学政治，学文化，很快提高了思想觉悟，逐步认识到共产党是穷人的党，只有共产党才能救中国。许多知识分子积极要求加入共产党，大部分青年积极参加夜校学习，广大贫苦农民都十分渴望新政权的诞生。这种变化为后来中共莱阳县委的建立及胶东抗粮军的成立奠定了坚实的思想基础和组织保障。

莱（阳）海（阳）地区党的活动蓬勃发展，引起了反动派的警觉，反动势力进行了猖狂的反扑。直鲁联军总司令张宗昌下令通缉宋海艇。宋海艇被迫将党的工作暂时交给宋海秋负责，暂时去外地躲避风险。此后，宋海艇一直在山东省内各地，辗转从事革命工作。而他在莱阳播撒的革命火种，不断形成燎原之势，使胶东人民看到了胜利曙光。

3. 毁家纾国的宋寿田

宋寿田出生于莒县招贤镇的富裕农民家庭，但他对民众的疾苦从小就有亲身体会。1922年，在山东省立第五中学读书时，他在讲台上慷慨陈词，抨击时弊，号召同学们团结起来，建立一个独立自由的新中国。他的演讲博得了广大师生的称赞，却引起了学校反动当局的注意，导致他不得不退学回家。

宋寿田

1924年春，宋寿田毅然冲破家庭的重重阻挠，到博山同兴公司，当了一名煤车押运工。

宋寿田到博山后，看到煤矿工人长年在井下辛勤劳作，薪酬却极其菲薄，非常同情他们，深感不起来反抗斗争就没有出路。他在一首《咏矿工》的诗中写道：

井底新开小有天，熙来攘往一绳牵。
采煤不顾风波险，穿径犹将肢体蜷。
乍见惊为泉下鬼，重逢似作隔世观。
佛言地狱皆虚幻，到此翻疑是信然。

这时，山东的工人运动在王尽美、邓恩铭等人的领导下，掀开了辉煌的一页。以反压迫、反剥削、要求八小时工作制为内容的工人运动风起云涌，并不断取得进展。轰轰烈烈的革命大潮强烈地震撼着宋寿田的心，他意识到，只有革命，穷苦人才会得解放，过上好日子。1924年夏天，宋寿田结识了王尽美和负责博山工人运动的邓恩铭等共产党员。在和他们的交往中，他们光明磊落不与世俗同流合污的人格、为劳苦大众谋幸福的思想使他无比佩服。他们先进的思想点燃了他那颗朴素的爱国爱民之心。于是，宋寿田积极向他们靠拢，主动帮他们做工作。经过多次接触，宋寿田赢得了王尽美等人的信任。不久，宋寿田加入了中国社会主义青年团。1925年2月，王尽美抱病来到博山，对博山的工人运动做了具体指示。由于宋寿田在工作中表现积极，思想进步，王尽美决定介绍宋寿田加入中国共产党。那年，宋寿田二十六岁。宋寿田入党后，感受到了党组织的力量，找到了自己前进的方向，更加忘我地投入革命工作。他觉得，在党的领导下，自己救国救民的热情更强烈了，生活也更有意义了。不久，宋寿田担任了同兴公司大昆仑煤炭站的会计。从此，他便以经营煤炭的职业为掩护，秘密从事党的交通工作。

1925年6月，正当山东工人运动向纵深发展的时候，早就患有肺病的中共山东地方执行委员会的负责人王尽美病情恶化。宋寿田惊闻此讯，急忙赶往青岛探望，后经组织安排，长途跋涉送王尽美回家乡休养。一个月后，王尽美生命垂危，送青岛医院治疗无效，不幸与世长辞。在这期间，宋寿田目睹了中共领导人是怎样为了人民的解放事业而忘我工作的，也又一次感受到，共产党才是真正为老百姓谋幸福的。面对王尽美遗像，宋寿田悲痛万分，他暗暗发誓：为了国家，为了人民，一定要付出自己的全部力量，生命不息，战斗不止。

1927年，宋寿田按照党组织的指示，调到青岛分公司任职，不久，便接替了经理的职位。为了便于开展党的秘密工作，他把妻子王菊玉与年方九岁的弟弟宋延平（即宋平）从家乡接到青岛。随后，他把一些共产党员安排在身边工作。这样一来，宋寿田的秘密工作获得了极大的安全保障。这期间，宋寿田更加积极地从事党的地下活动，经常印刷传单，宣传中国共产党的主张。有一次，他们甚至把揭露青岛港务局内部丑闻的材料贴到了港务局局长家的大门上，引起反动统治者的恐慌。

1928年底，中共青岛市委宣传部部长葛醒农被捕入狱。当时，宋寿田正在济南向省委汇报工作，省委便指示他要千方百计营救葛醒农。宋寿田得到指示后立即动身到博山，约同乡宋次陶一起星夜奔赴青岛。经过周密筹划，他们派一位女同志扮作葛醒农的妻子前去探监，借机告诉葛醒农在狱中对敌斗争的策略，同时设法筹款保释葛醒农。经过多方努力，警察当局因证据不足释放了葛醒农。但经过这件事，宋寿田的活动也引起了反动当局的注意。为了不暴露他的身份，省委命他迅速离开青岛到济南，仍以同兴公司煤炭推销员的身份作掩护，进行革命斗争。

宋寿田到济南后，积极发展党的组织。他在经一纬三路开设一处"德成泰"煤站，作为党的秘密联络点。有的同志来此接头之后，就相约到纬六路的公心里宋寿田住宅中密谈。寒来暑往，小小煤站不知保护过多少革命同志，接待过多少共产党员。宋寿田的革命活动，最终引起了敌人的注意。1931年深冬，在一个寒风刺骨的下午，四名手持武器的反动警察踢开了宋寿田办公室的房门，出示了逮捕证。宋寿田情知有变，但并不惊慌。他沉着地向勤杂工张秀本递了一个眼色，便昂然走出了门外。张秀本和宋寿田一起工作，受他的影响很深，立即领悟了宋寿田的用意，急忙溜出公司，跑到宋寿田家，将宋寿田被捕的消息告诉了他的妻子。宋寿田的妻子王菊玉闻此噩讯，连忙通知几位正在家中居住的同志马上转移，并迅速将家中存放的党的文件和书籍投入院子的枯井内。警察前来搜查时，一无所获。

宋寿田被捕后，被关押在纬八路监狱。敌人为了从他的口中抠出山东党组织的情况，对他施以酷刑。坐老虎凳，灌辣椒水，水鞭抽笞，无所不用其极。身强力壮的宋寿田被他们折磨得口吐鲜血，几次昏死过去，但丝毫未泄露党的机密。他内心充满了对党的事业的信心，对当时黑暗势力的仇恨。共产党员头可断、血可流、志不可移的高尚气节在他的身上闪烁着光芒。凶残的敌人将宋寿田折磨了四十余天，却未得到一点他们想要的东西。地下党组织千方百计营救宋寿田，花了一千块银圆买通警察局的头目，将宋寿田保释出狱。

宋寿田出狱时，遍体鳞伤，身体非常虚弱。这不仅没有消减他的革命意志，反而更加激发了他对敌斗争的决心和勇气。伤愈后，他遵照党的指示，在济南北郊官扎营买了十亩荒地，办起了一座名为德华的鸡场。鸡场引进了当时少见的"来克亨"

鸡种，购置了孵化器，成为济南第一家现代化养鸡场。鸡场地处偏僻，买鸡的人又多，便于掩护党的秘密工作。不久，这里就成了党组织的活动联络点。特别是从1930年到全面抗战前这段时间内，由于党组织屡遭破坏，德华鸡场便成为地下党员的避难场所，党的力量在这里得到了保存。宋寿田在工作的同时，还不忘记对从小就跟着他的弟弟宋平进行培养教育，时常给他讲述一些革命道理。宋平在他的熏陶和激励下，走上了革命道路。

1937年卢沟桥事变爆发，宋寿田积极响应党的号召，坚决要求到抗战第一线去。他经常对家人说："国之不存，家又安在？热血男儿就当毁家纾国。"党组织批准了他的要求，派他回莒县组织发展抗日武装。当时的家乡抗日武装力量非常薄弱，资金缺乏是很重要的一个原因。为了工作，他毅然卖掉了家中三亩好地，那是他们家生活的主要来源。1937年初冬，为了壮大抗日武装力量，他又变卖一部分家产，到济南购买枪支弹药。然而，当他带着购买的两支手枪上火车返乡时，不幸被尾随在后的敌人逮捕。

宋寿田在狱中凭着坚强的革命意志和一个共产党员的铮铮铁骨，同敌人进行了不屈不挠的斗争。凶狠的敌人为从他口中得知山东党组织的情况，对他施以一次又一次的酷刑。宋寿田严守党的机密，宁折不弯，由于受刑过重，生命垂危。后经党组织的多方营救，敌人才同意他保外就医。从家乡闻讯赶到济南的王菊玉望着遍体鳞伤的丈夫，不禁痛哭失声。宋寿田用颤抖的双手擦掉了妻子脸上的泪花，深情地说："干革命，打天下，哪有不流血牺牲的？我若有个三长两短，你千万要好好拉扯孩子，不要悲伤，教育他们走正道，干革命。"不久，宋寿田终因伤势过重，溘然长逝，年仅三十九岁。1987年11月，山东省人民政府追认宋寿田为革命烈士。

二

星火燎原　前赴后继

"为有牺牲多壮志，敢教日月换新天。"不畏强权，勇于抗争，是胶东人民血脉的传承。前保驾山村的青砖小瓦述说着胶东第一个农村党支部的诞生，水口村的清澈小河见证着胶东第一个县委的成立，刘伶庄枝叶婆娑的柳树讲述着中共胶东第一届特委的崭露峥嵘，昆嵛山上飘扬的红旗把"一一·四"暴动的火种播撒到千家万户。三次重建，中共胶东特委历经血与火的考验，张静源、李伯颜、理琪……一个个家喻户晓的革命先驱为胶东革命出生入死，胶东人民将永远铭记。

（一）半岛曙光

胶东地区具有悠久的革命传统，特别是胶东早期共产党组织成立，给灾难深重的胶东大地带来了黎明曙光。胶东各地党的领导人带领干部群众前赴后继、奋不顾身，勇于斗争、敢于牺牲，积极恢复和整顿党组织，成立胶东第一个中共县委——中共莱阳县委以及中共胶东特委，开展"红七乡师"革命活动等，汇聚革命力量，燃起胶东人民革命的希望和曙光。

1. 红旗卷起农奴戟

1928 年 4 月的一天早晨，莱阳县万第镇的山路上，一个身材魁梧的英俊青年头戴礼帽，身穿长袍，踏露奔波。他急于去淳于村联系党组织，发动群众，成立胶东抗粮军，进而准备举行武装暴动，攻城劫狱，建立苏维埃政权。由于夜以继日的操劳，一双透着精明的大眼睛已布满红红的血丝。这个人名叫李伯颜，是刚上任不久的中共莱阳县委书记。

李伯颜

三个月前，正是天寒地冻的三九天气。李伯颜为了开展党的工作，只身从莱阳西部的前保驾山村，直奔莱阳东部的万第水口村，水口村的联系人是共产党员宋海秋。经过一段时间的调查研究，李伯颜发现万第一带虽然早有共产党组织，但党的活动基本处于停止状态。针对这种情况，他深入各村进行组织整顿，宣传党的纲领，号召贫苦农民加入农民协会，壮大党的队伍。1928 年 2 月，他派宋海秋到党员斗志旺盛、群众基础较好的石龙沟村建起了党支部，接着又在周围淳于等村先后建立了三个党小组。3 月，莱阳党员队伍已扩大到一百余人。为了适应斗争的需要，根据中共山东省委的指示，3 月 8 日，莱阳中共党员在水口村宋玉桂家中召开了党员代表会议，成立了中共莱阳县委，李伯颜任书记兼组织委员，孙耀臣任宣传委员，胶东地区第一个中共县委由此诞生。

县委成立后，李伯颜废寝忘食、夜以继日地工作，眼睛经常熬得通红。为了避开敌人的注意，他有时白天躲进深山密林中工作，有时化装成教师或富商去市集或县城内接头联系。功夫不负有心人，至 4 月，莱阳农民协会已经发展到两千余人，积极向农民协会靠拢的群众也达到两万余人。

4 月初，莱阳县委在小院村召开有一百余名村党组织和农民协会负责人参加的会议。李伯颜慷慨激昂地说："军阀张宗昌滥发军用票，引起物价飞涨，弄得民不聊生，省委指示我们迅速搞到枪支，发展武装，成立胶东抗粮军，推翻军阀政府，建立苏维埃政权。"会后，李伯颜亲自组织制作胶东抗粮军大旗，并编印宣传揭露张宗昌横征暴敛、鱼肉人民等罪行的传单。一时间，农协会员群情激昂，大家积极行动，想方设法搞枪支。至 5 月初，海莱地区的胶东抗粮军队伍迅速扩大到七百余人，拥有长短枪支三十余支，大多数党员和农协会员置备了大刀长矛。但是，军阀莱阳县公署保卫团辖三个保安分队和一个警备队，仅德国造的毛瑟枪就有四百余支，而且弹药充足，还有外围土匪和联庄会的武装联防。革命的武装力量处于劣势，李伯颜十分焦急。

经过莱阳县委的分析研究，大家决定争取羊儿山上拥有一百余支枪的地方农民武装头领田益三。4 月下旬，李伯颜选择了一个月光皎洁的夜晚前往羊儿山面见田益三，两人似久别的老友，彻夜长谈。李伯颜以伶俐的口才和渊博的知识，使田益三明白了许多革命的道理。田益三请教李伯颜，自己应该向何处去。李伯颜当即指出："面对军阀政府丧权辱国，应继续扩大武装，做以身许国的大丈夫。"田益三和李伯颜交谈后，就像在狂风恶浪中迷航颠簸的孤舟，豁然见到了照耀前程的灯塔。不久，他又派人请李伯颜上山，请教"打富济贫"的方略。

5月初的一天，李伯颜以胶东抗粮军领导人的身份，冒着淅沥的小雨赶到羊儿山，与田益三磋商"攻城劫狱，建立苏维埃政权"大计。田益三当即表示愿意率队伍加入胶东抗粮军行列，听从李伯颜指挥。随后，他又建议李伯颜联合他的拜把兄弟徐子山为同盟军。

5月26日夜，莱阳县委在小院村西小河口夹河套的树林里召开了胶东抗粮军各路负责人会议，县委书记李伯颜传达了关于攻城劫狱、建立莱阳县苏维埃政权的实施计划。会议确定了以鸡毛信传牌为信号、用高粱秸秆点火把为夜间行动联络暗号、兵分四路的统一攻城行动。田益三部主攻东门，以劫开监狱、夺取钟鼓楼为目标；徐子山部主攻北门，策应田益三部；李伯颜率抗粮军主攻南门，占领县公署；前保驾山党支部主攻西门，策应李伯颜；城内地下党员宋仁甲做内应；打入军阀施中诚旅任参谋长的孙耀臣负责稳住其队伍，不去增援军阀县公署。会上，李伯颜对胶东抗粮军的行动方案又专门做了部署：宋云程负责南路大夼一带，宋化鹏负责北路南务一带，李伯颜负责海阳、万第一带的组织领导工作，孙长道为突击队队长。攻城打响之后，城外立即点火，燃放鞭炮，呐喊助威，鼓舞士气。

6月11日，适逢城内保卫团大部分下乡征收户捐，仅留下四十余人护城。但城内宋仁甲却失去了和县委的联系，为了不错过良机，他按照会议部署，连送两封密信，让田益三、孙长道马上攻城。

当天下午，田益三接到密信后，立即按照李伯颜原先的攻城部署，率领自己的全部人马赶赴城东密林中集合待命。徐子山接到田益三的紧急信号，派出三十余人的先头部队向县城靠拢。黄昏时分，突然发现城内有侦探出来活动，田益三怕暴露攻城意图，立即下令强攻东门。东门楼下十几个护城兵顿时慌作一团，有的仓促应战，有的抱头鼠窜。田益三击毙了负隅顽抗的保卫团警卫队队长，抢占了东城门楼。这时，做内应的宋云甲趁敌人混乱之机，派人送出四箱弹药，支援田益三扩大战果。攻城部队抓住战机，以风卷残云之势，接连攻破西门和南门，将顽抗之敌彻底消灭，接着集中全力直攻县公署。突击队队长孙长道组织三十余支枪的火力，压制住大堂内敌人的反击，激战到午夜，夺取了钟鼓楼，歼敌三十余人。此时，监牢狱卒全被打死，二百七十余名囚犯全部获救。午夜之后，战斗处于僵持状态，敌县长早已弃城潜逃，田益三孤军奋战，始终没有见到李伯颜的各路大军攻城。恰在这时，又闻出城征收户捐的保卫团和驻平度军阀向莱阳城增援。田益三自知势单力薄，守城困难，只得当夜撤出县城，向东而去。

李伯颜为何没有按照预定计划带领胶东抗粮军攻打莱阳城呢？这是令田益三困惑不解的问题。后来人们才得知，就在小院村会议后的当晚，党内叛徒赵百原等人杀害了李伯颜，并秘密埋在了河套里，很长时间没人发现。二十三岁的李伯颜虽然没有实现建立苏维埃政权的理想，但是他成立了胶东第一个中共县委,成立了胶东第一支由共产党领导的革命武装力量,在胶东开创了贯彻八七会议精神、以革命武装反抗反革命武装的先河。

2. 胶东革命的新起点

1931 年 2 月 15 日,中共山东省委通过的《山东省委工作计划大纲》中明确了一个重要任务:"加紧烟台工作上的指示,整顿所属各县工作,准备成立胶东特委。"在斗争环境极其险恶的时期,山东省委为何提出了这个要求呢?

1923 年,胶东地区有了中共党员不久后,中共青岛组、中共烟台组就相继成立。1925 年 2 月,中共青岛支部、中共潍县支部成立;1926 年 6 月,中共潍县地方执行委员会成立;1927 年 12 月,中共莱阳县前保驾山村支部成立;1928 年 3 月,中共莱阳县委成立……至 1933 年初,胶东各地分别建立了烟台特支、莱阳县委、荣成特支、掖县县委、牟平县委等中共党组织,这些组织直属中共山东省委领导。而山东省委却不断遭到敌人的破坏,与各地党组织的联系时断时续。加强对胶东地区党的工作的指导就成为山东省委的一项重点工作,成立中共胶东特委迫在眉睫。

1933 年 1 月底,中共莱阳县委书记张静源以回家探亲为由,秘密赴济南向中共山东省临委汇报莱(阳)海(阳)地区党组织发展及工作开展情况。新成立的山东临时省委按照中共中央"三倍扩大党的组织"的决议精神,指示张静源在莱阳党组织发展的基础上，以莱阳为中心，将党的组织向胶东各县发展，等待时机成熟立即成立中共胶东特委。

张静源长得瘦小斯文，因为前门牙突出，被同志们戏称为"张大牙"。他早年在青岛参加革命工作，被敌人通缉，脱险后才来到莱阳秘密发展党员。当时，许多地方党组织处于地下发展阶段，而且分布比较分散，发展党员的标准也没有完全统一。张静源就以保守党的秘密、服从党的纪律、执行党的决议、按时到会缴纳党费为标准发展党员。1932 年 7 月，按照山东省委交通员马巨涛送来的省委指示，张静源重新组建了遭到破坏的中共莱阳县委，成立了中共海莱特支。至 10 月，莱阳、海阳已经发展党员一百余名，另外还有早些时间建立的烟台、蓬莱、龙口、掖县、文登、荣成等地的党组织，在胶东地区成立中共胶东特委的条件已经成熟。

1933 年 1 月，刘经三成立了中共牟平县委。这时的张静源在济南接受了组建中共胶东特委的任务，心里有底但又没有十分的把握，他想到了刘经三。于是，张静源带着妻子来到了牟平县北刘伶庄村，找到了刘经三。两个人经过几天的周密策划，看中了牟平和海阳两县交界处的一座破败寺庙——霄龙寺。这座寺庙坐落于半山中，有三个院落，中院正殿供奉着神像，东院偏殿住着一个老和尚。张静源和刘经三来到寺庙向老和尚租用了西院偏殿，说用来饲养鸡鸭，老和尚收了租金，自然满口应允。霄龙寺鸡鸭公司正式成立，刘经三任公司经理，还聘请了两个职员。一时间，这个不起眼的院落鸡鸣鸭跑，蜜蜂嗡嗡。在外人看来，这是一家生意不错的鸡鸭公司，实际上是一处共

中共胶东特委成立旧址

产党的秘密联络站。刘经三等人常常趁夜深人静的时候，在西院偏殿里赶工印刷党的机密文件、宣传品。当时胶东半岛可以看到的共产党的宣传海报、画册，有不少就出自这个满是鸡粪味的小院落。最危险的时候，这里还隐藏了大批武器弹药，他们用蜜箱藏着弹药躲过了一次又一次敌人的检查。不久，这里就成为与胶东各县党组织联络、了解情况、部署工作的指挥部。

根据山东临时省委的指示，在张静源的主持下，中共胶东特委于 1933 年 3 月在牟平县北刘伶庄村一座小土屋里成立。张静源任书记，刘经三、刘松山任委员。胶东特委辖莱阳、牟平、海阳、招远、文登、荣成、栖霞、蓬莱、黄县、福山等县的党组织，从此，胶东地区有了党的统一领导机构，党的工作更加活跃了。胶东特委利用霄龙寺鸡鸭公司积极开展联络工作，为避免引起敌人的注意，在工作方式上，特委规定了"坚持多出山联系"的原则。刘经三经常向西去海阳、莱阳，向东去文登、荣成指导工作，传达特委指示。

7月，山东临时省委遭破坏，中共胶东特委与上级党组织失去了联系，特委书记张静源去天津与中共中央北方局接上了关系。可是，就在8月，霄龙寺鸡鸭公司这个秘密联络站却因为被国民党牟平县党部察觉而撤销。8月18日，胶东特委机关搬迁到了烟台北大街一所老旧房子里，以开裁缝铺为掩护，继续领导胶东各地党组织。

在斗争实践中，胶东党组织认识到建立革命武装的重要性，决心建立党领导的武装力量。特委书记张静源动员党员买枪募枪，收集散流民间的枪支。特委规定党的领导人配备短枪、学习军事常识，指定特委委员刘经三兼管军事工作，并派人到外地学习游击战争经验。在特委的领导下，一时间胶东大地革命之火成燎原之势，在七百余平方公里的范围内，有四十余个村庄拥有共产党组织。

1933年10月，张静源去莱阳处理两个莱阳县委合并的问题时，被党内坏分子杀害。随之中共胶东特委也遭破坏，与山东省委的联系中断，胶东各县党组织失去统一领导。严峻形势下，胶东特委委员刘经三奔走联络，于11月中旬在文登县省立第七乡村师范学校召开了有荣成、文登、牟平、海阳、莱阳、招远、栖霞胶东七县党组织代表参加的联席会议。会议决定，凡没有成立县委的县马上成立县委，并派刘经三去天津、北平寻找党的关系。11 月，刘经三在北平与中共中央北方局接上了关系。1934 年 1 月，中共中央北方局派常子健随同刘经三到胶东恢复特委工作，整顿党的组织。2 月，中共胶东特委在文登县重新成立。

3."红七乡师"的峥嵘岁月

山东省立第七乡村师范学校（简称"七乡师"）始建于 1932 年，校址在文登县城东南杨家疃。在国民党白色统治下，这所学校成为共产党发展革命力量、培养造就人才的摇篮，当时被誉为"红七乡师"。

七乡师建有一座两层三十四间的教学楼，另有平房百余间，分别作教导处、图书馆和师生宿舍以及学工厂房用，加上办公室、总务处和伙房、餐厅等地，占地总面积达 2.33 万平方米。学校是在陶行知"生活教育"的思想指导下，仿照中国第一所乡村师范学校——晓庄试验乡村师范建立的，提出了要培养"工农身手、科学头脑、革命精神、健康体魄、艺术情操"人才的口号，聘请了多位中共地下党员和进步教师任教。学校教学楼门两侧挂有陶行知的著名对联"和马牛羊鸡犬豕做朋友，对稻粱菽麦黍稷下功夫"，横批"到农村去"。过堂的仪门上画有九一八事变时东三省的地图，标明重要城市、铁路交通要道、矿产资源；顶端写着仿岳飞字体的"还我河山"四个遒劲大字；两边写着"你看见吗？""你记得吗？"的问句，以激发学生抗日救国的热情。餐厅墙壁上还张贴"锄禾日当午，汗滴禾下土。谁知盘中餐，粒粒皆辛苦"的唐诗名句。餐厅外面的墙壁上写有"各尽所能，各取所值""不劳动者不得食"的教育格言。

1932年2月，中共党员于云亭（公开身份是国民党党员）受国民党山东省教育厅的委派，由济南到文登筹建七乡师，并担任校长。中共山东省委指示于云亭要借机发展党的组织，开展党的工作。于云亭上任后，马上与地方党组织取得了联系，成立了中共文登特别支部，在农村和学校开展党的工作。暑假的时候，七乡师招收第一批学生。报考人数一千三百余名，从中择优录取八十名，划为两个教学班，学制四年。于云亭通过文（登）、荣（成）两县党组织，有计划安排了一批共产党员考入七乡师，以读书为掩护，进行党的活动。七乡师正式开学时，连同教师，共有中共党员十一人。同年9月，中共七乡师支部成立，多数人推选于云亭校长担任支部书记。于云亭提出，自己身为校长，目标大，容易暴露，建议谷牧（原名刘家语）当支部书记，他以校长的合法身份掩护党支部的活动。于是，与会党员一致推选十八岁的谷牧担任中共七乡师支部书记，丛烈光任组织委员，邢礼文任宣传委员。为便于党支部活动，于云亭借口谷牧风湿性关节炎病情严重，不宜住潮湿的新建学生大宿舍，专门找了间小屋让他住进去，以此作为党支部的秘密活动场所。

1933年3月，中共胶东特委成立后，七乡师党支部直属中共胶东特委领导。山东省委、胶东特委的负责人经常来这里指导工作，并指定七乡师党支部承担胶东特委与中共中央北方局秘密信件的传递任务。随着工作的开展，七乡师党支部逐渐取代文登特支，负责文（登）、荣（成）、威（海）党的工作的领导，胶东特委遂把七乡师作为开展革命活动的重要阵地和培养革命力量的摇篮。

七乡师党支部重视提高学生的政治觉悟，培养他们的爱国主义思想。学校党支部为开阔学生的视野，发动教师在授课过程中，增添"社会发展史""政治经济学"等内容，并且提倡学生自学列宁的著作《帝国主义是资本主义的最高阶段》等书。同时，把每周一节学习国民党建国大纲课改为国际国内形势教育，揭露帝国主义的侵华暴行和国民党当局的反动统治。七乡师党支部还想方设法购进当时禁读的进步书刊，有的数量不足，就加以翻印。教师在上国语、历史课时，公开宣传马列主义，谈论中国的未来，谈论如何为国强民富做贡献。七乡师很快成为学生舆论的中心。

七乡师党支部利用合法形式，在校内师生当中先后建立了"反帝大同盟""新文艺研究会""史地研究会""新科学研究会"和"互济会"等群众组织。在党支部领导下，师生积极开展募捐援助东北义勇军、支持受迫害革命志士和帮助生活困难的同学等多项活动。这些活动增强了学生的爱国主义意识，密切了党群关系，扩大了党的政治影响。至1933年，七乡师大部分师生都参加了各种形式的进步组织。对涌现出来的积极分子，七乡师党支部则慎重地把他们吸收到党内来。是年春，胶东特委书记张静源来到七乡师，与谷牧一起研究如何开展七乡师党的工作，并发展了一批新党员。至1933年秋，七乡师学生中的中共党员已由五人发展到三十余人，占学生总数的

1/5，其中许多人后来成为在当地坚持革命斗争的骨干。

七乡师党支部建立之初，便提出了"到农村去"的口号，引导广大师生和工农打成一片，共同救亡图存。师生们积极响应"到工农群众中去，和工农群众交朋友"的号召，利用周末课外活动时间，让党员带领到附近农村开展工作。党支部规定每个学生都要交几个农民朋友，向他们宣传革命道理，启发他们的阶级觉悟，引导他们走上革命道路。党支部还在农村办了十余所简易小学和农民夜校，由七乡师的进步学生轮流任教，两周轮换一次，一面帮助农民学习文化知识，一面传播革命思想。一段时间后，农民们纷纷来到夜校里，连一些六七十岁的老人也到夜校听课。他们没有纸笔，就端着一瓢沙，用草棍在沙上练习写字。至 1933 年夏，全校学生交贫雇农朋友达二百余人。由于经常进行阶级教育，宣传革命道理，觉醒的农民越来越多。七乡师党支部决定，校内外结合，建立农民俱乐部，并规定参加俱乐部的农民每人发一张"农友证"，每两周可凭证到俱乐部参加一次活动。每次活动，学生与农民都同台演出《卖火柴的小女孩》《东关私塾》《娜拉走后怎样》《渔光曲》等戏剧，深受广大农民群众的欢迎。学校建起了小农场和小工厂，不仅增强了师生的劳动观念，也解决了学校的部分经费。同时，还安排军事训练课，创办进步刊物，提高学生、农民的觉悟。

1934 年 2 月，七乡师党支部的工作出现了意外情况。地下党员张童华叛变，国民党当局突然逮捕了校长于云亭和党支部宣传委员于荣瑞，谷牧、王本贤、丛烈光因提前转移而幸免，但中共文登特支和七乡师党支部遭到了破坏。

张童华叛变事件发生后，未暴露身份的中共党员随即组成了临时党支部，于洲任书记，王一平任组织委员，张从周任宣传委员。七乡师临时党支部组织师生进行了声势浩大的请愿活动。国民党当局抓不到把柄，不得已将已关押在济南看守所的于云亭和文登监狱中的于荣瑞释放回来。1934年7月，于云亭被迫辞去校长职务，离开七乡师。已暴露身份的党员也相继转移。9月开学后，胶东特委指示七乡师党员成立了新的党支部，继续在七乡师开展革命活动。

4. 理琪的一封信

1935年冬，上海，中央机关已经撤离，仅仅留下几个同志在留守处工作，电报收发员理琪是其中之一。可是不久，留守处遭到敌人破坏，理琪彻底和党组织失掉了联系。这是一个煎熬难耐的冬天。理琪焦急地通过各种方式想要和党组织接上头，他每天都在街头买《申报》等报纸查找各种信息，也通过各种渠道联络曾经的党内同志。然而，一次次总是以失望告终。直到他在报纸上看到胶东农民暴动的消息，才重新燃起希望。可是上海和胶东远隔万里，到胶东去找谁呢？理琪陷入了沉思。

这时，他想起了自己的入党介绍人，一个在河南干革命工作的胶东老乡——邓汝训（时任中央政治交通员）。他们相识于河南的冯玉祥部西北军无线电学校，邓汝训曾用马克思主义启发理琪的思想，使其在茫茫寒夜中看到了光明。1925年，理琪经邓汝训介绍加入中国共产党，并将自己的本名游建铎改为理琪，取列宁的原名中"伊里奇"部分谐音而来，表明自己献身共产主义事业的坚定决心和信念。巧合的是，当时邓汝训正好收到了胶东中共文登临时县委的联络信，信中请邓汝训设法与中共山东省委联系推荐一位领导人。由于多次没有联系上山东省委，邓汝训就建议理琪当此重任，于是，理琪带着邓汝训的介绍信，从上海远航胶东。

1936 年初的胶东，由于"一一·四"暴动失败，各地白色恐怖笼罩，党组织破坏严重，敌人的"清剿"、逮捕、杀害，迫使中共党员所剩无几且分散隐蔽。"野火烧不尽，春风吹又生"，真正的共产党人并没有被吓倒、被杀绝，革命的火种并未熄灭，大家期盼着一位新的领路人重新举起革命的旗帜。1935 年 12 月底，张修己等人组建了中共文登临时县委，同敌人进行血与火的斗争，并千方百计寻找上级党组织。后来，张修己了解到西字城村在河南工作的共产党员邓汝训与本村党员刘庆华等有书信往来，于是，便让刘庆华写信给邓汝训，汇报了胶东"一一·四"暴动后党组织的状况，让他转告中央或山东省委派人来胶东领导工作。

理琪的到来正当其时。1936 年 1 月，他到文登后就住在邓汝训家中，化名王奇，以推销文房四宝为掩护，开展党的工作。几天后，他便与刘庆华联系上，刘庆华很快转告了张修己。一天晚上，趁着夜色朦胧，中共西字城村党支部书记刘其章将理琪护送到天福山乡沟于家村张修己家中。从此，理琪就在张修己家中住下。

理琪刚住下来，就投入紧张的工作中。他认真听取了张修己、王台等人关于"一一·四"暴动的情况汇报后，对暴动失败的原因和经验教训做了科学分析。他认为，"一一·四"暴动虽然遭到国民党反动派的镇压而失败了，但是，它的积极意义是不能抹杀的。暴动动摇了国民党军阀在胶东的统治，扩大了共产党在群众中的影响，锻炼了党的干部，为以后的革命斗争奠定了基础。在肯定暴动功绩的同时，他还认真分析了暴动失败的原因，要大家作为教训记取。经过理琪的具体分析，大家很快统一了思想，提高了认识，振奋了精神。

在白色恐怖下，理琪白天隐蔽在张修己家里学理论、听汇报，晚上则深入基层党组织和党员家中调查研究，准备在全面总结胶东党的工作的基础上，进一步开展今后的工作。正值此时，国民党展书堂部又派兵来到文登，要搞第二次"清乡"。为了保证理琪的安全，文登临时县委派人将理琪护送到外地，暂避锋芒。

1936年4月初，理琪重返文登县沟于家村，倍加努力地工作。他首先着手整顿党的组织，成立了中共胶东临时特委，他任书记。此后，他与特委其他同志认真分析了当时胶东的斗争形势，总结了过去的经验教训，并针对实际情况，采取了一系列恢复和发展革命力量的措施。理琪亲眼看到党内存在的一些不良倾向，深感党员质量不高，特别忧心"一一·四"暴动后党组织出现的无组织状态。据此，他安排一些党员干部到过去曾联系过的地方，一个一个地恢复党的关系。首先将一区区委所属的支部、小组的党员关系恢复起来；接着又安排邹青言、刘振民、丛桂滋、于得水、王台等去恢复他们过去联系的党员，找到一个就恢复一个。在整顿和恢复党的工作中，理琪特别强调党的质量，他规定两条原则：一是凡是在恢复中发现意志消沉、动摇的党员，便秘密地停止他的工作，不再派人与其联系；二是强调对党员的教育，提高党员的政治文化水平。他指出，党员要学习马列主义，党的文件、报纸、书刊，学习经济学、哲学等社会科学；要对党员进行党的秘密工作、党的纪律教育；不识字的党员，要教给他识字，还要进行抗日救国的宣传教育。不仅如此，理琪还亲自同张修己等到文登县一些村庄指导工作，了解党员和群众的思想情绪，还到牟平、海阳等县党的联络站去了解情况。在理琪的指导下，党组织的恢复和整顿工作取得了显著效果，各县、区的党组织逐渐恢复起来，文登县成立了正式县委。

经过一段时间的紧张工作，理琪对胶东党组织的实际情况有了比较深入的了解。为了从政治上和思想上整顿党，彻底清除党内存在的不良倾向，他以胶东特委的名义，开始撰写《给各级党同志的一封信》。就在张修己家中的小土炕上，理琪在一张小饭桌上写稿子，时而陷入思考，时而奋笔疾书，饿了就啃点坚硬的玉米面饼子，渴了就喝一口冷水。他本来就有胃病，加上工作劳累，病情更加严重，写着写着就一阵剧痛，只见他脸色苍白，汗滴如珠。但历史赋予的使命感和强烈的责任感，鼓舞着他继续写下去。经过半个多月的努力，终于成稿。这封信共分三个部分：第一部分分析日本帝国主义入侵后中国的形势，第二部分是对胶东党的估价和对暴动教训的总结，第三部

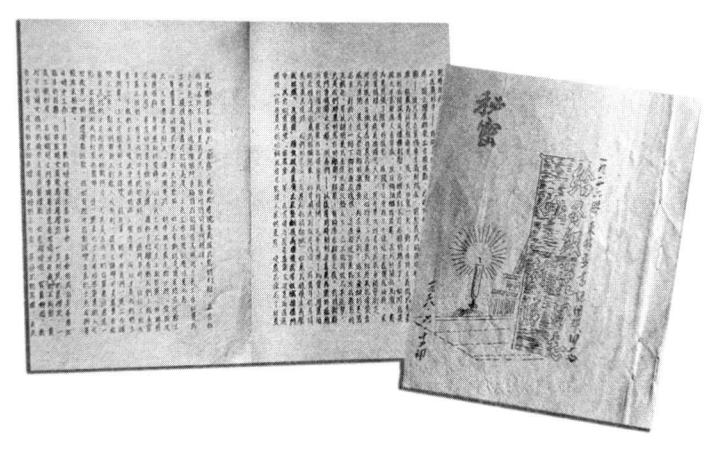

《给各级党同志的一封信》（1938 年 6 月 12 日印）

分指出今后如何提高党员的质量和开展党的工作。随后，理琪征求了张修己、王台等部分党员的意见，略做修改，由王台刻钢板油印，张修己负责装订，然后分发到部分基层党支部。

理琪亲笔写下的这封信，是胶东党的第一个正式文件。它运用马克思列宁主义的观点，比较全面地总结了胶东党组织在前一时期，特别是"一一·四"暴动前后的工作，深刻分析了暴动失败的原因，指出了胶东党在政治、军事、思想理论以及组织、纪律、斗争方式、工作方法等方面存在的问题，制定了改进措施，提出了今后的战斗任务，以及完成这些任务的策略和方法。这个文件对于胶东党的建设和人民的革命事业起了相当大的促进作用。从此以后，胶东党的发展和武装斗争进入了正轨。

寒夜寂静，冷月独映孤灯。理琪像辛勤的春蚕为胶东党的事业奋力吐丝，为恢复胶东党组织、挽救胶东革命做出了不可磨灭的贡献。

（二）武装暴动

土地革命战争时期，胶东革命斗争更加具有悲壮色彩。在白色恐怖笼罩下，胶东共产党人没有失去革命信念，依然进行着不屈不挠的斗争，先后发动潍坊暴动、日照暴动、"一一·四"暴动，经历了斗争—失败—再斗争的艰难困苦，为党组织建立武装、开展革命斗争打下了坚实的基础，扩大了共产党的影响，在人民群众中播下革命火种，让红色胶东的旗帜永不倒，薪火永不灭。

1. 三次暴动震动潍河两岸

1928年下半年，中共山东省委要求潍县、高密、诸城及周围胶济铁路沿线，在两三个月内开展农村暴动，分土地，夺取政权，形成根据地。潍坊地区党组织先后发动和领导了大柳树暴动、潍河暴动和饮马暴动，这三次暴动给潍河两岸的国民党反动派带来了极大震动。

1928年7月，中共潍县县委率先发动领导了大柳树农民武装暴动。大柳树村位于潍县西南部，潍县县委在大革命后期就开始在这里活动，有良好的群众基础。为了加紧发动暴动，潍县县委积极进行准备。入夏之前，西南乡区委就在驻地辛庄以办"红枪会"为名，组织群众演习武术，为暴动做准备。同时，县委派出人员去做兵运工作。县委书记庄龙甲亲自出面，去做土匪韩二虎部的争取工作。樊家庄党支部与当地军阀驻军王松龄部取得联系。王松龄同意，只要命令一到，立即率领队伍起义，参加武装暴动。中旬，县委对暴动的组织领导、暴动时间以及暴动后队伍的去向进行了具体研究，并派专人将暴动的详细方案送到济南，请示省委。

由于在争取土匪韩二虎的谈判中发生了意外变化，部分同志产生了冲动急躁情绪，既未请示省委，也未执行县委既定方案，就于7月22日率领百余人提前在大柳树村仓促暴动。此前成立的潍县赤卫队因未接到县委指示，没有前来会合。两天后，暴动队伍遭到地主武装和国民党军队的联合镇压。前来配

大柳树暴动集结地——辛庄村贫民学校

合暴动的王松龄部被包围缴械，四十八人被捕，四人被杀，暴动失败。大柳树暴动失败后，革命形势急剧恶化，国民党反动派开始屠杀共产党人。

早在1927年的"八七会议"后，山东省委就将《"八七"会议决议案》《山东省委通告》等文件发到高密。高密县委立即传达讨论并贯彻执行，开始组建革命武装，准备农民暴动。之后在西南乡曹家郭庄、高密城郊及东北乡、南乡的村庄建立起贫民会，发展贫民会会员五百余人。1928年七八月份，山东省委又两次指示高密、诸城等县联合行动，抓紧组织农民暴动。根据省委要求，中共高密县委和诸城特支领导潍河两岸农民于1928年9月举行了秋收暴动。农民用土枪、土炮、大刀、长矛武装自己，提出了"成立游击队""建立苏维埃"等口号，开展抗粮、抗捐、抗税、抢秋的斗争。10月4日，两百余名贫民会会员手持武器，包围了曹家郭庄，喊着"打倒土豪劣绅"的口号冲进村里，烧了村里某土豪的房子、场院，并搜出了五支手枪。随后，会员以暴动指挥部的名义成立了曹家郭庄苏维埃政权，处决了村里民愤极大的曹家郭庄庄长和范家庄地主，打伤了北营村联庄会会长。贫苦农民分到了土豪劣绅的粮食、财物。县委以贫民会的名义，向各界发布了《告贫苦农民书》《告中、小地主书》等布告，一时威震四方。但不久，这次暴动遭到了当地地主武装的残酷镇压，他们调动地主联庄会，抓走了三十余名贫民会会员。共产党员刘士秀，贫民会会员张学梯、杨德清等被杀，省委干部以及高密、诸城的领导干部被迫转移。进行了一个多月的潍河暴动失败。但这次暴动打击了当地的封建势力，为党组织建立武装积累了经验，扩大了党的影响。

1928年10月，昌邑党组织领导了饮马暴动。"八七会议"以后，昌邑党组织在于培绪的领导下，积极开展农运工作，筹建农民武装，发展壮大党组织，准备举行农民暴动。1927年12月下旬，岞山支部的王兴选和黄复兴、黄世伍分别在新河头村、饮马镇成立了贫民会。1928年6月，山东省委派于培绪由济南回到昌邑，与岞山支部一起领导农民运动。于培绪回到昌邑后，迅速扩大贫民会组织，领导农民打击土豪劣绅、抗捐抗税，促进了农民运动的高涨。8月21日，饮马镇正式召开贫民会成立誓师大会，参加会员达五百余人。附近村庄的贫民也纷纷赶来入会。高密、平度、安丘等地与昌邑相邻的村也派代表来到饮马镇，要求于培绪等去帮助成立贫民会，使农民运动深入开展起来。

1928年10月，中共饮马支部成立。根据省委指示精神，于培绪与岞山支部、饮马支部一起研究了农民武装暴动的组织工作。由黄复兴挑选两百余名青壮年组成饮马红枪会，并联络周围杨家楼、丈岭及平度的白里、泊子等四十二个村庄的红枪会，成立了有两千余名会员的联庄会。于培绪、黄复兴被推举为联庄会负责人。这样就把带有一定迷信色彩的群众自卫组织置于党的领导之下，形成了一支强大的农民武装。

10日，饮马贫民会、红枪会两百余名会员手持大刀、长矛，袭击了本镇恶霸地主的小衙门——天宝堂，斗争了恶霸地主，焚烧了高利贷账。12日，于培绪、黄复兴带领三十余名红枪会会员收缴了恶霸地主的武器弹药，缴获了部分枪支和上千发子弹。16日，饮马支部组织红枪会两百余名会员，围歼了军阀残余高化青部，缴获小炮两门、步枪五十余支、战马七匹、大车三辆。依附高化青势力的国民党昌邑县县长齐杞南逃往泰安。在饮马支部的领导下，农民武装斗争势如破竹，取得了节节胜利。

这次暴动使国民党昌邑县党部受到了极大威胁，他们决定联合军阀残部和土匪武装进行反扑。饮马支部根据情报进行了战斗部署。12月25日，饮马镇红枪会会员两百余人占了村围子，联庄会会员一千余人也齐集饮马镇，准备和匪军决战。敌人见农民武装准备充足，当即休兵，表示支持贫民会和红枪会。待各村暴动农民撤出饮马镇后，敌人在第二天凌晨突然潜回，杀害了四名贫民会和红枪会的暴动负责人。于培绪和黄复兴不幸被捕，均被押到昌邑县城，于当夜被杀。饮马暴动失败。

这三次暴动虽然失败了，但沉重打击了国民党地方政权和封建军阀的统治。它们播下的革命火种、提供的经验教训，为后来潍坊地区党组织的发展、革命武装的建立和革命根据地的开辟打下了坚实的基础。

2. 浩荡人间英雄气

1932年6月，中共山东省委派巡视员到日照，传达省委指示，要求中共日照中心县委组织农民武装起义，建立农村根据地。

日照中心县委书记安哲接到指示后，立即行动，积极筹备暴动。10月4日，为了配合中央苏区粉碎蒋介石发动的第四次"围剿"，安哲在驻跸岭主持召开了中心县委第三次党代会，对暴动做了进一步的部署，这次会议被称为"决策驻跸岭"。会议决定成立由安哲等五人组成的鲁南革命委员会，安哲任指挥；成立中国工农红军鲁南游击纵队，安哲任政委。这次会议确定了暴动的行动纲领，具体计划是：暴动分南北两路同时发起，在攻克南北两个重镇两城和涛雒之后会师日照县城；攻打日照县城之后，向西进驻五莲山区，建立日照的革命根据地。

会后，安哲发觉反动乡长于淑卿欲将暴动迹象呈报国民党县政府，就与其巧妙周旋，随机应变。当天夜里，他火速赶到距安家村近百里的山字河村，召开紧急会议，决定在省委军事指挥人员尚未到达的情况下提前举行暴动。

1932年10月13日晚7时，安家村西头人头攒动，安哲大声宣布："咱们苦难的日子到头了！穷人翻身的日子来到了！现在我宣布暴动开始了！"手持大刀长矛、镰刀斧头的人们发出阵阵欢呼，安哲领导着安家村的村民打响了日照暴动的第一枪。暴动队伍闯进地主的家中，收缴了他们的枪支，焚毁了地契文书，宣布：土地归农民所有！看着千百年来束缚自己的枷锁被打破，被压迫得喘不过气的贫苦农民第一次扬眉吐气，成了安家村的主人。暴动队伍打开了地主家的粮仓，将粮食分给了贫苦农民。同一时间，于家村、河山店的地下党支部也带领暴动队伍收缴了地主民团的枪支，焚烧地契，分发粮食。这三支队伍兵合一处，共同攻打王家滩。

王家滩是日照县东部的大村镇，是日照北部、诸城南部的对外通商口岸，富商大贾近百家。绕镇筑有坚固的围墙，设有十余个炮台，有商团、民团、盐警等两百余人固守。起义军逼近王家滩，敌人早有准备，几次攻打都没拿下。安哲见势不利，就用缓兵之计把队伍后撤，伪装成吃饭的样子。驻守王家滩的商团团长常宝贵看到起义军退了回去，便回到团部大吃大喝。就在这时，由镇内团丁掩护的起义战士时子斌和张金全以到团部报告情况为名，混进了团部，乘机击毙了常宝贵，并立即跑到城墙上大喊："起义军攻进来了，团长阵亡了！"打入敌人内部的盐警方明九、周维九等人把盐警分队拉到西南角，用暗号通知起义军进攻，并掉转枪口扫射围墙上的敌人。一时间，敌人军心大乱。安哲顺势率起义军攻进城，占领了王家滩。

起义军乘胜追击，在地下党组织的密切配合下，迅速攻下了日照北部大镇——两城镇。九天的时间，北路起义军拿下城北的大部分村镇，南路起义军也取得很大胜利。周围十几个村庄的农民武装纷纷向两城汇集，有扛着大刀的，有带着土炮的，有拿着地主交出来的洋枪的，人山人海。大家喊着口号，贴着标语，到处是"打倒地主""打倒国民党""老百姓起来当家做主"的呼声。

14日夜晚，一面"中国工农红军鲁南游击纵队"的军旗在两城镇天后宫前徐徐升起，北路各支暴动队伍胜利会师。在誓师大会上，安哲慷慨激昂地说："劳苦大众翻身的日子到来了！我们的目标是开进五莲山区，在那里建设一块红色根据地！"

日照暴动历时十三天，队伍发展到一千四百余人，经历了三十余次大小战斗。起义军每到一地，就打开地主的仓库，把粮食分给穷人，焚烧地主的地契，宣布土地为农民所有。革命烈火燃遍日照大地，包括五莲山区的几百个村庄。

农民暴动的枪声使反动派惊恐万状，日照县反动县长杨锦标一天三次电告反动军阀韩复榘。韩复榘立即命令一个师的兵力火速镇压，并令诸城、莒县等地的地主武装配合围攻暴动队伍，驻青岛的海军也派出军舰接应。在敌强我弱的情况下，安哲率暴动队伍避实击虚，奋勇迎战。但终因敌众我寡，退守山林。10月25日，安哲在寨山后涧主持召开干部会议，分析了敌我形势，认为继续进行公开斗争不利于保存革命力量，决定疏散队伍，转移干部，转入隐蔽斗争。

"国际悲歌歌一曲，狂飙为我从天落。"日照暴动为不久后波澜壮阔的胶东抗日武装起义和发展山东抗日民主根据地提供了坚实基础和宝贵经验。

3. 胶东暴动威震敌胆

1935年的初冬还不算冷，聚集在文登县沟于家村天寿宫的十余个青年内心更是热血沸腾。他们正在中共胶东特委书记张连珠的主持下召开特委扩大会议，酝酿发动大规模的胶东农民武装暴动，参加会议的有张连珠、程伦、曹云章、刘振民、邹恒禄、张修己、王台、王良弼、于得水等人。

这已经不是第一次聚集开会了，之前在烟台的上夼村和昆嵛山的岳姑殿召开过讨论暴动的会议，有了一些思想准备。这一次，三十一岁的张连珠慷慨发言，他分析了国际国内的政治形势，指出："胶东人民长期受着国民党的苛捐杂税的剥削，受着土豪劣绅的压迫，过着牛马不如的生活。只有用武装把反动势力推翻，掌握了武装，有了政权，才能活下去……"经过大家的认真讨论和研究，程伦代表特委宣布：定于 11 月 26 日举行暴动，暴动指挥部设在昆嵛山无染寺，张连珠任总指挥，程伦任副总指挥，暴动队伍的番号为"中国工农红军胶东游击队"。暴动分东、西两路行动：东路是文登、荣成的人员，由张连珠和刘振民负责，编为三个大队；西路是海阳、牟平的人员，由程伦、曹云章和邹恒禄负责，编为两个大队。两路队伍会合后，将攻打文登城，然后整个暴动队伍西进，"三天三夜冲出胶济路，拉到鲁南山区打游击"。会议结束的时候，大家兴奋地唱了一首歌："中华民族危亡在眼前，救国家，救人民，我们要当先……"

开会的这一天是 11 月 18 日，距离确定的暴动时间只有八天。会议结束后，各路暴动队伍进入紧张的准备阶段，大家夜以继日地工作，写标语，绣红旗，准备武器弹药。队旗是刘振民和张修己设计的，长方形红布，中间用黄布剪制镰刀、斧头，四边用白布，并在三个边镶上锯齿，红布上绣有队伍的番号。张修己的姐姐张修英通宵达旦地赶制旗帜，在暴动前夕，终于把鲜艳的红旗交给了特委。尽管这样，特委还是没能按时做好准备工作，特别是派出去购买子弹的人逾期未归，于是特委决定将暴动时间推迟三天，11 月 29 日（农历十一月四日）再举旗暴动。然而，天有不测风云，推迟暴动的消息并没有及时传达到各地。有的地方农民武装依然在 11 月 26 日举行了暴动，结果很快被镇压并暴露了暴动计划，导致部分地区的地下党组织遭到严重破坏。石岛地下党组织就是其中之一。

11 月 28 日清晨，于得水按照计划提前带领东路第三大队二十余人，从文登县孔格庄出发，直奔一百余里外的石岛，目的是夺取敌人枪支弹药，为第一、二大队的暴动提供武器支持。黄昏时分，于得水等人在距石岛五公里的地方俘虏了敌人五名流动哨，获得了几支枪。队伍赶到石岛附近的时候，天已经黑了，他们与先行到达的刘振民接上头，才知道共产党在石岛的地下组织已被敌人破坏，石岛目前戒备森严。于得水、刘振民当即改变计划，决定先袭击人和镇镇公所等地取得枪支弹药，再返回孔格庄与第一、二大队会合。

这时已经是 11 月 29 日的拂晓了，武装暴动即将全面展开。于得水等人马不停蹄地赶到人和镇，装扮成打官司的，混入镇公所，一举缴获全部枪支。之后，他们带着枪支弹药、大刀刺刀、土枪等武器于当晚 9 时许才返回孔格庄，没能与第一、二大队会合。

原来，11 月 29 日早晨，东路第一、二大队按原定计划在孔格庄集结，等待第三大队来送武器。可是，傍晚时仍不见第三大队回来，大家的心情十分焦急，张连珠一下午都站在村北的山顶上瞭望，嗓音已经沙哑。眼看太阳快要落山了，他分析了第三大队的情况，决定改变原计划，第一、二大队立即转赴离文登县城较远且便于开展游击活动的昆嵛山区，分头活动，打击敌人。

12 月 5 日清晨，第二大队到达文登县底湾头村。11 时许，国民党军第八十一师展书堂部和文登县地主武装共两千余人包围了底湾头村，与第二大队展开了激战。王亮听到枪声后，率第一大队赶往底湾头村增援。于得水得知第二大队被包围的消息，也率第三大队直奔底湾头村。但于得水等人在路上遭到国民党文登县保安队及盐警三百余人的伏击，伤亡较大，不得已撤出战斗，转入昆嵛山区。

此时，在底湾头村，第一、二大队仅有两百余人，并且武器低劣。战斗一直进行到下午 1 时许，虽然数次打退敌人的进攻，但第一大队大队长丁树杰等多人牺牲。敌人包围圈越来越小，张连珠命令队伍突围，王亮就率领部分队员沿着几条小沟向村西北方向突出了重围，可是张连珠在掩护队伍突围时被俘。东路暴动失败。

西路暴动也在 11 月 29 日打响，海阳暴动队伍和牟平暴动队伍一路打土豪，分财物，夺枪支，赶往松椒村会师。12 月 2 日，两队胜利会师，成立司令部，召开会师大会，宣布成立海阳、牟平两个大队。下午 2 时左右，大会还没结束，国民党军第八十一师展书堂部千余人分乘四十辆汽车，突然兵分两路包围了松椒村，暴动队伍很快被打散。张贤和等十余人牺牲，程伦等人被捕。西路暴动失败。

12 月 13 日，胶东特委委员程伦、曹云章等二十余人在夏村惨遭杀害。18 日，胶东特委书记张连珠在文登城西门外英勇就义。仅 1935 年 11 月底至 1936 年 1 月中旬，文登县被捕的共产党员和群众就有三千余人，一次被屠杀者竟达三十二人。

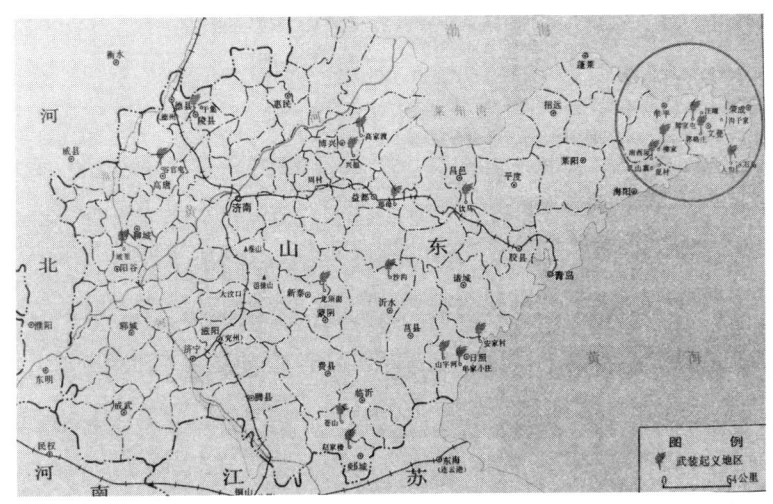

土地革命战争时期山东武装起义示意图

海阳县共有两百余名共产党员和群众被捕，二十余人被杀害。

　　"一一·四"暴动虽然失败了，但胶东的党组织和人民群众得到了锻炼，积累了斗争经验，同时也扩大了共产党的影响，在人民群众中播下了革命的火种。特别值得庆幸的是，于得水、刘振民、王亮带领部分暴动人员进入昆嵛山区，继续坚持游击斗争，保存了革命力量。

4. 昆嵛山上红旗猎猎

　　昆嵛山，位于胶东半岛东部，脉长坡陡，山高谷深，峰峦叠嶂，连绵百余里。整个山系有大小山头百余座，山口七十二处，主峰泰礴顶海拔923米。昆嵛山是控制整个胶东半岛的战略要地，因地处牟平、文登两县交界处，远离县城，所以国民党的统治比较薄弱，共产党在昆嵛山区有较强的组织基础和较好的群众基础。

"一一·四"暴动失败后，于得水率领东路第三大队突围的二十余名队员转入昆嵛山。与此同时，王亮也率领东路第一大队十几名突围的队员转到昆嵛山北麓。不久，在胶东特委委员刘振民主持下，进山的两部分队员会合在一起，继续擎起中国工农红军胶东游击队的大旗，在于得水的带领下，坚持在昆嵛山区战斗。

1935 年底至 1936 年初，是游击队员们最难熬的日子。天气寒冷，许多队员的脚和手都被冻伤；缺乏食物，队员们常常是食不果腹，饥肠辘辘；缺医少药，许多伤病员不能及时得到救治。再加上敌人的反复"清剿"和追杀，形势变得非常严峻。在这种情况下，于得水决定化整为零，让负伤和患病的队员下山，没有暴露的队员回家，尽其所能开展工作，按规定的暗号与游击队保持联系。其余的队员坚守在昆嵛山，采取分散与集中、秘密与公开相结合的方法，用声东击西的战术，开展机动灵活的游击斗争。

敌人的"清剿"主要在山下的平原地区进行，重点是那些比较出名的"红村子"和比较大的村镇。为了转移敌目标，牵制敌人兵力，减少那里党组织和人民群众的损失，于得水把游击队员分成若干个小组，或穿便衣，或化装成敌人，每天晚上出去迷惑和扰乱敌人。一到晚上，昆嵛山上有的地方石炮轰响，有的地方火光连天，搞得敌人晕头转向。敌人从四面八方调集力量对昆嵛山进行反复"清剿"，不但昆嵛山附近的每个村庄、山庵、寺庙没漏掉，就连每个山洞也都抄了几遍。但是，"清来剿去"，连游击队的影子也没有见到。原来，就在敌人"剿山"时，游击队已经转移到平原和沿海一带去了。

为了恢复同敌人统治区中共党员的联系，及早找到上级党组织，于得水组织游击队员，昼伏夜行，冒着生命危险积极活动于文登、荣成、牟平、海阳等地区。功夫不负有心人。经过队员们历尽艰辛，苦苦寻找，于得水终于和邹恒禄、王台、张修己等"一一·四"暴动后失散的共产党员接上了头。大家互相了解情况，彼此鼓励，决心坚定理想信念，保持革命斗志，继续坚持斗争。不久，经过邹恒禄、张修己的介绍，于得水与胶东临时特委书记理琪取得了联系。1936年春，理琪见到了于得水，他分析总结了"一一·四"暴动的经验教训和当前形势，对红军游击队给予充分肯定和鼓励。从此，这支红军队伍在上级党组织的领导下，更加顽强地战斗在昆嵛山区。

为加强红军游击队党组织建设，提高队员们的政治军事素质，1936年4月，由胶东临时特委主持，游击队在昆嵛山"老蜂窝"举办了训练班。通过学习，游击队员们认清了当前形势，进一步坚定了革命必胜的信念，同时也理解掌握了"化整为零""并零为整"等战术思想，学会了旗语等军事常识。

昆嵛山东麓有一个大村镇——界石村，是昆嵛山山南、山北和山东之间的交通枢纽。敌人的主力撤走后，一支几十人的反动武装联庄会仍然驻扎在这里。他们曾配合国民党军队"清剿"过"一一·四"暴动的"红村子"，也曾伙同文登县保安大队袭击过"老蜂窝"训练班。"清剿"大队撤走后，他们仍然在昆嵛山下各处打埋伏，搞袭击，残杀共产党人和革命同志，还经常派出特务侦察地下党和游击队的活动，危害极大。经胶东临时特委同意，红军游击队决定拔掉这根毒刺。

1936年6月2日，正值界石村赶集的日子，游击队员化装混进赶集的人群里，向约定地点集结。天黑后，队员开始行动。他们从敌人的房子东面绕过去，准备直接进入大门。不料正在这时，原本敞开的大门突然"砰"的一声关上了。王亮想办法打开大门，于得水率先冲了进去，端枪大声吼道："举起手来，谁动就打死谁！"敌兵们被这突如其来的变故吓坏了，纷纷举手投降。突然，敌人的小队长从于得水身后蹿出来，死死抓住于得水手里的枪。只见于得水拿枪的右手用力向前一推，急速抽手，甩开了敌人。但是，匣子枪机头也因此碰坏，打不响了。正在此时，"砰"的一声，敌人的子弹打中了于得水腰部。于得水顾不得疼痛，用左手朝敌人的眼睛和鼻子猛砸一拳，打得敌人鼻口流血。他紧接着又踢一脚，敌人"哎哟"一声，倒下去了。这时，又一颗子弹打中了于得水。连中两枪的于得水浑身打战，身子倚在门框上。但他依然咬紧牙关，右手持枪，用尽全身的力气喝道："谁动我就开枪！"此时王亮等人冲进来，把敌人的枪全部缴下。

这次战斗历时一个半小时，缴获长短枪五十余支、子弹两千余发，俘敌五十余人，终于拔掉了这根扎在人民群众和游击队身上的毒刺，扫清了党组织在昆嵛山地区活动的障碍。后来，于得水回到昆嵛山养伤，他养伤的山洞现在命名为"帷幄洞"。

在白色恐怖笼罩下，胶东特委的经济十分困难。于得水提议攻打国民党垒子盐务局，既可以解决一部分经费和夺取武器，又可以扩大共产党的影响。他的建议得到了理琪的支持。

1937 年春的一天拂晓，二十余名游击队员化了装，分头向垒子盐务局奔去。中午前后，大家陆续赶到预定地点。这天来买盐的老百姓很多，都聚集在盐务局房子东头的一块平地上，游击队员们都混在其中。于得水站在墙角处，注视着门外敌人的活动。见时机成熟，于得水向队员们使了个眼色，行动开始了。于得水快如闪电，首先朝门岗脸上就是一拳，接着又是一脚，门岗立即倒下。其他队员迅速冲进大门。这时，敌人正在吃午饭。游击队员大吼一声："举起手来！不准动！我们是红军游击队！"敌人都吓呆了。游击队员一边向敌人进行革命宣传，一边将敌人全部缴枪。这次智取垒子盐务局，游击队一枪未发，缴获钱一百余元、长短枪二十余支、子弹一千一百余发、刺刀和大刀片各十余把。

就这样，昆嵛山上的红军胶东游击队在绵延近百里的山区，不畏艰苦，坚持斗争。他们不仅沉重地打击了敌人，而且为党保存了力量，为革命培养了骨干，一直坚持到 1937 年 12 月 24 日天福山起义爆发，红军胶东游击队成为山东人民抗日救国军第三军的骨干力量。这支红军队伍是中国北方沿海地区和山东省内唯一一支坚持到抗战全面爆发的红军队伍，是山东党组织在严酷环境中红旗不倒的重要标志。

（三）浩气长存

"一切向前走，都不能忘记走过的路。"胶东，一片红色的热土，血与火淬炼出了永恒的胶东革命丰碑。王全斌、赵鸿功、安哲、刘福考等英雄面对敌人的威逼利诱、残酷刑讯，始终坚贞不屈，视死如归，最终献出年轻的生命。虽然他们离我们而去，与黄土为伴，可他们的英雄事迹依然熠熠生辉，他们的名字将被永远铭记。

1. 钢铁战士王全斌

1928年12月2日，寒风凛冽，雪花漫天。中共高密县委书记王全斌在济南参加山东省委扩大会议后，坐上返程的火车。当火车行至黄旗堡车站时，几个刚上车的人走进他所在的车厢，开始寻找座位。走在最前面的人个头不高，衣着讲究，十分有派头。后面跟着的人像是他的手下，都是一副混混模样，贼溜溜的眼睛四处张望。起初，正在看报纸的王全斌并没有注意这几个人，当他们从身旁经过时，他无意中抬头看了一眼，似乎看到一个熟悉的身影。一会儿，这几个人坐到了离他不远的座位上，王全斌定睛一看，认出了为首的那个派头十足的"老大"，不禁心里一惊。

那个派头十足的"老大"，正是潍县国民党南流区分部头子宋法玉。在国共合作的北伐战争时期，王全斌曾担任国民党潍县党部执行委员，与宋法玉有过接触，相互认识，没想到竟会在这趟车上碰到。这几天，国民党反动当局正悬赏缉拿王全斌，他暗想，一定要在宋法玉发现自己之前赶紧脱身。于是，他迅速起身，向与他们相反方向的车厢走去。刚走两步，只听背后有人大喊一声："站住！"王全斌没有停下，反而加快脚步，向前方车厢跑去。后面的几个人一跃而起，很快追上了他。经过一番扭打，王全斌最终寡不敌众，被这几个便衣特务反手抓住。

二十八岁的王全斌经历过讨袁斗争，上过工业学校，是中共潍县县委的早期领导人之一，两个月前接任了高密县委书记。他深知自己肩上的重任，也明白自己对国民党反动派的利用价值。

王全斌被捕后，立即被押解到潍县公安局的监狱。潍县公安局局长李朝英早在大革命时期就是国民党右派，大革命失败后成了得志的"中山狼"。他一听说逮捕了王全斌，欣喜若狂，妄图用重刑"撬开"王全斌的嘴，进而把潍县、高密的共产党员一网打尽。

可是，在王全斌的面前，李朝英的企图不过是黄粱美梦。第一次受审时，王全斌毫不畏惧。他变法庭为讲坛，历数国民党反动派叛变革命后的丑恶行径和残害人民群众的累累罪行，反而使李朝英等人处于受审地位，狼狈不堪。王全斌义正词严，慷慨激昂，在场的国民党特务都被他从容凛然的气势所震慑。

李朝英虽然理屈词穷，但又不甘受到真理的审判，反动、疯狂的本性驱使他对王全斌施以重刑。特务们摆上老虎凳，丧心病狂地撬断了王全斌的腿，但这并没有吓倒王全斌，反而使他更加仇恨这些杀人魔鬼，也更加坚定了保守党的秘密的信念。王全斌想："这些十恶不赦的反动分子做尽了坏事，他们用如此残酷的刑罚折磨我，我也不能让他们痛快！"王全斌灵机一动，干脆来个将计就计。于是，他假装屈服，编出一套假口供，承认自己是高密地下党组织的负责人，正在准备一次大的武装暴动，还供出暴动计划、活动情况等。

但是特务们仍不满足，步步紧逼，要王全斌立即交出一份中共地下组织参加暴动的名单。一不做二不休，王全斌干脆把潍县和高密的反动分子及地主恶霸都一一写上了名单。他写出十个人的名字，又在特务的威逼下，"交代"了这十个人在暴动中的分工情况。见到王全斌提供的名单，李朝英欣喜若狂：破获高密一带共产党组织及其暴动计划，这可是自己向上司邀功请赏的大好机会。他立即率领特务们按图索骥，将名单上的十个人一网打尽，全部押到潍县监狱连夜审讯。

折腾了一个多月，李朝英才发现自己被当猴耍了，上了王全斌的当。抓来的哪里是共产党员，分明都是国民党党团分子和潍县地主豪绅，是国民政府统治的支柱，李朝英不得不将他们全部释放。

被戏弄的李朝英气急败坏，开始对王全斌施以更加惨无人道的酷刑。在一次审讯时，李朝英竟然下令将王全斌的两个耳朵割下来，以此威逼他说出共产党的活动情况。王全斌早已把个人生死置之度外，面对敌人的野蛮兽性，他忍着剧痛，高呼："打倒土豪劣绅，打倒贪官污吏！"疯狂至极的李朝英又命人将王全斌的舌头割掉，逼迫他写出共产党员名单。王全斌口含鲜血，先啐了敌人一口，然后用手蘸血，写道："共产党好，能救国救民。"没容王全斌多写，李朝英再次下令剐去了他的双手、双脚……

酷刑受尽，气节仍存。王全斌在失去耳、舌、手、脚之后，双目如炬，怒视敌人。敌人被他利剑般的目光瞪得心惊胆战，只能将他的双眼挖出。1929年1月9日夜，受尽折磨的王全斌在潍县城里荷花湾畔英勇就义，年仅二十九岁。

王全斌是高密党史上第一位为革命壮烈牺牲的县委书记，他虽死犹荣，虽死犹存。这位钢铁战士忠贞不屈、视死如归的革命精神和英雄气概为后人敬仰赞叹。新中国成立后，党和人民为了缅怀王全斌，将他的家乡命名为"全斌乡"。

2. "四五烈士"赵鸿功

1928年冬天，在通往蓬莱县巨山沟村的山路上，一个二十岁出头的年轻人正急匆匆地赶路。时值隆冬，北风呼啸，飞雪漫天，他并没有被这肆虐的严寒所阻挡，矫健的步伐和敦实的身躯充满着青春的活力。这个踌躇满志的年轻人名叫赵鸿功，这年春天刚在烟台加入中国共产党。和以往不同，他这次回家乡，身负重任，不仅要给巨山沟村带去春的信息，还将成为蓬莱革命的播种人。

1908 年，赵鸿功出生在蓬莱县小门家镇巨山沟村的一个贫苦农民家庭，他的父母拿出全部积蓄支持他在蓬莱志成小学、烟台先志中学读书学文化。赵鸿功进入先志中学后不久，就在中共地下党团组织和进步师生的影响下，阅读《新青年》《向导》等进步书刊，接受了革命思想的洗礼，并积极参加进步师生的革命活动，寻求救国救民真理。

1928 年初，赵鸿功与中共烟台小组取得了联系，参加了党团组织开展的活动。经过几个月的培养锻炼，赵鸿功加入了中国共产党。入党后，他以满腔的热忱投入革命洪流中去，很快就成为烟台党组织的中坚力量。1928 年底，为发动农民运动，中共烟台特别支部派赵鸿功回蓬莱县开展工作。

大雪纷飞的那天，赵鸿功来到巨山沟村小学当起了老师，秘密开展党的工作。他经常在晚上到贫苦农民家里，用通俗的话语讲解穷人受苦受难的根源，宣传俄国十月革命和社会主义，讲解中国共产党的性质和最终目标，启发农民的阶级觉悟。这期间，赵鸿功认识了无业贫农邢汝海，感觉邢汝海特别爱听革命故事，就经常找他谈心，对他进行阶级教育。经过赵鸿功的帮助，结合自己的经历，邢汝海很快认识到，只有跟着共产党走，穷人才能翻身得解放。1929 年的春天，赵鸿功发展邢汝海加入了中国共产党。不久，巨山沟村就有了五名共产党员，蓬莱县的革命火种悄悄点燃。3 月，中共蓬莱小组成立，赵鸿功任组长。

为了迅速把农民组织起来，赵鸿功带领党员组建了农民协会，大力发展会员。经过他们的动员，五十余人加入农民协会，蓬莱县的农民协会组织成立了。1929 年 5 月 25 日晚上，赵鸿功带领全体党员和部分农民协会会员趁着第二天周边许多村的农民要在野王家村赶庙会的机会，在野王家村的墙壁、树干上贴了许多"打倒土豪劣绅""铲除贪官污吏""拥护为穷人谋利益的中国共产党"等标语口号。后来，他们又多次将这样的标语贴到蓬莱城的大街小巷，轰动了蓬莱县，给劳苦大众以极大鼓舞。1929 年秋，赵鸿功在蓬莱成立了中共蓬莱支部，革命的力量在"蓬莱仙境"的土地上不断发展壮大。

1930 年春，赵鸿功按照组织安排到蓬莱城中的丛氏小学任教，他意识到这是一个培养革命人才的好机会。国文课本里，有一篇课文，是描写贫苦渔妇的诗歌。赵鸿功详细讲述了渔妇受苦的经历，又用小学生能听懂的语言，揭露工人、农民受到的地主、资本家的剥削之苦，使学生明白了阶级剥削和贫富不均的根源。一次，他提问佃农家的孩子高扬文："渔妇为什么那样苦？"高扬文回答："天旱水浅，打不上鱼。"赵鸿功追问："还有呢？""渔霸欺侮、剥削她。""对了，"赵鸿功又问，"你家种地主的地交不交地租？交多少地租？"这一问使高扬文很为难，长期受压迫使他有了爱面子、怕人看不起的心理，所以从来没有向同学、老师说过自己是一个佃农的儿子。赵鸿功的提问揭开了高扬文的底儿，他顿时脸庞发烧，低下了头，没有回答。赵鸿功看到他的样子，就开导他说："这不是什么丢人的事，天下种地主地的人家很多，不只是你一家。"高扬文才勉强回答："我家种地主十亩地，收一石粮食要交四斗租。"赵鸿功听后说："这就是你家受穷的原因。"原来，赵鸿功对全班学生的家世都进行了侧面的了解和调查，这样才能根据学生的不同情况进行革命思想教育。

为了让学生能更加深刻地理解穷人受苦的根源，赵鸿功把这篇课文改编成剧本，让高扬文拿着一个破篮子，挂着一根棍子，在台上表演渔妇沿街乞讨的情景，嘴里还唱着歌词。同学们看了后，觉得很新鲜，此举收到了很好的宣传效果。

1930年下半年，为了开展农民运动，准备武装起义，赵鸿功频繁往来于蓬莱和烟台之间，机要书信也不断通过秘密交通员陈凤翥转交上级党组织。由于奸细告密，赵鸿功成为烟台军阀调查的重点对象，警察还掌握到部分线索。就在这年年底，敌人特意从邮局检查赵鸿功交寄烟台的信件，发现赵鸿功寄给陈凤翥的信是密信。不久，赵鸿功被捕。在蓬莱看守所关押时，敌人曾放出话说，只要赵鸿功承认自己年幼无知，只是一时上当，就会放了他。有丛氏小学老师利用去看守所探望赵鸿功的机会，把话传给了他。赵鸿功坚定地予以回绝，表示自己是共产党员，所做的事情与别人无关。老师们都被赵鸿功对党的无限忠诚和共产党员的博大胸怀所感动。学生高扬文得知赵鸿功被捕后，立即跑到蓬莱县看守所去探监，但是看守不让他进去，他只能从窗外向里张望。赵鸿功在窗前镇定自若，微笑着向他挥手告别。这是高扬文走上革命道路之前与导师的最后一面。

1931年3月4日，赵鸿功等九名共产党员被押往济南，关押在山东省第一监狱。在狱中，赵鸿功历经磨难，受尽酷刑，但始终坚贞不屈，同敌人进行了顽强斗争。为掩护同志，他除了承认自己是共产党员外，一口咬定邢汝海等人只是参加农民协会，并再三申明："责任由我一人承担，勿涉他人。"敌人见从赵鸿功身上得不到所需要的东西，就以"加入红匪，图谋不轨"的罪名，判处赵鸿功死刑。4月5日，赵鸿功与中共一大代表邓恩铭、曾任中共山东省委书记的刘谦初等山东省共产党的重要干部一起，被枪杀于济南纬八路侯家大院刑场，年仅二十三岁。

3. 血砺忠诚的安哲

我们的心的火焰在熊熊烧，

我们的激流的血在激动地跳，

起来，工作，工作！

灰暗的雾正弥漫在云霄，

用赤裸的手与足，

把塞途的荆棘踏折了；

用鲜红的沸热的血，

造成一座虹的桥。

天国不在幻想者甘美的梦境里，

天国是靠在人间的前驱者的工作与勇骁。

这是九十余年前中共日照县委书记安哲面对蓬勃发展的农民运动，满怀豪情写下的光辉诗篇，这首激情澎湃、斗志昂扬的诗歌仿佛把我们带回了那段激情燃烧的峥嵘岁月。

1906年，安哲出生在日照县两城镇的安家村。十九岁那

安哲

年的夏天，安哲结识了在齐鲁大学读书的日照同乡、共产党员丁君羊，经他介绍，与中共山东地方执委会书记邓恩铭相识。邓恩铭不断地向其介绍鲁迅的作品和《新青年》杂志上的文章，这使安哲大开眼界，吸纳了一些进步思想和革命理论。之后，在邓恩铭、丁君羊等人的倡导下，安哲组织了一些在济南上学的日照籍青年成立了少年日照学会，郑天九、牟春霆、李平章等十几人相继加入。学会成为中国共产党的外围组织，也是党组织培养和教育青年的阵地之一。他们每周都会集合在一起，学习马列主义，讨论时事政治，积极参加革命活动。1926年春，经中共山东省委组织部部长丁君羊的介绍，安哲在济南加入了中国共产党。

1926年7月，被中共山东省委派到武汉参加北伐战争的安哲经历了汪精卫叛变，感到无比愤慨，处于苦闷与迷惘之中。这时，刚刚参加武汉农民运动讲习所学习的牟春霆向安哲讲述了毛泽东的《中国社会各阶级的分析》和《湖南农民运动考察报告》。毛泽东对革命形势和中国社会各阶级作了精辟的分析，指出农民问题是中国革命的根本问题，必须建立以农民为主力军的革命武装。安哲听后深受启发，仿佛拨开迷雾看到了中国光明的前途，他激动地说："中国革命非由共产党领导不可，共产党非有自己的工农武装不可。"

带着这样的信念，1928年春，安哲回到家乡日照县搞农民运动。1931年春，他建立了中共诸城特支。不久，中共日照县委组建了，安哲任书记，牟春霆任组织部部长，郑天九任宣传部部长。至1932年10月，日照县共发展党员七百余名、共青团员两百余名，全县一百余个村庄有了党员、团员；建立了六个区委、四十五个党支部、二十五个团支部。

革命队伍的壮大，推动安哲领导了日照暴动。珍藏在日照暴动纪念馆的安哲日记中，写着这样一段话："哥哥因为某君的报告，说我是共产党，想要把我逐出家庭。"斗争的开展让当地的地主、劣绅感到恐慌，他们扬言要报复安哲。安哲的革命活动一度遭到父亲和兄长的反对，但这些都没有动摇其革命意志和决心。日照暴动失败后，反动当局到处张贴公告，悬赏一千大洋"缉拿"安哲，日照大地处在一片白色恐怖当中。安哲化装成吊孝人，机智地闯过了敌人的层层封锁，几经周转，从烟台转移到大连。到了大连以后，安哲又召集了曾参加暴动的队员、共产党员开了一次会。开会的目的是想解决两个问题，一个是要继续寻找党组织，一个是要继续革命。

1933年6月5日，安哲按照中共奉天特别委员会的指示，从大连来到奉天，任中共奉天特委宣传部部长。安哲在奉天特委的领导下，坚持党的地下斗争。他化名王德海，以拉洋车车夫的身份为掩护，日夜奔走，开展工人运动。6月22日，中共奉天特委书记杨一辰因撒传单被奉天伪警察厅逮捕。第二天，不知情的安哲到杨一辰住处，不料遇到已叛变的共青团奉天特委书记张柏生带领的日本宪兵队来抓人，因而被捕，被关押在日本警察署的看守所。

在日本警察署看守所里，他受尽折磨，但始终咬定自己是个教书先生，没有透露自己的政治身份和泄露党的机密，表现出一个共产党员英勇顽强的革命斗争精神。残暴的日本宪兵队无可奈何，只得将他作为嫌疑犯转交给伪满奉天法院监狱。

安哲转入监狱后，被关进2号牢房，这个牢房共关押了二十四人，大多是反对日本侵略的进步学生。安哲的年龄比较大，又能诗善文，待人热情，很快就得到了难友们的爱戴。安哲组织2号牢房的难友学习进步书刊，增强共产主义信念。通过学习，难友们提高了理论水平，坚定了革命必胜的信心。安哲经常给难友们讲革命故事，并写诗歌和文章抒发感情，鼓励难友，还教难友们唱《国际歌》等歌曲，带领难友们为争取放风的机会和不受虐待进行绝食斗争，直到取得胜利。

安哲被捕后，一直惦记着大连党的工作。当年8月，他通过看守给大连市委写信："我因共产党嫌疑而被捕，狱中生活挺苦，有钱可寄两元。"这封信表面看是要钱，实则暗示大连党组织要及时隐蔽转移。但不久，叛徒于贡芳从大连来到奉天，向日本宪兵队供出奉天特委组织构成和安哲领导日照暴动的情况，安哲因此一再被提审，遭到敌人的残酷刑讯。身患肺病、咳嗽不止、骨瘦如柴的安哲得不到医治，身体极为虚弱。残酷刑讯更使他忧愤满腹，病情日渐恶化，不幸于1934年冬天在奉天监狱壮烈牺牲。那一年，他才二十八岁。临终前，安哲托人带信给家里，嘱咐后代要好好读书，为人民工作。

安哲牺牲后，狱中难友们凑钱买了一口棺材，并刻上"王

德海"的名字，把他安葬在奉天大西门外的杨树林。1960 年，
中央人民政府追认安哲为革命烈士。

4. 革命烈士刘福考

　　"天福惊雷震四海，昆嵛贞杰炳千秋"——这是位于文登
县界石镇闫家泊子村刘福考烈士故居大门上的楹联。2020 年，
故居修缮完成后，已成为一处红色地标，吸引着四面八方的人
前来悼念、参观、学习，汲取精神的力量。八十余年来，宁死
不当俘虏的革命战士刘福考的形象深深烙印在人们心中。

　　刘福考，原名刘振海，1915 年出生于文登县界石镇阎家
泊子村。阎家泊子村位于文（登）牟（平）威（海）三地交界

刘福考烈士故居

处，是文登地方党组织建立较早的地方。刘福考的父亲刘明达是文登早期中共党员，因此，刘福考自幼就明白了很多革命道理：穷人只有拿起枪，铁心跟党走，才能打倒地主老财；只有翻身做主人，才能有饭吃，有衣穿，孩子才能上学识字。1935年1月，二十岁的刘福考加入了中国共产党，年底就参加了中共胶东特委领导的"一一·四"暴动。暴动失败后，刘福考随于得水、王亮等领导的中国工农红军胶东游击队在昆嵛山周围打游击。敌人采取各种手段妄图彻底扑灭胶东革命的火焰，刘福考和游击队员采取分散与集中、秘密与公开相结合的方法进行反"清剿"战斗。

为支持中共胶东临时特委各项工作的开展，扩大党的影响，在反"清剿"的同时，刘福考和队友们还经常主动袭击敌人，对地方上一些与敌人串通一气、作恶多端的反动分子予以坚决打击。当时，国民党汪疃区队队长的"狗腿子"江全德作恶多端，不仅鱼肉百姓，而且到处探听地下党员和游击队员的消息，为敌人提供情报，危害极大。因此，红军游击队决定除掉江全德。1936年7月31日，刘福考等游击队员趁着夜色朦胧潜入江全德住处，成功将其除掉。返程途中，游击小分队遭遇敌人伏击，刘福考腰部中弹负伤。在掩护游击小分队突围时，他又连中两弹，肠子流了出来。为了不当俘虏，不让枪落在敌人手里，刘福考一手捂住伤口，一手用力扒土埋藏枪支，然后拖着重伤的身躯，向姜家泊子村边的一处孤房爬去。刘福考挨近门口用力叫着，屋里被枪声惊醒的村民打开门，低头细看门前躺着的"血人"，马上明白了是怎么回事，很快找来两个年轻人把刘福考送回家。

刘福考回到家，天还没有亮。他知道情况紧急，就强打精神断断续续向父亲讲了经过，最后央求道："爹，敌人一定会搜查的，反正我是活不了的！我宁死也不愿做俘虏，你快用绳子勒死我吧！我死后，你把枪支挖出来交给游击队……"父亲见到血肉模糊的儿子已心肝俱碎，听到儿子的要求全身都颤抖了，哪里能下得去手。时间紧急，刘福考再三敦促请求："快！快！敌人马上就要来了！"听到敌人的搜查声，刘明达迅速将儿子背到玉米地里藏了起来。

不一会儿，敌人拥进村中，扑进刘福考家中搜查，毫无收获，就开始漫山遍野地搜索。听说敌人拥进了玉米地，刘明达捶胸顿足，懊悔没听儿子的话。匪兵前脚离开，他后脚就奔进了玉米地。听到地边的枯井传来声响，他急忙走过去，朝井下一看，竟然是儿子在不深的井底倚着。此刻，敌人仍在搜查。刘明达找了根绳子把儿子从井里拔了上来，背到草木茂盛的祖茔地。这时，奄奄一息的刘福考再次示意父亲赶快动手。刘明达虽然明白儿子确实活不成了，但怎么也无法下手。他咬碎嘴唇，为儿子拴好绳子，含泪转身离开了茔地……贼心不死的"清剿队"折返回村，顺着血迹，追到刘家祖茔，走近一看，刘福考已自缢而亡。

敌人抓不到活人，连尸体也不肯放过。他们残忍地把刘福考的头颅割下，挂到汪疃集悬首示众。痛失儿子的母亲发疯般地哭喊，不顾一切把头颅抢了回来。母亲抱着儿子的头颅悲痛欲绝地往家走去，路过河边时，她蹲下身来，就着缓缓流淌的河水，用颤抖的手擦净头颅的血污，为儿子洗了最后一次脸。

刘福考牺牲了，年仅二十一岁，留给妻子王淑贞的是两岁的女儿和腹中八个月大的胎儿。这个沉重的打击改变了王淑贞的一生。1939年，王淑贞向党组织提交了入党申请书，在"入党动机"一栏写道，一是想要为丈夫报仇，二是想要过上幸福的生活。根据党组织的要求，王淑贞秘密为党传递情报。为了保证安全、快速、有效地传递情报，她和公婆分了家，带着孩子自立门户，有时候为了躲过盘查，就装疯卖傻，每次都能将情报安全送达。后来，她担任过阎家泊子村青救会会长、妇救会会长、妇女主任。王淑贞将一生献给了革命事业，在战争年代她是巾帼不让须眉的英勇斗士，在和平年代她是服务于基层的共产党人。王淑贞用她一生的奉献诠释了一位共产党员的不忘初心与使命担当。

2020年春，中共威海市文登区委、文登区政府为了缅怀刘福考烈士，修建了福考园，并从其家乡带土移栽了一株杏树种在园内。

三

中流砥柱　保家卫国

"外侮需人御，将军赋采薇。"国难当头，山河社稷急需栋梁；临危受命，胶东儿女慷慨激昂。抗日战争时期，无论是在硝烟弥漫的战场拼杀中，还是在暗流涌动的城市斗争中，胶东人民始终不畏艰难，不怕牺牲，同仇敌忾，反抗侵略。理琪、任常伦、陆升勋，以及马石山十勇士等众多抗日英烈和群体的英雄壮举惊天地，泣鬼神，充分体现了伟大的抗战精神，展示了天下兴亡、匹夫有责的爱国情怀，展示了视死如归、宁死不屈的民族气节，展示了不畏强暴、血战到底的英雄气概，也展示了胶东人民百折不挠、坚忍不拔的必胜信念。

（一）浴血奋战

　　天福山上的第三军红旗昭示着中国共产党领导的人民抗日力量开始走上胶东抗战的主战场，胶东各级党组织开始成为全面抗战的中流砥柱。玉皇顶起义成立了第三支队和民主政府，胶东抗战的局面为之一新。第三军和第三支队合编，抗日队伍从小到大，由弱到强，离不开党的领导，离不开胶东人民的支持。遭遇战、反顽战、地雷战、反"扫荡"、反击战、保卫战……每一场战斗都坚定着胶东军民抗战必胜的信念，鼓舞着胶东军民从胜利走向新的胜利！

1. 天福山惊雷

胶东天福山山巅巍然耸立着一座标志性的建筑物——天福山起义纪念塔。这座纪念塔是山东人民于 1972 年为纪念天福山起义而修建的。

1937 年 7 月 7 日，日本侵略军制造了卢沟桥事变，全面侵华战争爆发。第二天，中国共产党向全国发出通电，指出只有实行全民族抗战才是中国的出路，号召全国人民、军队和政府团结起来，筑成民族统一战线的坚固长城，抵抗日本的侵略。

1937 年 9 月，中共山东省委根据中共中央在敌后放手发动群众、开展独立自主游击战争的方针和《抗日救国十大纲领》，以及中共中央北方局提出的"每个优秀的共产党员，脱下长衫，到游击队去"的号召，结合山东的实际情况，制定了发动抗日武装起义和组织抗日武装的十条纲领。

10 月，由津浦铁路南下的日军矾谷廉介第十师团占领德州后，时任国民党第三路军总指挥兼山东省主席的韩复榘为保存实力，仅仅在黄河以北稍作抵抗，即率军南逃。危难之际，中共中央和中共山东省委指示各地党组织：要迅速动员组织群众，抓紧在日军入侵、国民党逃跑、人民抗日情绪高涨的时机，及时领导人民举行抗日武装起义，建立抗日武装；要团结一切

理琪

不愿做亡国奴的人们，组成抗日民族统一战线；要收容国民党军队散兵参加起义部队，大力收集民间枪支，争取和改造一些掌握在爱国人士手里的武装；要建立敌后根据地，开展游击战，把山东抗战的领导责任独立自主地承担起来。随即，山东省委在济南召开会议，制订了分区发动武装起义的计划。会后，山东省委派林一山和张加洛等一批共产党员回到胶东开展抗日工作。12月上旬，根据国共谈判达成的释放政治犯的协议，关押在国民党监狱里的共产党员理琪、宋澄、宋竹庭等人获释后，受山东省委的指派，陆续回到胶东。此后，他们宣传党的抗日救国主张，恢复发展党的组织，发动人民进行抗日武装起义。原来留在胶东各地的党员也抓住这一时机，恢复和建立党的组织。

理琪回到胶东的首要任务，就是在中共胶东临时工委的基础上，重新组建中共胶东特委。1937年12月中旬，中共胶东特委在文登县沟于家村重新成立，理琪任书记，吕志恒任副书记，特委委员有林一山、张修己、柳运光、李紫辉等人。胶东特委的重建，为胶东党组织发动抗日武装起义提供了坚强的组织保障。

发动起义的地点选在何处？天福山无疑是最好的选择。它位于文登、荣成、威海卫三县市交界处，胶东党组织初创时期就在天福山一带开展革命活动。经受了"一一·四"暴动的洗礼，此地党的工作基础比较好，广大群众长期接受党的教育，易于响应党的号召。天福山下的沟于家村是胶东特委和文登县委的驻地，群众觉悟高，有利于组织抗日武装。加之天福山位置偏僻，敌人统治力量薄弱，有利于武装起义部队的集结和隐蔽活动，易于出奇制胜。

12月15日，理琪在沟于家村召开了特委扩大会议。吕志恒、张修己、林一山、柳运光、宋澄、张修竹、王台、于得水等参加会议。会议传达了山东省委关于分区发动武装起义、组建山东人民抗日救国军第三军的指示。经过讨论，决定以昆嵛山上的中国工农红军胶东游击队为骨干，召集周边党员先进分子，在天福山举行起义，时间定为12月24日。

24日拂晓，起义领导人理琪、吕志恒、林一山、柳运光、于得水等与八十余名起义群众陆续来到了天福山。理琪郑重宣布：山东人民抗日救国军第三军成立。参加起义人员组成第三军第一大队，于得水任大队长，宋澄任政治委员。接着，起义部队按计划分头行动：张修己、张修竹留在沟于家村做联络工作；理琪、吕志恒、林一山等主要负责人分头到各地继续发动群众，扩大武装；第三军第一大队以"武装宣传队"的名义到文登、牟平、海阳等地开展武装抗日的宣传活动。

12月31日，当第三军第一大队行至文登县岭上村的时候，突然遭到国民党文登县县长李毓英组织的地方反动武装四百余人的包围。政委宋澄等二十九人与之谈判，竟然遭到逮捕，于得水及时指挥其余人员突围脱险。李毓英部队把宋澄等人绑押至文登城后，杀害了金牙三子、王洪、隋原清三人，把其余的人投入监牢，制造了骇人听闻的"岭上事件"。与此同时，特委派往牟平、海阳两县做抗日宣传的八个人也遭到国民党海阳县县长赵长江部队的包围袭击。突围途中，王润恒、于希昆、邵川田牺牲。

虽然"岭上事件"使刚成立不久的第三军第一大队损失惨重，但胶东特委建立抗日武装、发动抗日武装起义的决心没有丝毫动摇和改变。特委成员克服重重困难，抓紧时间，重新组建和发展其他抗日武装，继续坚持革命斗争，并于 1938 年 1 月 15 日成功发动了威海起义。

天福山起义及第三军第一大队的成立，标志着中国共产党独立领导的第一支胶东人民抗日武装正式诞生，揭开了胶东武装抗日的序幕。

2. 雷神庙的枪声

雷神庙战斗遗址位于山东省烟台市牟平城东南王贺庄村南五十米处。遗址本是一座小庙，俗称雷神庙。正是在这里，共产党领导的抗日武装点燃了胶东抗日的烽火，打响了胶东抗战第一枪！

1938 年 2 月，日军从海陆两个方向侵占烟台后，又侵占牟平县城。2 月 12 日夜，理琪率领山东人民抗日救国军第三军第一大队和特务队，长途奔袭牟平城。13 日，第三军攻克牟平城，俘虏了伪县长宋健吾、伪公安局局长、伪商会副会长和以商团为主的武装人员一百余人，缴枪一百余支。上午 10

雷神庙战斗遗址

时，第三军攻城战士对俘虏进行教育后，把他们大部分释放，只押着宋健吾等几个主要官员，携带缴获的枪支弹药，撤离牟平县城。

撤出牟平县城的攻城部队大部分进入城南山区，指挥部成员则来到雷神庙开会，商讨下一步行动方案。雷神庙位于牟平城南一公里，是个独立的四合院，有正殿、东西两厢和南倒厅，四周建有砖石围墙，建筑面积与院子面积均为五百余平方米，庙外东、南、西三面都是开阔地，北面二百米处有一个村庄。指挥部命令一部分指战员在这里休息待命，理琪、林一山和大队干部等在南倒厅开会，研究下一步的行动。会上，大家有几种不同意见：一种意见主张在牟平县城就地建立抗日政权；一种意见主张离开县城，到山区建立抗日根据地；还有一种意见主张在既邻近县城又背靠山区的地方打游击。

就在会议进行过程中，日军飞机三次飞到牟平县城上空侦察。第三军领导同志虽有所警觉，但因已派出三中队阻击烟台敌军，又派出一中队一部在附近警戒，没有充分估计形势的危急，仍然继续开会。这时，留在庙内的干部、战士只有理琪、林一山等二十余人。会议争论未果，延误了时间，直到中午12时以后，多数人赞成第三种意见，理琪等人这才做出立即转移、甩开敌人的决定。正准备转移之时，忽然听到一个送饭的群众高喊："鬼子来了！"他们闻声冲出屋外，看到日军已逼近围墙和大门，庙周围响起枪声，形势十分危急，突围是不可能了。于是，理琪当机立断，迅速指挥战士坚守庙房，封锁住大门、便门和窗口。刚刚组建起的山东人民抗日救国军第三军指战员跟日本侵略军驻烟海军陆战队的一场激战由此打响。

原来，驻守烟台的日本海军陆战队接到牟平县城被袭击的消息后，在飞机掩护下，乘汽车迅速赶到牟平县。而第三军担负阻击和警戒任务的战士由于缺乏战斗经验，没能进行阻击，也未及时向指挥部发出警报，日军才得以将雷神庙四面包围。

一场激战开始了。面对一百余名日本兵的围攻，理琪等人沉着冷静，指挥战士们迅速封死正门，带着缴获的枪支弹药分散到正殿、东西厢房、南倒厅，并占据门窗等有利位置投入战斗。当敌人把机枪架在庙门口扫射的时候，理琪喊道："同志们！坚守庙门，沉着应敌，准备突围！"

日军集中火力，疯狂地向大门猛扑。守卫正殿及东夹道的宋澄、张玉华、李启明，守卫东厢的林一山、胡秀山、胡春林和守卫西厢及西南角落的姜克、谷熙纯、宋干卿、杜梓林互相配合，构成交叉火力，向日军猛烈射击。在南倒厅的孙端夫、司绍基、田野、小陈、黄在、夏来、李今辉也个个把住窗口，严密封锁。日军暂时被打退了，但仍在远处向大门胡乱开枪。

　　经过一番整顿，日军又开始进攻。第三军指战员们毫不畏惧，沉着应战。理琪冒着枪林弹雨，来回奔跑指挥战斗。突然，从侧门射过来一排子弹，理琪腹部连中三弹倒在院子里，宋澄等急忙把他抬到后夹道。理琪伤势危重，肠子都流了出来，但仍然忍着剧痛，鼓励大家要树立必胜信心，节省子弹，坚持到黄昏突围。林一山手腕被打伤，腿部也中弹了，血顺着裤腿流到鞋里，但他全然不顾，坚持指挥战斗。杜梓林则爬上院墙，向西南方向的日军猛烈射击，日军的火力被吸引过去，正面的压力减轻了，可他自己却不幸中弹牺牲。

　　日军从南面正门几次进攻受挫后，就变换招数，从屋外爬上屋顶，企图从上面进攻。可是，日军在屋脊上刚一露头，神枪手胡秀山等人弹无虚发，敌人一个个应声滚落。天渐渐黑了下来，下起了大雪。日军急红了眼，气急败坏地放火点燃了南倒厅，战士们迅速转移到东、西两厢。火越烧越大，形成一道火墙，日军也不敢贸然往里冲，熊熊的烈火倒成了临时防线。忽然，"轰"的一声震响，南倒厅墙倒屋塌，第三军战士的正面完全暴露在日军面前。就在双方僵持的时候，雷神庙东方传来了友军部队的枪声。伤亡惨重、无心恋战的日军不知虚实，仓皇溃逃。这时天已大黑，突围的时机终于到了。宋澄抓住时机，迅速组织和指挥第三军战士从便门突围出去，再折向南方。

同志们背着理琪、林一山，搀扶着宋澄脱离了险境。行至半途，理琪因伤势过重，永远闭上了眼睛，年仅三十岁。战友们将他的遗体安放在群众的一个草园里，又组织了三副担架，抬着林一山、宋澄和胡秀山继续前进。

雷神庙战斗从午后打到晚上，激战七八个小时。其惨烈的场景，可以从现存的革命遗物——一块0.8平方米的铁皮雨搭子上略见一斑，那上面竟然有一百三十八个弹孔！这一战，第三军以少数指战员顽强抵抗数倍于己的敌人，以"雷神"般的英雄气概，团结一致，奋不顾身，英勇杀敌，以劣势装备抗击着装备精良、训练有素的日本海军陆战队，毙伤日军五十余人。

雷神庙战斗打响了胶东武装抗战第一枪，打破了日军不可战胜的神话，极大地鼓舞和坚定了胶东军民抗战必胜的信心和决心，彰显了共产党人抗日战争中流砥柱的光辉形象。1977年12月23日，雷神庙战斗遗址成为山东省重点文物保护单位。

3. 掖县玉皇顶起义

掖县，位于山东省东北部、渤海莱州湾之滨，与潍坊昌邑、青岛平度相邻，历史久远，底蕴深厚。

1937年7月7日，日军发动了全面侵华战争。9月24日，随着日军占领沧县，一路南下，山东的战局陡然紧张。在国民党军队和主要官员纷纷撤逃之时，中国共产党领导下的抗日活动开始高涨。郑耀南、张加洛等中共党员，以及郭欣农等中华民族解放先锋队（简称"民先"）队员和进步青年纷纷踏上掖县大地，投入抗击日军的队伍中。

经过一个多月的宣传与组织，中共掖县县委成立了六个分区委的党组织，扩大了党员队伍，每个分区也相继组建了抗日武装队伍。与此同时，掖县民众的抗日热情不断高涨，纷纷成立了抗日武装力量。1937年12月底，掖县多支地方武装统一组成掖县民众抗敌动员委员会（简称"民动"），掖县县委取得了"民动"的领导权。这为玉皇顶起义的发动准备了群众基础、组织保障和武装力量。

1938年2月1日，日军侵占掖县县城，建立了伪政权。形势紧迫，掖县县委决定以抗敌除奸，开展广泛的游击运动，并迅速建立军政抗敌政府为中心任务，开展军事扩充与军事规划，举行抗日武装起义，推翻日伪政权。一方面，掖县县委抓紧建立统一战线，团结一切可以团结的力量，孤立伪政权，使其陷入人民的包围之中，成为一座孤岛。另一方面，掖县县委制订了周密的攻城计划，并成立两套领导班子，以谋长期游击战；同时，成立攻城指挥部，派遣内应，切断城内电话联系，做好起义准备。

1938年3月8日深夜，起义各部准时到达掖县城北玉皇顶。玉皇顶是一座方圆一里多的高高凸起的圆形大岭，可以集结上万人的队伍。总指挥郑耀南做了攻城动员和周密的战斗部署后，下达了武装起义、攻打掖县城、活捉伪县长刘子容的命令。各路武装奋勇向前，9日黎明前迅速兵临城下，把县城团团包围起来。起义部队埋伏在城下，焦急地等待着早已潜伏城里的内应打开城门。但内应人员在按计划打开北门时，遭遇伪保安队阻击，不幸被捕。伪县长刘子容知道起义消息后，便下令死守城门。

时间在双方僵持中缓慢地度过，焦虑中双方似乎都忘记了早春的寒冷。当太阳一点点冲出地平线，慢慢爬上天空的时候，郑耀南当机立断，召开紧急会议，商量万全之策。会上，当一些人犹豫不决、不知所措，甚至有人打算撤掉攻城队伍时，郑耀南坚决主张军事攻城：不能让日本人的伪政权欺压咱们掖县子民，不能让民众的抗日热情还没爆发即熄灭，不能让攻城失败影响共产党的形象与领导。见多识广、久经战乱的郑耀南也是第一次指挥这样大规模的武装起义，城里城外又都是乡里乡亲的，必须找到万全之策，才能给刚刚团结起来的各方抗日武装力量一个交代，才能有利于共产党长期领导武装力量，团结群众，坚持抗战，最终取得抗战的胜利。足智多谋的郑耀南在大家目光的询问中，冷静沉着思量着万全之策。会议中，众人七嘴八舌争论着，其中一个人抱怨道："那城门上还是俺三叔家大哥呢，难不成刀枪相见？"郑耀南灵机一动，决定打亲情牌，在军事包围下展开政治攻势，以亲情迫敌投降。此言一出，会场立刻一片安静，而后掌声雷动。大家一致赞同，纷纷出谋划策，每个人都说出了几个在城里的亲戚与朋友的名字。确定好具体方案后，大家分头到自己的部队里布置任务。

一会儿，城门之下，兵分两拨。一方面，指挥部集结好攻城部队，持枪拿刀，云梯绳索均已备好，做好攻城准备；另一方面，部分战士有组织、有秩序、分批次地对城内喊话宣传，一时间，"中国人不打中国人！""中国人不当汉奸卖国贼！"

等口号响彻四野。大家找到在城门驻守、城里供职的亲人们，排着队向他们逐个喊话。在强大的政治攻势之下，城内伪军开始骚乱，一些被点到名字的伪军纷纷跑到门楼向城下观望。眼见自己的亲人在城下挥手喊话，黑压压的攻城部队士气高涨，伪军士兵们更加乱了阵脚。

刘子容在城门房间里左右徘徊，像热锅上的蚂蚁，一边听着城外整齐嘹亮的喊话声，一边听着城楼里杂乱的士兵脚步声，心急如焚。终于，他忍受不住煎熬，走出房间，爬上北门城楼，看到城门外振臂挥枪的攻城部队，冷汗嗖地冲向发根，直往外冒，脑袋条件反射地缩进了衣领里。伪县长这一探头探脑的行径，立刻引起城下部队的注意。忽然，一个人从队伍中闪身而出，紧接着响亮而又熟悉的嗓音响起："开门吧，刘县长，可不能当那卖国贼！"循着熟悉的声音，刘子容重新探出了已经满脸冒冷汗的脑袋，一看，正是自己打算马上委任的警务司令——六区队长周亚泉。区队长也在向自己喊话，刘子容如五雷轰顶，自知大势已去，当即瘫倒在地。

城上伪军一见刘子容倒地，心中满是惶恐，争相逃走，秩序立刻大乱，部分本来就不愿意为伪政权服务的士兵乘机倒戈，打开了城门。起义部队的士兵们激情澎湃，高呼着"我们都是掖县子民！""我们是一家人！"等口号，如潮水般涌入城内，缴了伪保安队和伪警卫队的枪，俘获伪军两百余人。随即占领了伪县政府和伪公安局，活捉了刘子容，一举摧垮伪政权。上午10时，起义军一枪未发，宣告掖县城解放。

玉皇顶起义胜利后，郑耀南主持召开了"民动"扩大会议，研究部队建设、政权建设等重大问题。党的组织力量和革命力量在掖县迅速壮大。短短时间内，掖县县委迅速建立起胶东最大的抗日武装——胶东游击队第三支队，成立了山东第一个县级抗日民主政权——掖县抗日民主政府，建立了山东最早的党领导下的银行——北海银行。玉皇顶起义为开辟胶东抗日根据地发挥了至关重要的作用，第三支队和第三军一起成为党领导的胶东抗日队伍发展壮大的基础。

4. 许世友五进胶东

他是少林弟子，是最富传奇色彩的开国上将，六十年戎马生涯，战功赫赫，百死一生，他就是许世友将军。许世友与胶东有着不解之缘，曾五进胶东，为胶东的抗战和解放事业做出了贡献。

许世友一进胶东，是领导指挥五个月的反顽作战。抗战进入相持阶段之后，国民党顽固派相继发动第一、第二次反共高潮，并在 1941 年 1 月制造了震惊中外的皖南事变。胶东境内的国民党顽固派也蠢蠢欲动，逐渐转向军事反攻为主，疯狂进攻共产党领导的抗日根据地。国民党山东省第九区专员兼保安司令蔡晋康控制了胶东中心战略支点——栖霞县牙山山区，将胶东抗日根据地分割为东西两块，并隔断了胶东区与其他战略区的联系。1941 年 3 月，国民党陆军暂编第十二师师长赵保原、国民党挺进第六纵队司令秦毓堂、国民党挺进第五纵队司令丁綍庭、国民党山东省第七区专员郑维屏等组成 1.2 万人的"抗八联军",兵分三路对东海地区的八路军部队发起大规模进攻。

针对赵保原、秦毓堂等部的军事进攻,山东分局、八路军山东纵队急调山东纵队第三旅旅长许世友率清河独立团进入胶东。清河独立团到胶东后,胶东区成立了以许世友为指挥、林浩为政治委员、吴克华为副指挥的胶东反投降指挥部。在许世友等的指挥下,胶东八路军发动牙山战役、榆山大会战、发城围歼战等战役战斗,共歼灭顽军近两万人,挫败了以赵保原为首的"抗八联军"对抗日根据地的进攻,巩固了大泽山、昆嵛山根据地,恢复了牙山根据地,打通了东、西胶东抗日根据地的联系。7月,胶东反顽战役胜利结束后,胶东形势发生根本好转,许世友即率部返回清河地区。

许世友二进胶东,是在 1942 年初冬,当时抗日战争正处于最艰难阶段。1942 年 11 月 8 日,日军华北方面军司令官冈村宁次秘密飞抵烟台,部署对胶东抗日根据地的大规模"扫荡"。21 日,敌人以栖霞、牟平、海阳、莱阳间的牙山、马石山为中心,实施"拉网合围",妄

许世友

图消灭胶东军区领导机关。日军多路平推,步步进击,白天见山搜山,遇村梳村;夜晚就地露营,五步十步燃起一堆篝火。他们在各山口要隘设置带铃的铁丝网,在沿海各港口以海军舰艇进行封锁,在烟(台)青(岛)公路北段两侧挖掘封锁沟,

步步紧逼。许世友等率胶东军区机关不仅连连跳出敌人合击圈，行进二百余公里，而且钻到了胶东日军大本营烟台附近。在胶东八路军部队和地方武装、民兵的全力打击下，日、伪军对胶东进行的规模最大的一次"扫荡"被粉碎了。

许世友三进胶东，是在1945年8月，胶东八路军对日、伪军发起全面反攻。山东军区司令员兼政委罗荣桓命令许世友返回胶东，率部向日、伪军展开大反攻。8月15日，日本政府宣布无条件投降后，胶东军区所组成的山东军区第三路前线部队在前线指挥许世友、政治委员林浩的率领下，从8月16日开始，分为东、西、南、北四线，同时向拒不投降的日、伪军发起攻击，展开了全面大反攻。除青岛、即墨外，胶东各县纷纷解放。

许世友四进胶东，是在1947年初秋解放战争进入全面反攻的关键时期。1947年7月开始，全国各解放区相继进入战略反攻。但是，山东战场还是内线作战。为迅速结束山东战事，以便抽出主力转移到其他战场，并"封锁渤海港口"，截断山东解放区的海上通路，蒋介石于8月制订了进攻胶东的"九月攻势"计划：以十六个旅的兵力组成"胶东兵团"，由陆军副总司令范汉杰兼胶东兵团司令，在海空军支援下，企图先取平度、莱阳，后取烟台，逐步将解放军压缩在胶东半岛，加以消灭，切断山东与东北两个解放区的海上联系，摧毁华东野战军的战略后方。华东野战军东线兵团为粉碎敌人的"九月攻势"，掩护后方机关向渤海地区转移，并钳制山东之敌，配合刘邓（刘伯承、邓小平）、陈粟（陈毅、粟裕）、陈谢（陈赓、谢富治）

三路大军挺进中原的行动，决定由许世友率领第九、第十三纵队和胶东地方部队，在胶东地区组织运动防御，利用内线作战的有利条件杀伤、消耗敌人，并力求歼敌一部；由谭震林率领第二、第七纵队和独立师、第十师及滨海地方部队在诸城地区作战，威胁进犯胶东之敌侧背。在给敌人以一定损耗并使其相当疲惫之后，第九、第十三纵队转至外线与第二、第七纵队会合，调动敌人回援，于运动中寻机歼敌，粉碎敌人进犯胶东的计划。华野东线兵团在许世友等指挥下，进行了十几次战斗，歼敌1.6万人。1947年11月至12月，许世友又先后发起了历时一个月的胶（县）高（密）追击战和解放莱阳城等一系列战斗，重新收复了胶东地区，取得了历时五个月、歼敌六万余人的胶东保卫战的重大胜利，彻底粉碎了国民党军占领胶东半岛的计划。

许世友五进胶东，是1949年7月领导指挥长山岛战役。1947年10月，国民党军队重点进攻山东，占领了长山列岛，作为其在北方海上的反攻基地，用以封锁渤海湾，切断山东和华北、东北的海上联系，并不时派遣武装特务骚扰沿海港口。他们狂妄叫嚣"南有台湾，北有长山，国军防御，固若金汤"，妄图伺机对解放区进行反攻，以"光复"大陆。1949年7月，为解放山东全境，拔掉这颗位于海上交通要道的"毒牙"，并为日后渡海作战积累经验，根据中央军委指示，人民解放军第三野战军抽调山东军区及胶东军区部分军政干部组建"解放长山列岛前方指挥部"，山东军区副司令员许世友担任总指挥。对这次渡海作战，许世友慎之又慎，确立了"隐蔽接敌，强攻登陆，逐岛攻击，稳步推进"的作战方针。战前准备阶段，他亲自到前沿察看地形，了解敌情。他还找到当地渔民和支前民工，详细询问潮汐海流和气象情况，就连船工掌舵、摇橹、拨缆、掌帆等技术，他都要研究明白。他经常和指战员们一起摆沙盘、设敌阵，研究如何泅渡、抢滩登陆炸敌舰、抢救落水人员等细节，甚至对敌占岛屿沿岸的礁石、港湾等，都做到了如指掌。

但是天有不测风云，7月26日，就在总攻的前夕，一场罕见的12级偏北大风刮来。直至28日，天空风雨雷电交加，解放军准备参战的几百只木帆船几乎全被巨浪抛上了海滩。许世友在认真听取沿海灾情汇报后，果断决定："我们要坚决地打！船坏了算什么，可以再修，我们决心不变，到时就发起攻击！"8月11日，许世友下达了渡海攻岛作战命令。至20日，长山列岛全部解放，标志着山东全境胜利解放。

许世友五进胶东，打垮了顽固派，打跑了日军，打败了国民党军，真是"打出胶东的新局面"。

5. 甲子山反顽战

甲子山区，位于日（照）莒（南）边界，方圆几十里，大小山头近百个。其山势险峻，怪石林立，山顶两峰耸立如角，故名角子山。因方言"角"与"甲"音近，后讹为甲子山。甲子山山势呈东西走向，像一个楔子一样伸入滨海抗日根据地的中部，距中共中央山东分局、日照县委驻地十五六公里，战略地位十分重要。

1940年9月，国民党第五十七军——师进驻日照与莒县、莒南相连的甲子山区一带。该师在中共特别党员、师长常恩多和旅长万毅（中共地下党员）影响下，多数官兵倾向抗日，但有少数官兵坚持反动立场，蓄谋篡夺军权。为不让部队落入顽固派之手，1942年7月，在病中的常恩多与苏鲁战区总部政务处处长郭维城（中共地下党员）研究了起义方案，并由郭维城和副官刘唱凯分头准备。8月3日，病危的常恩多（8日去世）在郭维城等配合下，率所部两千七百余名官兵起义，奔赴八路军抗日根据地，部队整编后称新一一一师，这就是著名的"八三义举"。

"八三义举"后，一贯坚持反动立场的国民党顽固派、三三一旅旅长孙焕彩等人乘机收拢残部，重组一一一师，并勾结周边一带的土顽势力李延修、朱信斋部共两千余人，强占了甲子山区。他们四处烧杀抢掠，无恶不作，使这一带的人民不得安生。八路军山东军区为收复该地，从1942年8月至11月，连续进行了三次甲子山反顽战役。

1942年8月14日，八路军山东军区命令教导二旅六团，独立一团，山东纵队二旅五团、六团及四团一部，滨海军区独立团和抗大一分校等部，连夜赶到甲子山区指定位置，用三天时间扫清外围障碍。17日夜，八路军从东、西两个方向分别向敌人发起攻击，激战一夜，打退顽军三次反扑，攻下黄墩李家官庄及周围高地。然后，两路军队会和，向甲子山主峰进攻。18日，孙焕彩率部逃窜，八路军乘胜追击，歼敌一部。19日，顽军残部逃往日（照）莒（县）公路以北，战役结束。此役共毙伤敌五百余人，俘敌六百五十余人，缴获轻机枪五挺、平射炮一门。这次战役被称为第一次甲子山反顽战役。

第一次甲子山反顽战役后，甲子山区由八路军山东纵队二旅五团、六团及四团一部坚守。1942年10月8日，顽军孙焕彩部伙同朱信斋、李延修部共四千余人，趁日军集结兵力向抗日根据地"扫荡""蚕食"，滨海抗日军民准备反"扫荡"之机，再次向甲子山发起进攻。11日，顽军分两路以钳形攻势由公路以北进犯甲子山区：一路向南攻占黄墩、滩井、崔家沟一带，逼近甲子山主峰；一路占领了薛庆、文瞳、草岭，逼近浮棚山，遭到八路军迎头痛击。12日，坚守浮棚山阵地的八路军连续打退顽军的三次进攻，于夜晚撤出阵地。13日，顽军向蒲旺阵地进犯，山东纵队二旅四团、五团奋起反击，掩护六团撤出阵地。14日，山东军区电令，因日军"扫荡"滨海地区，八路军需集中力量反"扫荡"，为避免两面作战，讨顽战役即日停止，并调教导五旅四团南返海陵执行反"扫荡"任务。10月18日，八路军坚守甲子山的部队撤出阵地。此役共毙伤顽固派军队三百余人。

1942年12月，为彻底消灭国民党顽固派，解放甲子山区二十万人民，山东军区调集教导五旅、教导二旅六团、山东纵队二旅五团和六团，以及滨海军分区独立团、新一一一师、抗大一分校等部，发动第三次甲子山反顽战役。战前，山东军区召开专门会议做了具体部署，由一一五师政委罗荣桓、代师长陈光亲自指挥这次战斗。11月16日晚，参战各部进入指定位置，首先攻占了位于南端的三皇山、旋子口、南北山和甲子山西侧的浮棚山、蒲旺等地。17日凌晨，战斗开始，至19日，顽军被迫龟缩在莒南的址坊、刘家东山、石场一带。八路军一部监视顽军，一部休整。22日，八路军向顽军发起全面进攻，打退其多次反扑。26日，打退前来增援的张里元部八百余人。28日，八路军各部乘胜追击突围的顽军至泰（安）石（臼）路北，战役结束。此役毙伤敌一千余人，俘敌1137人，缴获各类武器528件、战马三十余匹、弹药一宗。

甲子山反顽战役是山东党组织执行中共中央提出的"坚持抗战，反对投降；坚持团结，反对分裂；坚持进步，反对倒退"口号的重要战役，是动员山东人民为战胜国民党的投降反共逆流，争取时局好转而进行的坚决斗争。它的胜利从军事上打退了顽固派的进攻，铲除了滨海抗日根据地的心腹之患，从根本上扭转了日照抗日的困难局面，扩大了根据地，鼓舞了广大军民的抗战信心，壮大了抗日力量，为日照的抗日斗争打开了崭新的局面，为开辟滨海北部地区、打通与胶东抗日根据地的联系创造了重要条件。

6. 马石山十勇士

1941年底，随着太平洋战争的爆发，日军为了进一步把中国变成其扩大侵略、进行太平洋战争的后方基地，加大了对抗日根据地的"蚕食"、封锁和"扫荡"。翌年，日军对胶东抗日根据地连续进行了春季、夏季、冬季三次大规模的"扫荡"。在四十余天的冬季大"扫荡"中，日军制造了"马石山惨案""雷山惨案""招远惨案"等诸多惨案，杀害胶东军民3100余人，抓捕民众 8675 人。在马石山上，为掩护群众突出包围圈，胶东八路军战士与日军进行了一场场激烈的战斗。

马石山绵亘在胶东半岛乳山、海阳、栖霞、牟平四县交界之处，地势险峻，抗战时期处于牙山根据地和昆嵛山根据地之间。

1942 年 11 月 17 日，日、伪军 1.3 万余人由青岛、高密分乘数百辆汽车，沿烟（台）青（岛）路和烟（台）潍（坊）路自西南方向向莱阳、栖霞、福山等地大量增兵。21 日，行至大泽山根据地东部和牙山根据地西南部时，莱阳、栖霞、福山的日军闻风而动，倾巢而出，与伪军赵保原、秦毓堂部配合，兵分几路，扑向牙山、马石山抗日根据地，意欲与青岛、高密之敌形成合围之势。在飞机、军舰的配合下，各路侵犯之敌以密集的队形，以多路平推、步步进击的战术，以每天一二十公里的速度，从四面八方"拉网合围"，妄图消灭共产党领导的八路军抗日队伍，彻底摧毁胶东抗日根据地。

一路上，日、伪军路过的村庄都被"扫荡"一空，即便是未经之地，村民也因害怕，拖家带口离开村庄，前往山野丛林中躲藏。西南方向的日、伪军在途经海阳时，制造了槐山、宫家苇夼、小龙夼等惨案。他们杀人放火，无恶不作，仅在小龙夼就杀害抗日军民二百六十余人。他们采取梳篦式战术，白天，无山不搜，无村不梳，甚至连荒庵、野庙及小土地庙都不放过；夜晚，就地露营山野，三五十步燃起一堆篝火。他们还在各山口要隘设置铁蒺藜，挂上铃铛，以防抗日根据地军民乘着夜色突围。

经过多路数日的"拉网式扫荡"，日、伪军所经之地，困住了大量惊慌失措、争相逃难的村民。随着包围圈的收紧，1942年11月23日，方圆数十里内的数千名群众和八路军数支小分队被日军围困于马石山区。这里成为日、伪军一个重要的合围点。

八路军山东纵队五旅十三团七连六班十名战士在执行完任务撤离途中路过马石山，看到群众身陷绝境、走投无路的惨状，在没有上级命令的情况下，毅然决定放弃归队，留下来帮助群众突围。班长王殿元安慰群众不要惊恐，听从指挥。经过侦察，他们决定利用敌人包围圈大、兵力较疏且敌明我暗、八路军善于夜间行动等有利条件实行突围。深夜，趁火堆旁的日、伪军人困马乏之时，王殿元和战士们带群众顺着一千五百米长的山沟转移。战士们悄悄干掉哨兵，迅速扑灭两堆火，护送两百余名群众顺利突围。想到还有很多群众被困，他们又乘夜色迅速返回了马石山。

二进包围圈，战士们找到了百余名海阳县群众后，王殿元得知还有大批群众被困，遂决定把九名战士分成三组，自己带一组战士趁日军哨兵懈怠、火堆越烧越小之际，抹掉哨岗，打开一处新的突破口，引导海阳县群众就近跳出包围圈。另两个组战士收拢零零散散的群众，把他们从第一个突破口送出后，再次返回，继续寻找被困群众。

第三次进入日军包围圈后，王殿元与其他战士会合，带领第三批数百名群众陆续赶到第一个突破口。这时，东方天空刚刚发白，敌人发现了被杀的日本兵，立刻鸣枪赶来。王殿元命令机枪吸引敌人火力，自己带战士向敌人扑去，一名战士不幸牺牲，王殿元、王文礼也受了伤。敌人被杀退了，惊慌的群众从战士们用生命撕开的突破口冲出了包围圈。

这时，有村民告诉战士，还有"满满一沟"老百姓被围困在西南山沟里，战士们第四次冲进了包围圈，毫不犹豫迅速奔向山沟。此时，天已大亮，山下是密密麻麻的日、伪军，四处不时响起枪炮声。九名战士带领群众沿小山沟转移时，突然与二十余个敌人迎面遭遇。战士们的子弹已所剩无几，身体也极度疲惫，但仍凭着坚强的意志，端起亮闪闪的刺刀与敌人展开激烈拼杀。在战士们的鼓舞下，突围群众手持棍棒、石块，跟着战士们往外猛冲。

追赶的日、伪军越来越多，大部分群众刚刚突围，来不及疏散。为了给群众争取转移时间，六名战士向相反方向吸引敌

马石山抗日烈士纪念堂

人火力，且战且退，从西侧登上了马石山峰顶。24 日整整一个上午，他们依托天然岩石顽强战斗，打退了日、伪军多次进攻。在日军飞机狂轰滥炸之下，护送群众的三名战士也赶到山顶，一起与四面攻山的敌人殊死搏杀，子弹打光了，就用石块砸向敌人。最后，只剩下王殿元和两名战士，三人摔断枪支，抱在一起拉响了最后一颗手榴弹，与冲上来的敌人同归于尽，壮烈牺牲。

十位勇士四进三出包围圈，成功救出群众上千人，自己却长眠在了马石山上。他们中有七位留下了英名：王殿元、赵亭茂、王文礼、李贵、杨德培、李武斋、宫子藩。还有三位勇士成为无名烈士。1943 年 1 月 25 日，胶东区行政主任公署在马石山树立了纪念碑，纪念死难的军民。2014 年 9 月，马石山十勇士被民政部列入第一批著名抗日英烈和英雄群体名录。

7. 遍地开花的"铁西瓜"

海阳的铁西瓜，

威名传天下。

轰隆隆，

轰隆隆，

炸得鬼子开了花。

这首歌谣歌颂的是抗日战争时期海阳民兵运用地雷战打击日、伪军的英雄事迹。海阳，曾是地雷战的主战场。作为抗日战争时期胶东民兵创造的最有影响力的战术之一，地雷战在这里发扬光大。20世纪60年代，八一电影制片厂以此为原型创作拍摄的教学片《地雷战》曾风靡全国。

1943年5月的一天，海阳民兵得到线报，穷凶极恶的日、伪军又要出来抢粮食，大家义愤填膺，摩拳擦掌，决定用地雷痛快地教训一下日本侵略者。摸清敌人的动向后，海阳县小纪区瑞宇村民兵队副队长于凤鸣带领几个民兵，在东村、瑞宇之间的路上埋下两颗地雷，随后悄悄隐蔽在路边的树林里。耀武扬威的日、伪军行经此处，"轰轰"两声巨响，地雷在敌群中开了花，当场炸死炸伤五个日、伪兵。这次战斗拉开了海阳地雷战的序幕。首战告捷，极大地鼓舞了海阳民兵的信心和士气。地雷战从此在海阳由点到面，遍地开花。起初，地雷战仅在靠近敌人据点的小纪、行村、大山等区开展，后来渐及全县。榆山、龙山、磊石、昌水、高家、徐家店等区村庄的民兵把地雷战成功地运用到反"扫荡"中去，沉重地打击了日本侵略者。

民兵在大路上埋设地雷

在一次反"扫荡"中，民兵们布下七十余颗石雷，炸死炸伤日、伪军十七名。县、区武委会总结推广其经验后，全县民兵普遍学习造石雷、用石雷。赵疃以赵守福、赵同伦为首，文山后以于化虎为骨干，小滩的主将是孙玉敏，那时她是个十六岁的姑娘。他们集思广益，群策群力，不仅制造出大批石雷，还研究制造出铁雷。在之后的战斗中，民兵们把铁雷、石雷并用，敌人走到哪里，地雷就响在哪里。屡屡受创后，日军闻雷色变，胆战心惊，龟缩在据点里，不敢轻易出来。

在运用地雷杀敌过程中，海阳民兵还不断总结完善战术战法。早期普遍采用"等敌雷"，把地雷埋在固定的地方，但这种方法不适应敌人狡猾多变的行动。后来就改为"飞行埋雷"，这种埋雷方法也让于化虎博得"活雷化虎"的美誉。何为"飞行埋雷"？就是等见到敌人的踪影后，认准敌军行动的路线，迅速埋雷，飞快隐蔽，出其不意，每击必中。一次，行村据点的日、伪军去文山后"扫荡"。于化虎得知消息后，赶紧跑回家，这时，敌人已离村不远。他背起地雷迎着敌人跑去，在敌人必经的道口上埋好地雷，十几分钟后地雷爆炸，伤敌七人。之后，各村民兵普遍学会"飞行埋雷"。日、伪军出动"扫荡"，屡遭杀伤。

为了更有效地杀伤敌人，海阳民兵还研制出"头发丝雷"，把头发系在雷弦上，不易发现，而且威力巨大。敌人无奈，从青岛调来工兵，用探雷器破坏了不少地雷。民兵们昼夜试验，又赶制出子母连环雷。敌工兵起出的是假雷，向上一搬，触动真雷的雷弦，敌工兵当场粉身碎骨。

为了避免踏雷，敌人又想出了更毒辣的手段，这就是让老百姓在前面开路。有一次，敌人要出来抢粮，就从驻地附近抓来一些老百姓，强迫他们牵着牲口在前面踏雷开路，敌人尾随在后面。为了不伤害无辜的群众，民兵们发明了一种长藤雷，等前面的群众走过以后，埋伏在旁边的民兵迅速扯动长线，随着几声巨响，敌人被炸得血肉横飞，而老百姓却安然无恙。

日、伪军在多次挨炸后，总结出了一条经验：走小路，不走大路；走水路，不走旱路。但这条经验很快就失效。民兵们在小路、水路上也埋上了地雷，日军照样挨炸。小滩村南有一条河，是行村日、伪军到莱阳穴坊庄据点必经之地。敌人为避地雷，便在水中走。小滩村民兵孙藻训、孙玉敏、孙春旭等做成九颗水雷，用葫芦衬上防潮物件，装着地雷，合缝处用"船泥"封严，瞅准敌人将到时，迅速将雷埋在河中。日、伪军过河时，九颗水雷全部爆炸。

1945 年 5 月 18 日，行村据点的敌人偷袭赵疃。赵同伦、赵守福等预获情报，即率民兵在村里村外摆下雷阵。敌人走进村北树林，碰炸绊雷；扑进十字街口，又踏响箱子雷，共毙伤日、伪军十六人，炸死战马一匹。6 月初，孙家夼据点三百余日、伪军到行村搬运物资，陷入赵疃民兵布的"长蛇雷阵"，在二里长的路途中，地雷连续轰鸣，敌人左闪右蹿，总躲不开挨炸，被毙伤三十余人。

正是在这种与敌人的反复较量中，地雷战不断地向前发展。地雷的品种由拉雷、踏雷、绊雷发展到夹子雷、梅花雷、头发丝雷、真假子母雷、钉子雷、水雷、标语雷、飞行雷等三十余个品种。地雷设置与引爆的主动性、可控性越来越强，埋雷的方法也由"预埋待炸"发展到"飞行爆炸"，由单一布雷发展到大摆地雷阵。

在主力部队、地方武装和民兵爆炸队的沉重打击下，行村据点的敌人一连数月不敢出动。为了彻底消灭敌人，民兵爆炸队配合部队在行村据点周围，对敌人进行封锁、围困、袭击，通过政治攻势瓦解伪军。敌人为了控制局势，把行村的四个围门堵死三个，只留下南门，还专门设了个"登记所"，检查进出的行人。这个登记所的所长外号叫"大麻子"，是日军的忠实走狗，杀人不眨眼。民兵们决计要除掉这个汉奸。一天深夜，赵守福带几个民兵来到行村附近，安排好负责掩护的同志后，自己带上四颗地雷摸到围墙下边。他先在东南角碉堡下的门口和南门外的围门下各埋下一颗，然后撬开"登记所"的木棂窗，跳进屋里，拴了一个开门雷，最后一颗大地雷放在"大麻子"办公室桌旁的废纸筐里。第二天一大早，敌人刚开围门，就吃了个开门炸雷。"大麻子"惊魂未定，急忙赶来"登记所"，一推门就被炸雷的气浪掀倒，脑袋开了花。几个敌人进来收尸，又弄响了废纸筐里的大地雷，顷刻也成了死鬼。这一次，就有十几个敌人被炸死。敌人恨得咬牙切齿，到处张贴布告："谁捉着赵守福赏一万元，割着他的头者赏五千元……"

海阳地雷战大显神威。据不完全统计，1943 年至 1945 年，共炸死、炸伤敌人 1025 人，涌现出赵疃、文山后、小滩三个胶东特级模范爆炸村，造就了于化虎、赵守福、孙玉敏三名全国民兵英雄以及十一名"民兵爆炸大王"。

8. 两战莒城

莒城（莒县）位于山东省东南部、日照市西部。1938 年春，日军占领华北大片土地后，妄图打通津浦线以连接华北和华中战场，莒城地处台（儿庄）潍（坊）公路的交通要冲，遂成为日军扫清南下通道的进攻重点。

为实施这一行动，2 月，日本华北方面军第五师团沿台潍公路南侵，拟与日军第十师团先在台儿庄会师，进而合击徐州。2 月中旬，日军板垣师团的田野联队以伪刘桂堂皇协前进军的骑兵团为先导，开始疯狂入侵莒县。自 2 月 17 日起，中国军队打响了莒城保卫战，逼迫日军在此后近半个月内未敢前进一步，迟滞了日军南下步伐，为中国军队组织台儿庄战役争取了时间。

六年之后，莒城的重要战略地位又使一场抗日大战在此上演。

1944 年 10 月、11 月，山东军区根据全国战事发展趋势，要求收复莒县，破坏台潍公路之台（儿庄）临（沂）段及临（沂）莒（县）段，以孤立临沂之敌。同年 11 月，山东军区指挥滨海和鲁中两个军区，发起解放莒城战役。作战部署为：以滨海军区六团、山东军区特务团两个营、莒中独立营等为主攻部队；滨海军区十三团、四团，鲁中军区一团，莒北独立营及山东军区独立第一旅一部等，布于莒城至枳沟一线，阻止日、伪军南援；南线以四团一部进至相公庄以西地区，配合莒南、沭水独立营、莒临县大队监视临沂日、伪军，阻止和打击日、伪军北援；以滨海军区部分部队及日照地方武装阻击沈疃、日照西援之日、伪军。参战人员计一万余人。滨海区党委、专员公署、莒中县政府成立了城市工作委员会，组织万名民夫准备拆城、破路、供应给养、救护伤员等支前行动。

总攻之前的两天里，一切侦察与准备工作有序进行。工兵班的炸药秘密运至城内爆破地点，便衣侦察排暗地里进城控制了南门与城门楼，顺利联系到城内驻防的伪军莫正民部，在其帮助下察看了日军的防御设施和伏击地点，并控制了日本顾问荒井。

11月14日晚6时，城内的莫正民下达起义命令。日军教官与顾问、警务分所长等日本人以及伪县长和翻译官迅速被抓获。起义枪声一响，四丈多高的炮楼被炸毁。总攻开始后，陈士榘、萧华一同指挥攻城之战。攻城部队四面呐喊，直扑城垣，架桥设梯，攀登上城。六团七连突击队由城东南角首先登城，莒中独立营从北门以西跃上城头，占领军事要点。其他攻城部队也相继攻入城内。莫正民起义部队按照预定计划，引导山东军区攻城部队迅速占领各要道与制高点。当晚23时许，攻城部队开始进攻日军司令部，突破日军据点外围，经过激烈战斗，逐步将日军压缩到核心阵地小围子四个碉堡内。但负隅顽抗的日军凭借坚固的工事和充足的弹药，坚守了两天两夜。

莒城战役发起后，驻青岛、济南的日、伪军一面派飞机前来轰炸，一面于16日、18日两次派兵增援。在抗日军队强大的攻势、各地民兵的日夜袭扰，以及群众的同仇敌忾下，供给断绝的莒县城内日、伪军于 29 日夜仓皇弃城逃窜至诸城，莒城遂获解放。至此，莒县全境收复。事先组织好的民兵和群众开始拆毁城墙、碉堡。外围部队将陵阳、杨家店子、刘家村、河口等十六个据点收复。

莒城战役的胜利，创造了里应外合夺取城市的范例，为八路军以政治攻势配合军事进攻夺取城市提供了经验，使滨海、鲁中两大抗日根据地连成一片，日军失去了进行军事行动的基地和南北运兵的要道。

9. 刘家庄自卫反击战

抗日战争时期，诸（城）莒（县）边抗日根据地东端边缘区有一个英雄的村庄——诸城县石桥子镇刘家庄村。1945 年，这里发生过一场激烈的抗日自卫反击战。刘家庄村民面对强大凶残的日、伪军，不畏强暴，用土枪、土炮、石雷、大刀英勇抵抗，坚持战斗七个多小时，配合诸莒独立营击毙日军三十八人，歼灭伪军一百零二人。

刘家庄分东西两庄，中间隔一条河沟。东庄小，只有三十余户人家；西庄较大，有八十余户人家。村子东、南、北三面靠近伪军张步云部第一师的据点，西南不远处有宋戈庄的日军据点，只有西面靠近抗日根据地。这一带的村庄经常遭受伪军张步云部的骚扰。为抗击敌人的掠夺和摧残，刘家庄周边的人民群众迫切要求组织武装，跟日、伪军做斗争。

1944 年初夏，在中共诸莒边县荆山区委的领导和支持下，刘家庄建立了护村队和自卫团。刘家庄人有常年狩猎的习惯，很快便凑集了一百四十余支鸟枪、土炮和大抬杆炮，又自制了大量土炸药和石雷，加固了围墙。村民在墙内扎上了架木，在原有的七个炮楼空间修上了土石堆子，在庄东北角扎上了木寨，并把程戈庄、石桥子两个伪据点的通路卡断。在刘家庄的影响下，附近十几个边沿区的村庄也都组织了自卫武装，并且成立了联防组织。

1945 年 3 月 17 日拂晓，日军二百余人、伪军张步云部一千五百余人包围了刘家庄。日、伪军首先控制了刘家庄周围的制高点。东侧日军担任正面主攻，在花园岭上支起了两门大炮，在蚕场顶上架起了重机枪。伪军张步云部占据了刘家庄西面的小黄山和西南的荆山，准备截击可能从抗日根据地来的增援部队。面对数倍于己的日、伪军，刘家庄人民毫无惧色，自卫队队长刘德洪组织队员迅速登上围墙内的架木，严阵以待。

随着花园岭上的发令枪响，日军在炮火掩护下向东刘家庄冲来。当日军攻到离村庄不远的乱石堆时，刘世明等拉响了石雷，"轰！轰！"几声巨响，十几个日本兵倒下去。紧接着，土炮打退了进攻的日军。不甘失败的日军用大炮炸开了围墙，在两挺重机枪和十余挺轻机枪的掩护下，再次发起了冲锋，墙内村民拼死抵抗。东庄的防御工事薄弱，围墙上的三个炮楼均被炸倒。激烈的战斗持续了一个多小时，东庄的村民渐渐抵挡不住日军的火力，8 时许，联防大队长刘校亭指挥自卫队员，掩护着妇女老幼全部撤到了西庄。

西庄的围墙高而坚固，打头阵的反动道会门武装很快便被东围墙上的村民击退。气得大叫的日军用大炮进行轰击，轻重机枪也同时响了起来。密集的火力，使围墙上的自卫队队员无法抬头。一班班长王金亭被飞来的子弹打中眼部，队员王寿亭接过他的枪，一枪将拿小旗的日本军官打到崖底。但东围墙的南门还是被炮弹炸碎了，守门的刘世志、刘世坤兄弟俩和其他队员用两杆抬枪猛烈射击，打倒了七八个顺着河底冲到门口的日本兵。护村队队长孙洪奎指挥着刘世洪、刘世芳等队员，趁机把一只只装满了土粪的粪筐堵在被炸开的东门上，又一次成功阻击了日军。

一会儿，收拾好残局的日、伪军又向东围墙的中间冲来。守在这里的是自卫队队长刘德洪等十二人，枪法精准的他们一见露头的日本兵就开枪，枪枪命中，日军龟缩着不敢乱动。突然，刘德煜中弹牺牲。他的妻子擦了擦眼泪，拿了苫子盖上丈夫的遗体，继续给自卫队队员的土枪里装药。

战斗从早晨打到近晌午，诸莒独立营的三个连队从二三十里路外跑来增援，想要冲进刘家庄，掩护群众撤退到抗日根据地去。但敌众我寡，武器装备又差，营教导员只能命令已经进至离庄两百米的一连撤退，配合二连、三连强攻荆山，打击敌人的侧翼，减轻刘家庄的压力。霎时间，荆山上杀声四起，八路军把伪军王金铭营压缩到山顶，接着又把他们赶下山去，打得他们四处逃窜。

日军军官眼见形势不利，急忙一面调兵拦击独立营，一面集中炮火向刘家庄猛轰，仅在庄东边，就一口气打了四十八炮，一面派一批日军扒开南围墙，冲进庄里，与村民展开了巷战。

自卫队队长刘德洪光着膀子，抡起大刀把一个日本兵的胳膊砍了下来，同时，他的背上也着了日军的刺刀，临牺牲前，他还大声喝道："向鬼子冲啊！"队员刘世山手持二齿钩子，从墙角冲了出来，一个日本兵吓得慌忙翻墙逃跑。刘世山追上去，劈头把他刨死。一个日本兵顶着盆，趴在屋顶上向北射击，被自卫队员一枪打中，滚了下去。这家伙正巧掉在刘尔顺家的水缸里，这家的老大娘看见，抄起铁锨捣死了他。

当围墙被敌人攻破后，守在前街南草园的刘仲常兄弟四人就撤到村里的一家院子内。不多时，一群伪兵冲了进来。他们扔出两颗手榴弹，炸死三个伪兵，其余伪兵仓皇逃走。过了一会儿，又有一群伪兵闯了进来。他们兄弟四人一齐跳出来，同伪兵展开肉搏，刺死了三个伪兵，其余伪兵夺门而逃。接着又有几个日本兵端着枪冲进院内，四兄弟投出了仅有的两颗手榴弹，打倒了两个日本兵。接着，日、伪军将院子团团围住，手无寸铁的兄弟四人在"死了也不能让敌人逮去"的高呼中纵身跳井，全部牺牲。

基干民兵刘世坤被日军抓住，他边骂边和日军厮打。日军砍去了他的手指，他还是骂，又割掉了他的舌头，他朝日军跺脚瞪眼，日军又挖掉了他的双眼。他宁死不屈，最后牺牲在日军的屠刀之下。村西北角一户人家的女儿被日军用刺刀将肚子挑开，儿子哭着上前护着，也被日军扯着双腿劈死。日军放火烧死了十余名躲在地瓜窖中的妇女和小孩，把一个白发苍苍的老汉刺死在粪坑里，还在庄北头草园子内外杀害被俘自卫队队员二十三人。一些群众向妗家庄突围，在庄北田地里被日军用机关枪扫倒三十余人，其中五六个中弹未死的人被日军泼上汽油，点火烧死。

同时，日、伪军炮轰、占领了黄吉埠、妗家庄等村。在黄吉埠，日、伪军强迫村民李五担水，李五悄悄将一颗手榴弹藏在衣袖里，乘他们不备，扔出手榴弹炸倒两名伪军，自己也壮烈牺牲。在妗家庄，刘世欣的三儿子伏在倒塌的围墙中阻击日本兵。这个二十岁的青年用手榴弹炸死两个日本兵后，自己也受了重伤倒在废墟里。守在东北角的张九用鸟枪和手榴弹打死了六个日本兵，最后在和日本兵肉搏中英勇牺牲。

激烈的战斗持续到下午4时左右，日、伪军不敢恋战。他们抓走刘家庄二十余名青壮年，抬着战死的士兵尸体匆匆撤离。

这次战斗，抗日军民牺牲一百零六人，其中刘家庄村八十六人，刘文照大爷一家失去八人，全村的粮食、衣物、牲畜被抢劫一空。山东省武委会、滨海区武委会和滨海军区的领导干部听闻刘家庄自卫反击战后，称赞他们"创造了勇壮的自卫保家范例"。刘家庄村民以"不屈不挠、不怕牺牲、团结战斗、敢于胜利"的英勇抗敌事迹，创造了山东抗战史上的奇迹。

10. 安东卫保卫战

1945年夏，侵华日军为防止盟军登陆，急速增兵山东，投入日、伪军七千余人，飞机三架，兵舰数艘，汽艇十余只，对滨海区抗日根据地进行大"扫荡"，企图打通海（州）青（岛）公路，切断八路军海上交通和日照、赣榆两县根据地与内地的

安东卫保卫战

联系。5月4日，日军抢占安东卫城（今日照岚山区），并以安东卫为中心，加紧修筑堡垒，安设据点，妄图控制海岸与沿海交通，以图固守，做垂死挣扎。

八路军滨海军区二十三团会同地方武装机动灵活地与敌周旋，在大朱曹和汾水岭狠狠地予敌以打击，进而对安东卫之敌形成了包围。

5月6日晚，八路军滨海军区二十三团一营二连奉命与其他部队夺回安东卫，于是连夜急行军四十余里，于翌日凌晨两点赶到安东卫西边的李家庄子村，构筑工事，准备从西北方向拦截安东卫守敌外逃。

李家庄子距安东卫一里多路，庄西有一条纵贯南北的八九里长的水沟，北至赵家园，南经小胡庄通海。控制住这条水线，就形成了对日军的一个弧形包围圈。庄内有四五十户人家，院墙高低不齐，对二连防守隐蔽作战十分有利。村北有一个枝叶茂密的竹园，村东是一片开阔地带，地势平坦，日军的行动可以看得一清二楚。

7日凌晨2时，二连在指导员钟家全带领组织下，进行了紧张的战斗准备。随后，钟家全派出三个战斗小组对安东卫之敌实施袭击，以扰乱和疲惫日军。早晨，二连战士正在吃饭时，日军利用晨雾掩护分三路向二连阵地攻击。日军进至二连阵地前五六十米时，遭到二连机枪、步枪和手榴弹的猛烈打击，死伤多半，狼狈溃退。

6时许，日军凭借三挺机枪抢占了距阵地两百米的坟包处，向二连猛烈射击，同时掩护其一个连的兵力分三路向二连阵地进攻。二连全体战士奋起反击，日军溃不成军，弃尸二十余具，再次狼狈逃窜。

稍许喘息后，日军利用村南、村北的复杂地形，偷偷向二连靠近，在距二连阵地约二十米处发动了冲击。二连战士当即以密集手榴弹予以还击，毙敌四十余人，击退三次冲击。此时，正面之敌拼命与二连争夺坟包处日军溃逃时遗弃的三挺机枪，双方各以火力封锁，形成对峙局面。

战至中午，日军又从小沟向二排四班阵地冲来。二排排长带领全排战士冲上前去，与日军展开白刃战，又一次击退日军的进攻，并活捉两个日本兵。此时，二连不断减员，干部大部分负伤，指导员钟家全二次负伤。

庄西水沟上有一座小桥，是二排和连部的接合部，也是往返通信、运送伤员及弹药的必经之路。下午2时，日军在炮火掩护下，多次向小桥发起进攻。三排阵地一度被日军占领，钟家全率领战士同敌人展开肉搏战，夺回了阵地。二连控制小桥后，很多战士围着指导员要弹药。钟家全说："同志们，我们被包围了，四面都是敌人。现在的问题不是我们向上级要东西，而是上级向我们要时间。营里多次派人给我们送弹药，中途都牺牲了。现在面临的情况很危急，我们一定要发扬人在阵地在的光荣传统，为牺牲的同志们报仇，用鲜血和生命去夺取胜利。"

黄昏时，日军倾巢出动，指挥官中田俊郎亲临战场指挥，向二连阵地攻击。很快，日军攻进李家庄子，蹿入二排与三排交接处的大瓦房里。钟家全带领战士勇猛拼杀，用刺刀同日军短兵相接，从前院杀到后院，把日军逼进瓦房内。在屋内的日军，除几个挖洞逃跑外，其余全部被消灭。经过反复冲杀，日军伤亡三十余人，二连又一次击退日军的进攻。

晚9时左右，中田俊郎暴跳如雷，最后孤注一掷，亲自上阵，借炮击的烟雾和夜幕的掩护，又向二连阵地疯狂进攻。钟家全指挥战士猛烈射击，中田俊郎被击毙。剩余日军仓皇溃退，死伤五十余人。

二连完成任务后，奉命撤出战斗。钟家全命令一排和三排先撤，他带领连部四名战士在坟边掩护二排撤退。日军发现二连撤退又追上来。这时，钟家全腿负重伤，不能行走。战士张华山背他撤退，他忍着剧痛不让背，命令张华山马上撤退。这时，日军冲了上来。他与两个日本兵拼杀在一起，在打死一个日本兵后，用最后一发子弹自戕殉国。此时，滨海军区二十三团主力赶到李家庄，安东卫的守敌在滨海军区二十三团勇猛打击下，于8日清晨狼狈逃窜。

在安东卫保卫战中，八路军共缴获长、短枪二百六十余支，毙、伤、俘日、伪军二百七十余人。二连顽强抗击相当于自身七倍数量的敌人，激战两夜一天，打退了日军十六次进攻。日军中队长中田俊郎和三个小队长被击毙。二连指导员钟家全四次负伤不下火线，最后壮烈牺牲。1945年6月5日，《大众日报》以"血战安东卫——记滨海军区二十三团一营二连安东卫西小李庄阻击战"为题，表彰了英雄们的事迹。6月10日，延安《解放日报》报道了"覃王团"和二连安东卫阻击战的英勇事迹。7月7日，滨海军区司令部、政治部特令嘉奖，命名二连为"安东卫连"，并授予"顽强制敌"锦旗一面，追认钟家全为战斗英雄。"困难面前有安东卫连，安东卫连面前无困难"，这是安东卫连勇往直前的嘹亮口号!

11. 烟台首次解放

进入1945年下半年，中国人民进入对日全面反攻阶段。朱德总司令向解放区所属抗日武装力量发布命令，要求立即向附近城市及交通要道的日、伪军发出通牒，迫令他们向八路军部队投降，收缴其武器，如敌人拒绝投降，则坚决消灭之。因当时远东盟军总司令麦克阿瑟对日军下令，只能向国民党政府及其军队投降，不能向八路军部队投降，侵占烟台的日、伪军拒绝向八路军投降，并大搞蒋、日、伪合流，实施"日蒋换防""宁渝合作",妄图据守烟台,拖延时间,等待美蒋来援。在这种状况下,山东八路军向盘踞胶东各地的日、伪军展开全面攻击。

在八路军强大的军事攻势下,据守烟台的日军陆军柴山大队和部分舰艇顽敌,与周围县城的伪军五千余人收缩集结于市区周围,企图负隅顽抗,同时把掠夺的物资非法运往日本。8月17日,八路军东海独立团、乳山独立营、牟平独立营、昆嵛独立营和烟台大队等人民抗日武装组成两千余人的攻烟部队,在前线指挥部梁辑卿、刘涌、仲曦东、于得水等人率领下,在昆嵛、牟平、福山等县民兵配合下,分东、西、南三线向盘踞烟台的日、伪军发起围攻,迅速攻克烟台市郊区迟家、黄务、宫家岛和上夼南山等日、伪外围重要据点,切断了市内敌人与城外的通信联络和交通要道,形成对市区守敌的严密包围。

由于烟台是日军侵略胶东地区的重要基地和屯兵站,经其多年苦心经营,构筑有坚固的环形防御工事,各个制高点均有碉堡和暗火力点,并有交通壕和火器掩体相互连接,加上日军军舰在烟台海面不断用大炮向八路军南山高地猛烈轰击,增加了攻城部队解放烟台的困难。8月23日,八路军南山前线指挥部得到市内日、伪军开始从海上逃跑的情报后,为阻止日、伪军通过海上逃窜,决定于24日向市区守敌发起三路总攻:一路由昆嵛独立营发动进攻;一路由东海独立团一营、二营和乳山独立营进攻;一路由东海独立团三营攻击南山守敌。担任主攻任务的部队上午9时发起冲锋,突击队先后用炸药包炸毁敌人的三座碉堡,主攻部队迅速插向敌人核心阵地毓璜顶。一营突击部队沿上夼村东冲到芝罘桥时,忽然遭到隐蔽

人民群众聚集在烟台市政府门前欢庆解放

在桥西北侧一处独立民房的敌人火力的猛烈侧射，十几名战士当场牺牲。身陷重围的战士临危不惧，连续打退敌人四五次冲锋。愤怒的战士们在子弹和手榴弹打完的情况下，趁着硝烟弥漫冲向前去，与敌人进行拼刺刀肉搏战，英勇杀开一条血路，与后续赶来的部队一起将敌人全歼。

为迷惑攻烟部队，掩护日军从海上逃跑，两百余名伪军装扮成日军，打着"太阳旗"，从葡萄山一带向攻烟部队占领的东南山前沿阵地疯狂反扑。严阵以待的独立团三营战士在敌人进入火力圈后，一阵机关枪、手榴弹攻击，打得敌人抱头鼠窜，一批伪军丧命。随即，部队乘胜冲下山岗，接连打退了敌人数次反扑，扫除了魁星楼山坡上的伪军。独立团二营沿世回尧口子连续用炸药摧毁敌人四座碉堡，攻占了敌人核心阵地毓璜顶。攻城部队向纵深行进时，遭到敌碉堡的火力袭击，部队攻击受阻。就在这时，市内地下党组织的工人起义武装占领了日、伪机关和要害部门，控制了制高点，切断了敌人通话电线，派员在日、伪军阵地埋设地雷炸毁碉堡，配合攻城部队，使敌人腹背受击，节节败退，防线崩溃。攻城部队沿着毓璜顶西街、南大街、伪道尹公署跟踪追击至烟台山和北海岸码头时，敌军仓皇登船逃跑。八路军攻烟部队俘虏伪军三百余人，缴获长短枪二百余支、轻机枪二十挺。攻城部队在工人武装配合下，经过英勇奋战，终于在 24 日晚 10 时，占领了整个市区，烟台宣告解放。山东军区授予参加烟台战役的部队"烟台兵团"的光荣称号。

烟台解放的消息很快传到了延安。8 月 26 日，毛泽东在去重庆同蒋介石进行和平谈判的前两天，为中共中央起草了《关于同国民党进行和平谈判的通知》，其中提到"两星期来，我军收复大小五十九个城市和广大乡村，连以前所有，共有城市一百七十五个，获得了伟大的胜利。华北方面，收复了威海卫、烟台、龙口……"当时，虽然八路军、新四军解放的城市（含县城）有 175 个之多，但烟台这座城市的解放具有特殊意义。

8 月 24 日，即烟台解放的同一天，山东分局根据中共中央指示精神，致电胶东区委书记林浩，令其派出干部带一部分部队，以东北义勇军名义，去东北了解情况和开展工作。9 月 5 日晚，先遣队近一百二十人乘两只大船从烟台起航渡海去东北。6 日晚，先遣队在辽东庄河县工家岛灯塔山登陆，随后解放了王家岛。9 日，先遣队智取庄河县城，摸清了敌情。同一天，胶东区北海地委又派出一支武装小分队乘木船驶抵旅顺开展工作。不久，林浩根据两支先遣队伍的汇报，致电中共中央和山东分局，汇报了胶东两支先遣队去东北开展工作的情况，并建议山东分局速派部队和干部从海上去东北，以争取时机，更好地完成支援东北解放区的工作。9 月 19 日，刘少奇为中共中央起草并发出致各中央局的《目前任务和战略部署》的指示，提出了"向北发展，向南防御"的战略方针。不久，山东分局即全力以赴组织山东部队和地方干部分批开赴东北，除一部分通过陆路抵达外，主要通过烟台沿海港口渡海北上，支援东北解放区。

1946年6月30日，位于广东的东江纵队2583人分乘美方提供的三艘登陆舰，由深圳大鹏湾起航，于7月5日到达烟台港，后由市区移驻西郊芝水一带休整。两个月后，东江纵队初步适应了北方的生活习惯，补充了给养装备，从烟台出发，随解放大军开始了征战南北的战斗历程。

烟台的解放为中国共产党领导、开展城市工作创造了条件。1945年8月25日，烟台解放的第二天，胶东区党委就发出《关于收复城市的工作指示》。此后，烟台在共产党和人民政府的管理下，日新月异，欣欣向荣。尤其是解放后的烟台市政府经过阻止美舰登陆烟台、杨禄奎事件，在与美国、"联总"的交涉和斗争中，取得了宝贵的涉外斗争经验。同时，烟台作为解放区的主要港口，成为其他解放区人员、物资转运的重要枢纽。

作为中国共产党解放的最大沿海城市，同时又是较早解放的对外商业城市，解放后的烟台为全国的解放和中国革命的彻底胜利，在人力、物力、财力方面，提供了巨大的支持；在如何管理城市、经营城市、外交斗争方面，提供了丰富和宝贵的经验，做出了突出贡献。

（二）敌后创举

胶东人民是勤劳质朴的人民，也是勇于创新的人民。面对日本侵略者的铁蹄，胶东军民万众一心，同仇敌忾，在中国共产党的领导下，用先进文化鼓舞人心，壮大抗日力量；用地雷战、麻雀战、联防战等机动灵活的战术有效打击敌人；用开挖地道救治伤员、创建银行发行北海币等方式顽强斗争……胶东抗日根据地得到不断巩固和发展。

1. 荣成河山话剧社

1937年卢沟桥事变前夕，烟台文化界进步人士在原烟台青年话剧团的基础上，成立了河山话剧社，取意于岳飞的名言"还我河山"。从7月至11月，河山话剧社进行歌咏、演讲、街头剧演出，十分活跃。演员们组成了抗敌巡回演出队，在市郊演出后，向东出发，经牟平、威海、荣成、海阳，再返回烟台。其中，王梅村领导烟台河山话剧社十几名男女青年来到荣成，下乡进行宣传演出，反响强烈。为适应时局的需要，中共胶东临时工委指示曹漫之、李耀文等，于7月15日将他们上一年创办的青年剧团改名为河山话剧社荣成分社（简称荣

1937年7月，荣成河山话剧社第一次公演后留影

成河山话剧社）。曹漫之、李耀文、蔡宗保为荣成河山话剧社
的负责人。骨干成员有李淑媛、蔡玉君等十余人。

荣成河山话剧社纪律严明，作风朴实，行装简单，每到
一处，立即分散到广大人民群众之中。曹漫之既会演戏，又
善演讲，手无讲稿，滔滔不绝，富有鼓舞性，能把抗战的道
理说得一清二楚。同时，他还把写好画好的抗战救亡、妇女
解放以及禁鸦片等标语、漫画，让小学生们拿到街上去四处
张贴。话剧社下设演讲队、歌咏队、戏剧队。演讲队、歌咏
队深入街头巷尾、群众住户，宣传抗日救国的道理，教唱抗
日救国歌曲，十人二十人不嫌多，三人两人不嫌少，可谓逢
人就讲，遇人就教唱。戏剧队则准备场地，组织演出。话剧
社的成员从不计较个人生活和工作条件，因此，所到之处，
皆受到广大人民群众的热烈欢迎，以至大家都忙着送水、送
饭、搭戏台。不久，话剧社的演员就由开始时的二十人发展

到五十人左右，树起了"河山话剧社荣成分社"的大旗。

话剧社在演出文艺节目之前，都会认真安排好节目内容。首先由演讲队向观众进行演讲，揭露日本侵略中国的残暴罪行，宣传党的抗日思想，号召人们团结起来，有钱的出钱，有力的出力，一致将枪口对外，为打倒日本帝国主义、收复失地而奋斗。然后，歌咏队手执红绿色标语旗，整队列出，除自唱外，还向广大人民群众教唱《抗日进行曲》《流亡三部曲》《毕业歌》等抗日歌曲。最后，戏剧队演出控诉日本帝国主义侵华罪行，揭露国民党右派、汉奸卖国的投降行径以及反映抗日救国等内容的短小精悍的剧目，如：《放下你的鞭子》《血洒卢沟桥》《不平则鸣》《五月的鲜花》《红布袋》等。演出虽然没有幕布、乐队、布景，但演员们精神饱满，情绪激愤。演出时，观众常常随着剧情的变化而兴奋，而气愤，而流泪。当演讲队讲到日本帝国主义侵占中国领土、残杀无辜人民时，观众中不时有人领着高呼"打倒日本帝国主义！""讨还血债，收复失地！"等口号。当歌咏队高唱"工农兵学商，一齐来救亡，拿起我们的铁锤刀枪，走出工厂田庄课堂""我们要建设大众的国防，大家起来武装，打倒汉奸走狗，枪口朝外响"时，观众们高举攥紧的拳头一起歌唱。最吸引观众的还是戏剧队的演出。大家以前接触的多是戏曲，从未看过这种新形式、新内容的戏，因而戏剧队的演出深受欢迎，被群众称为"文明戏"。话剧《放下你的鞭子》剧情生动，当演到香姐和弟弟卖唱赚不到钱，领班老板举起鞭子抽打他们时，青年渔民气愤上场阻拦，并愤怒地大喊："放下你的鞭子！"此时，场下观众有的哭泣，有的叹息，有的怒骂，有的竟把戏当成真事，忙把钱放到香姐与其弟弟手中。节目起到了宣传、教育、唤醒的作用。

话剧社在进行文化宣传工作的同时，更重要的是以此作掩护，到荣成县各地与地下党组织进行联络。1937年春，曹漫之发展青年剧团骨干成员李耀文、王骏超二人加入了中国共产党。与此同时，曹漫之在全县开展中华民族解放先锋队（简称"民先"）的组织工作。同年6月，发展了一批进步青年加入了民先。9月，曹漫之、李耀文等在荣成县立第一小学成立民先荣成县队部，曹漫之任大队长。他们利用民先的公开身份，团结进步青年，举行各种形式的抗日救国活动，促进群众性抗日救国运动的开展。不久，中共党员汤丁光以国民党山东政训处派来荣成训练壮丁的公开身份，与曹漫之取得联系，并在城里文化书店举行了党的会议，成立了中共荣成临时县委，曹漫之任临时县委书记，汤丁光任组织委员，李耀文任宣传委员。临时县委创办了《每日快报》，这是胶东党组织以抗日名义公开创办的第一份报纸。曹漫之和李耀文每天按时收听和记录电台有关抗日的新闻，每天刻板，油印报纸一千余份，组织河山话剧社和民先队员，分发到各学校和部分村庄，广泛宣传党的抗日民族统一战线政策以及发动群众开展敌后游击战争的主张，产生了很好的效果。

曾在国民党政府高级法院任职的王可举虽身居要职，但一身正气，拒绝参加国民党组织。"七七事变"后，他不愿跟随国民党逃往大后方，于是辞官回家务农。当他在村里看到《每日快报》后，托人找到曹漫之、李耀文，表示赞同宣传抗日，主动要求参加荣成临时县委所领导的抗日救亡运动。1938 年 8 月，北海区行政督察专员公署在黄县创建山东省高等法院北海分院，王可举成为第一任院长。

随着抗日救亡运动的深入发展，1937 年末，荣成河山话剧社的主要领导成员大都转入了组织武装斗争的工作中。曹漫之、李耀文等率领起义队伍离开荣成西上，编入第三军，话剧社由此停止了活动。荣成河山话剧社的革命历程虽然短暂，但在国家危亡、人民处在水深火热之中的紧急关头，社员们高举抗日救国的旗帜，点燃抗日救亡的烽火，唤醒了千百万人民群众，从而使熊熊革命烈火燃遍荣成大地。

2. 白手起家的胶东兵工

1937 年 12 月 24 日，中共胶东特委发动天福山起义，举起山东人民抗日救国军第三军的旗帜，建立起胶东第一支共产党领导的抗日武装。

第三军成立后，枪支弹药严重匮乏，武器装备极为落后，战士们手中拿的大都是大刀、长矛和土枪土炮。时任司令员的理琪使用的也只不过是一支土造"单打一"短枪，部队少量的枪支还是从部分国民党地方武装手里征来的，也大多是坏的和旧的，不修就不能使用，严重影响了部队的战斗力。

为了及时修复损坏枪支，第三军第一大队建立了一个修械所。修械所虽然小，但是非常灵活。部队开到哪里，修械所就跟到哪里，随军修械。

除了修理军械，修械所还想尽办法制造手榴弹。一开始出厂的手榴弹，由于弹皮差、药力低，常常一炸两半而已，有的同志开玩笑自嘲说："把它扔到日本天皇的脊梁上，兴许能吓他一大跳！"第三军领导鼓励大家说："初次制造哪能要求那么高，能爆炸就是大成绩。希望你们努力钻研，提高技术水平，造出更好更多的手榴弹！"之后，在工人的努力下，修械所提高了火药质量，改用铸铁弹皮，制造出的手榴弹，一枚能炸成六十余块花豆粒般大小的铁屑，杀伤力很大，外形轻巧顺手，深受指战员们的欢迎。

随着胶东抗日武装的壮大和整编，简单的修械所已经无法满足部队对枪支炮弹的需求。1938 年 3 月，第三军第三大队在黄县圈杨家建立了第一个兵工厂。第三军总部与三支队在黄县会师后，所属各部队的修械所也相继并入圈杨家兵工厂。

兵工厂由周吉隆任负责人。建厂之初的一个晚上，周吉隆回家，父亲对他说："要干兵工厂，须有好老师。从前我在龙口经营铁业时，认识一位老师傅，名叫于鸿春，此人曾在沈阳兵工厂干过。你如果愿意用他，我可以推荐。"周吉隆向第三军领导请示，很快获得批准，于鸿春担任了兵工厂的技术负责人。就这样一个介绍一个，兵工厂很快集结了一批手艺精湛、满怀报国之情的能工巧匠。

圈杨家兵工厂的机器设备多是第三军从黄县城、龙口港铁工厂征借的。建厂后，开始生产仿汉阳造的七九步枪。虽然有了机器，但是除了车刨加工外，都得手工操作。

到 1938 年下半年，兵工厂已由数十人发展到三百余人，在邻村增设了分厂（南厂），拥有大小车床、钻床二十余台、冶金铸造设备全套，并有柴油机、蒸汽机，生产水平有了很大的提高。每月可制造步枪二十至三十支，迫击炮二至三门，炮弹三百余发，手榴弹五千余枚，复装子弹近万发。工人们编了个顺口溜："机器隆隆响，电灯明又亮；造枪又造炮，支前打胜仗！"

1939年春节刚过，蓬黄掖抗日根据地一派欣欣向荣，圈杨家兵工厂里机器轰鸣，炉火熊熊。工人们怀着节日的欢乐，抓紧生产。这时，传来日军及伪军刘桂堂部进攻蓬黄掖根据地的消息。八路军山东纵队第五支队下令，兵工厂立即停产，随部队转移，机器设备、原材料，能带走的尽量带走，不能带走的疏散埋藏或炸掉，绝不能留给敌人。

这真是晴天霹雳！半年多来，兵工厂发展壮大，已成规模，多不容易啊！如今正是大展身手之时，却要毁掉它、抛弃它，这怎么行呢？厂领导对大家反复做动员，终于说服职工全体撤离。

经过二十余天的艰难跋涉，兵工厂到达平度县涧里村。不到三个月，又被迫迁至栖霞庙后乡高家沟村。两个月后，再次迁到庙后乡回龙夼村西南的老庙沟。

由于战时环境的变化，兵工厂几乎每次转移都会遭受严重损失，但是每次重创之后总能快速恢复生产，支援作战。1939年10月，由于国民党蔡晋康部的骚扰破坏，兵工厂几经周折迁至蓬莱县黄泥沟。11月，栖霞县北路家沟村的蓬黄战区兵工厂也搬迁至此，两个兵工厂合二为一。1940年1月，兵工厂搬迁至栖霞苏家店乡前寨、后寨、曹高家三个山村，总厂设在后寨村，以生产枪炮为主。曹高家村一分厂为火药厂，前寨村二分厂为翻砂、锻造、修械车间。兵工厂此时定名为第一兵工厂。

1941年12月，兵工厂奉命由栖霞迁至牟平县上垛玉夼、杨家沟等村，主要制造手榴弹、地雷、子弹、炮弹、"捷克式"轻机枪等武器，生产规模进一步扩大。但是，1942年11月，日军开始冬季大"扫荡"，兵工厂不得不掩埋了机械设备，军械生产也转入低潮。至1943年底，抗战形势逐渐好转，第一兵工厂也随之扩大，生产的枪支弹药源源不断运往作战部队，有力地支援了胶东抗日根据地的武装斗争。

随着抗日形势的发展，中共胶东区委根据上级指示，先后建立起了第二、第三、第四、第五等四个兵工厂，胶东兵工进一步发展壮大。

从最初的"一担挑""修械所"，到圈杨家兵工厂，再到自成体系的大型兵工厂，胶东兵工白手起家，如星星之火，遍地燎原，在战火弥漫的岁月里逐步成长壮大，成为"山东军工的主力""华东军工的主要部分"。胶东兵工厂生产的武器弹药源源不断供给胶东、山东和华东战场，在山东兵工史上占据了重要地位，为华东兵工事业做出了不可磨灭的贡献。

3. 北海银行的创建

炮火连天的革命战争年代，山东第一家共产党领导的银行在掖县诞生。它在胶东抗日根据地成长，在山东解放区壮大，在中国共产党的金融斗争发展史上留下了浓墨重彩的一笔，它就是中国人民银行的三大基石之一——北海银行。

1938年2月，日军侵入胶东，在胶东各地成立伪政权。3月8日，中共掖县县委发动玉皇顶起义，解放了掖县县城，摧毁了当地日伪政权，建立了胶东游击队第三支队，成立了山东第一个县级抗日民主政府——掖县抗日民主政府。

第三支队和民主政府发现，当时的胶东地区，日伪"中国联合准备银行"的"联银券"、国民党政府的法币、军阀商号的票券等各种票币鱼龙混杂，导致金融体系极度混乱，当地百姓苦不堪言，这也影响到抗日队伍的军需供给和根据地建设。

抗日需要枪杆子，也离不开钱袋子。如何才能改变这种混乱局面，整顿金融秩序，消除货币乱象，成为摆在民主政府面前的一道亟待破解的难题。第三支队队长郑耀南等人一合计，决定创办自己的银行，发行自己的货币，解决军需和民生困难。具体筹备事宜交由掖县民主政府财政科科长、财经委员会副主任郭欣农和第三支队军需处处长、财委副主任孙会生负责。

郭、孙二人虽是金融人才，但在成立银行这方面却也是"门外汉"。正巧此时银行家张玉田来到了掖县。张玉田曾任青岛中鲁银行总经理，在青岛银行界颇有名声，后因日军侵入青岛，不得不返回家乡，途中还在平度被国民党张金铭部洗劫一空，费尽心思才逃回掖县。这可真是"瞌睡送来了枕头"，郑耀南闻知此事，立刻命郭、孙二人前去看望，并送去了两百元的慰问金。一番长谈，张玉田非常感慨："国民党抢占我的财产和汽车，让我倾家荡产，共产党却雪中送炭，真是天壤之别！"为表谢意，张玉田亲赴第三支队指挥部，向郑耀南感谢知遇之恩，郑重表示："我别的本事没有，这一生就开过银行。若抗日民主政府要开办银行，我必竭力而为。"一番商谈后，张玉田欣然答应出任经理，负责银行的筹备。

在几人的团结协作下，银行筹备步入正轨。给银行起个什么响亮而又有特色的名字呢？几个人合计来合计去，因蓬黄掖抗日根据地北部临渤海，最终命名为"北海银行"，也取"南山松不老，北海水长流"之意，寓意着银行业务如北海之水，源源不绝。

开银行不能不发行纸币，购买票纸和铸制票版成为当务之急。当时的根据地不具备相应的设备条件，印钞机、票纸和票版都得从天津和青岛购买，这两个地方都是敌占区，处于日、伪军的严密封锁之下，从采办到运输都困难重重。但这没有难倒交游广阔的张玉田，他决定，乔装打扮潜回青岛，通过自己的人脉关系想办法，最终购买到了道林纸和票版。可是，来时容易去时难，从青岛返回掖县的路上，日、伪军设置了重重关卡，稍有失误，就会人货两失。张玉田不愧是"老江湖"，他将铸刻好的铜版和购买来的纸张用油纸一层一层包裹后，装进一个铁箱里，再把铁箱子缝隙焊好，用一条铁链将箱子拴在船底。就这样通过水路辗转各地，躲过了多次搜索，最后顺利将票版和纸张拖回了掖县。之后，张玉田又想办法搞到了印钞机，委托掖县城西门里的"同裕堂"私人印刷局负责印钞。

1938年8月，经过四个多月的筹备工作，北海银行正式成立（因战事紧张，同年12月1日补办了开业典礼），总部设在掖县。自此，胶东有了第一家由共产党创办的红色银行。

北海银行成立后，面向社会发行了9.5万元北海币，并布告蓬（蓬莱）、黄（黄县）、掖（掖县）三县，将其定为通用货币，与法币同时流通，随时兑换。因为北海银行是抗日民主政府自己创办的银行，北海币币值又稳定，一经发行，就在群众中取得了良好的信誉，很快流通起来。

北海银行的创立，北海币的流通，逐步稳定了蓬、黄、掖等地的经济形势，发展了生产，改善了百姓生活，成为巩固建设抗日根据地的"定海神针"。

1939年1月，驻青岛日军张宗援部纠集土匪刘桂堂部，在日军战机的配合下北犯掖县。当时驻防的第五支队与日军激战后，因战力悬殊，不得已撤出掖县，转入山区坚持游击战争。刚成立的北海银行也被迫转移，停止业务。但是因为信誉良好，虽然受到日、伪军和国民党顽固派的阻挠，北海币仍然继续流通，甚至有些伪军私下里也使用北海币。

北海币

后来，根据中共中央和山东分局的指示，北海银行在莱阳县张格庄恢复营业，恢复印钞，不久转移到掖县，陈文其任行长。1940 年八九月间，林浩来胶东，传达山东分局决定，胶东北海银行总行移鲁南，称山东北海银行总行，同时，在省内各区和省界边区设立了多个分行。胶东北海银行改为山东北海银行胶东分行，下辖西海、南海、北海、东海支行。

解放战争期间，北海银行规模继续扩张，陆续接管了包括国民党中央银行在内的多家国属银行和一部分民族大资本银行，并临时代行国家银行职能，自身实力迅速壮大。北海币不仅流通华北，还遍及中原陇海沿线。

1948 年 12 月 1 日，中共中央将北海银行与华北银行、西北农民银行合并，成立了中国人民银行。直到 1950 年末，全国统一货币为人民币，北海币才正式退出历史舞台。

4. 新民主主义的文化号角

20 世纪三四十年代，在全面抗战的胶东战场上，文化战线的斗争同样刀光剑影、慷慨悲壮，为世人铭记。

1938 年 2 月后，随着日军占领胶东各县，满腔热血的胶东儿女纷纷投身血与火的抗日战争中。胶东广大知识分子利用办学校、办报刊、演戏剧等形式宣传共产党的抗战主张，唤起民众共同抗日，吹响了全民抗日的号角。为有力开展新民主主义文化运动，配合军事、政治、经济方面的对敌斗争和抗日根据地的开辟与建设，建立起统一协作的群众文化领导机构，

1938年9月9日，在掖县张家店，中共胶东特委成立了胶东文化界救亡协会（简称胶东文协），由特委宣传部部长林一山兼任会长。胶东文协在抗日战火中不断发展

1940年9月18日，国防剧团小舞蹈队演出

壮大，成为抗日战争时期中国共产党领导下的胶东根据地最重要的抗日文艺团体，成为山东抗日根据地成立较早、活动时间较长、影响较大的党领导下的文化界团体。

有了党的领导，抗日动员宣传活动就走上了有组织有计划的道路，人员队伍不断扩大，宣传形式更加多样，活动深入人心，持久有效。1939年秋，胶东文协成立了文学、哲学、外国语文、历史、政治经济学五个学术研究会。之后，东海、北海、西海、南海四个海区及所属的二十一个县也都相继建立了文协组织。胶东文协先后创办了大众剧团、鲁迅剧团、国防剧团、前线剧团、孩子剧团、战旗剧团、京剧团、文艺实验剧团、胜利剧团等文艺团体，编辑出版了《文化防线》《胶东大众》《胶东青年》《大众戏剧》《大众画刊》等刊物，胶东文协成为抗击日军的另一条强大的战线。胶东文协通过宣传工作揭露日军的残暴行径，动员广大青年参军入伍、参加地方武装，坚定民族必胜信心，以多种方式支援前线、参与后方建设和根据地建设。胶东文协积极宣传党的方针政策，组织广大文艺工作者深入前

线、深入群众，曾三次举办胶东文艺竞赛，丰富了群众和部队的文化生活，促进了军民和谐，促进了群众文艺运动蓬勃开展，对于激发抗战热情、推动党的各项工作发展、加强根据地的巩固和建设，起到了积极的促进作用。

胶东文协作为胶东解放区文艺界抗敌爱国活动的领导机关，联系着数百万工农大众，不断团结起更多的胶东儿女投入抗战中。至1945年6月，胶东区共有农村俱乐部1.25万个、文协会员2.3万人、教师抗日救国会会员2.6万人、民间艺人抗日救国会会员3700余人、医生抗日救国会会员2400余人，连同各级文协所属专业文艺团体、群众业余文艺队伍，形成了一支浩浩荡荡的抗日文化大军。

特别值得一提的是胶东孩子剧团的感人事迹。孩子剧团最早来自少先队，战争残酷，生活艰苦，需要孩子们用艺术的武器鼓舞团结民众坚持斗争。1939年11月，孩子剧团在掖县的皂户正式成立，从此，这支文艺战线最年轻的新生力量开始有组织、有纪律、有激情地活跃在胶东抗日根据地。剧团的成员大部分是原少先队员，此外，剧团还吸收了文登抗战话剧社和牟平青年话剧团的几个孩子，他们的年龄都不足十五岁。在战乱的岁月中，他们以稚嫩但却无比坚强的身躯履行着中华儿女的历史使命，一边学习，一边开展文艺宣传，自学自创活报剧、独幕剧、锣鼓戏，排练合唱、朗诵等各种形式的节目，上演《铁流两万五千里》《反"扫荡"》等剧目给村子里的百姓看，给打游击、反"扫荡"的战士们看。在宣传、动员和文艺演出之余，他们也像战士一样站岗放哨、侦察敌情、帮助抗属，甚至参与减租减息运动。

孩子们随军作战，八路军战士们出现在哪里，剧团的宣传演出就做到哪里。1940 年夏，孩子剧团在演出的过程中遭遇日军"扫荡"，被日、伪军封锁在招远灵山的高山深谷之中，无法脱身。一连几天，孩子们在山上或蹲或趴躲避日、伪军，没有饭吃，没有水喝。为了冲出包围圈，剧团领导决定，男孩女孩一律剃光头，乘着夜色分散突围出去。刚推过的头，头皮发白，大家便把青草砸烂，和上泥巴，用力往头上擦，又换上向老乡借来的破衣服，戴上一顶破草帽，背上一个破粪筐，俨然是放牛娃的模样，这样才躲过了敌人的搜索。

胶东文协还把民间盲艺人们组织起来，进行抗日宣传动员工作。1942 年 10 月，牙山地区解放后，胶东文协派栖霞荆子埠人姜岩，回乡动员栖霞民间组织把盲人组织起来宣传抗日救国。10 月 29 日，为期十七天的盲人训练班在亭口镇下门楼村和庙后三宿夼村如期举行，十八位盲人接受了抗日宣传和新词剧目的培训，接着分头下乡宣传。1943 年 5 月 7 日，胶东文协成立牙山根据地盲人抗日救国会，董曰清为会长，设四个小组分头下乡宣传抗日救国。招远县也成立了四十八人的盲人抗日救国会，其中八位会演唱大鼓词的盲人会员各靠一根棍子，走街串巷，演唱着《黄城阳战斗》《西良埋伏》等十几个段子。1943 年 9 月 2 日，胶东文协在牟平县留格庄村举办盲人救国会训练班，栖霞、牟平、海阳、莱阳等县的三十一位盲人参加，训练期间成立了盲人救国会。

为了贯彻执行党的文艺方针，适应根据地日益扩大和斗争形势的需要，更好地开展根据地的文化活动，1943年3月，胶东文协召开了文化工作会议，认真学习了毛泽东《在延安文艺座谈会上的讲话》，进一步健全组织机构，充实力量，成立了文协组织部、编辑部和研究部。1944年3月，胶东文协召集百余人召开了文化座谈会。

1938年至1950年间，无数文化工作者在胶东文协的组织领导下，进行着动员群众、团结群众、鼓舞士气、打击敌人的活动。为了革命事业，胶东文艺工作者一手执笔，一手持枪，战斗在胶东半岛，配合着人民军队，为开辟抗日根据地、建设民主根据地贡献着文化力量。

5. 山东根据地第一个中共区党委

作为胶东党组织建设、武装斗争和政治经济建设的基层组织，1938年12月成立的中共胶东区委在领导胶东人民取得抗日战争和解放战争胜利的过程中发挥了具有主导意义的关键作用。

1919年，五四运动爆发后，胶东人民纷纷参与各项救国救民运动，较早地接受并秘密传播马克思主义思想。1923年，胶东地区有了共产党员。翌年，青岛、烟台等胶东各地开始秘密成立共产党的组织。至1933年，胶东已经有了直属中共山东省委领导的烟台特支、莱阳县委、掖县县委、牟平县委等一批县级党组织。为了加强党的领导，建立统一领导的地方党组织迫在眉睫。在这种情况下，1933年3月，中共胶东特委在牟平县北刘伶庄村成立。严酷的战争环境，使中共胶东特委屡遭破坏，又屡次重建。1937年12月，以理琪为书记的中共胶东特委成立。胶东地区的广大党员和党组织在胶东特委的统一领导下由秘密转为公开、半公开状态，抗日斗争在胶东如火如荼地展开。

首任中共胶东区委书记王文在大会上做报告

随着党组织的不断壮大，党员人数不断增加，至1938年底，胶东地区已有文登、蓬莱、黄县、招远、莱阳、海阳、栖霞、掖县、潍县、诸城、昌邑十一个县成立了县委，其余的县也都有了党的组织。地方党员发展到两千余人。为了整合和稳定党的组织和党员队伍，山东分局指示：在胶东特委的基础上组建胶东区委。1938年12月，中共胶东区第一次党员代表大会在掖县葛城村召开。大会选举产生了中国共产党胶东区委员会（简称中共胶东区委），王文任书记。在抗日硝烟中诞生的中共胶东区委成为山东根据地第一个区党委。中共胶东区委的产生，标志着胶东的党组织建设发展到一个崭新的阶段。

中共胶东区委成立后，加强了全区各级党组织的建设，先后管辖东海特（地）委、北海特（地）委、南海特（地）委、西海地委、中海地委、胶北特委、烟台市（工）委、青岛市工委，以及胶即平工委、高昌平工委、胶高即中心县委、昌潍中心县委等。为了便于领导不断扩大的胶东抗日根据地，相继成立了北海专署、东海专署、西海专署、南海专署、中海专署和烟台行政联合办事处等各级抗日民主政权。党员队伍也在战斗烽火中不断发展壮大，党员人数由抗战初期的1840名发展到抗战胜利时的63064名（不含青岛市、滨北区、潍坊的部分县），占山东抗日根据地党员总数的31.5%，占全国党员总数的5.38%。至1949年9月，胶东共产党员已发展到324233名，占全国党员总数的7.23%；胶东共产党员占胶东人口的比例为2.87%，而当时山东的比例为1.66%，全国的比例为0.8%。

中共胶东区委的成立，胶东党组织的不断完善，有力地增强了抗日战争时期胶东军民抗日必胜的决心和信心，提高了胶东子弟兵的战斗力。纵观日军入侵胶东的七年半时间里，中共胶东区委在根据地政治、经济、民主建设方面都发挥了不可替代的关键作用。尤其是在最艰苦的岁月里，中共胶东区委不断加强党的建设和政权建设，巩固和扩大抗日民族统一战线。1941年7月，胶东区行政联合办事处改为胶东区行政主任公署，王文任主任。此后，胶东区临时参议会、胶东各界抗日救国总会等机构和抗日群众团体相继成立。1942年7月，以新五支队为基础成立的胶东军区由许世友任司令员，区委书记林浩任政委，辖一、二、三、四军分区和其他地方武装，统一指挥胶东的地方部队。战斗间隙，中共胶东区委开展了整风和大生产运动，执行了减租减息、精兵简政、建设"三三制"政权等政策，从而在最困难的三年里提高了全体军民的政治觉悟，增强了团结，巩固了抗日根据地。这一时期，胶东地区贡献公粮和田赋均占山东抗日根据地的 42% 以上。

解放战争时期，胶东区委继续带领胶东儿女为解放事业做贡献，以外交斗争配合军事斗争的特殊方式粉碎了美军在烟台登陆的企图，保住了通向东北的重要海上通道。从 1945 年 9 月开始，陆续将山东八路军主力部队六万余人和地方干部六千余人从蓬莱、龙口等海港运往东北，为建立巩固的东北根据地奠定了基础。1947 年，历经五个月的胶东保卫战歼灭国民党军 6.3 万人，彻底粉碎了国民党军对山东解放区的重点进攻，从根本上改变了山东战场的战略态势。

至 1949 年 10 月，胶东区委、胶东行署辖烟台市、威海卫市和东海、北海、西海、南海、滨北五地党组织和行政专员公署。1950 年 5 月，胶东区委和胶东行署被撤销，所属区域分别设立文登专区、莱阳专区和胶州专区，胶东区委胜利完成了党赋予的历史使命。

6. 虎口夺金

招远因黄金资源丰富和开采历史悠久而被誉为"金城天府"，金矿伴着烽火硝烟与胶东人民走过了一段血与火的历程。

1939 年 2 月，日军侵占招远县城，3 月，占领玲珑金矿，并扬言"宁失招远城，勿失玲珑矿"。在方圆不足五华里的矿区，日军派驻了一个装备精良的中队和七个伪军中队及一个伪自警团。在玲珑矿，日军修了中心炮楼，矿区围上了三层铁蒺藜和电网。在玲珑矿周围的大园、九曲、欧家夼、台上等村庄设立据点，还在矿区通往大、小蒋家村的交通要道上，布上三层岗哨，搜查盘问过往行人，使玲珑矿成了一座人间魔窟。

玲珑金矿被日军霸占，而招远的另外一处主要采矿区——蚕庄、灵山一代却被国民党顽固派霸占。如何从这两处"虎口"夺金，中共胶东区委领导费了一番脑筋。1939年冬，在掖县夫子石胶东区委驻地，区委书记王文和胶东区职工抗日救国联合会主任苏继光共进晚餐。他们吃的是红高粱饼子。王文是陕西人，苏继光是莱阳人。苏继光问王文："你不是本地人，吃这高粱饼子行吗？""行啊，吃得来。花钱少，吃得可口。"王文很乐观。实际上吃得不一定可口，只是省钱罢了。他一边吃着，一边说："现在敌人妄图用封锁搞垮我们，眼下的财政也确实有困难。为了打破敌人的封锁，为了支援抗日战争，党组织决定派你到招远县蚕庄金矿搞黄金。有了金子，许多事情就好办了。你考虑考虑，有什么要求？"

苏继光感到很意外，尽管事先知道上级有新任务交给自己，但没想到是去搞黄金。当时的蚕庄金矿戒备森严，工作的艰难可想而知。当然，苏继光并没有被困难吓住，他思忖片刻，说："有困难我克服，保证完成任务。"

王文说："任务是艰巨的，组织上派你去是有考虑的。你曾在龙口当过码头工人，龙口失守后，有一部分码头工人到了蚕庄金矿做工。你去后要先和他们联系，有了工人的支持，就有了工作的基础。你要像钉子一样深深钻进金矿，扎下根。在实际工作中，要严格遵循党的方针政策，特别要做好统一战线工作，以工人群众为依靠力量，争取一切可以争取的人，团结一切可以团结的力量，确保完成任务。"

听了区委书记的这一番话，苏继光更加坚定了完成艰巨任务的信心。接着，他俩又详细商讨了搞黄金的计划和具体办法。

当时，招远蚕庄、灵山一带产金区的七八个矿场被控制在不同的矿主手中。苏继光化装成矿工混入蚕庄金矿，并逐渐成为了矿工的主心骨。他了解到天津籍矿主许老板既拥有采矿权，又有枪支，且与国民党地方武装孙务本矛盾很深，于是便以"国府官员"和山东省总工会的名义"视察"金矿，取得许老板信任，得到所藏枪支，组成了八支工人护矿队，有效地控制了矿区生产。随即，苏继光以第五战区司令官李宗仁"特派员"的名义，前去孙务本部传达军令部"指示"，要求各方配合胶东八路军作战，遏制日军掠夺黄金。苏继光最终迫使孙务本主动撤离蚕庄金矿区，由八路军第五支队十四团一营进驻，全面掌控了蚕庄金矿。

1941 年 6 月，胶东区委安排人员秘密潜入日军占领的玲珑金矿，并制定了一系列行动方案。一方面，秘密组织矿工罢工或怠工，破坏生产设备；另一方面，秘密收集黄金、水银、雷管和炸药等，上交组织支援抗日。根据中共胶东区委指示，地下党员姜选在玲珑金矿内实施"虎口夺金"计划。为了把金精粉带出矿，矿工们想出了许多巧妙的办法，有的藏进破棉袄里，有的夹在双层的鞋底里，有的藏在挖空的棍棒里和送饭的篮子里，有的把汞膏塞到菜饼子里，一边吃着一边接受门岗检查。

同时，党组织利用各种方法教育、争取伪军。一面派地下党员打入伪自警团内部，分化瓦解伪军；一面教育伪自警团的家属、亲戚写劝降信，不为日军卖命；还给最坏的伪军头目家门口挂黑灯。最终，伪军中的大部分班长和八路军建立了关系，有的还多次给八路军送出日军"扫荡"的情报。张万相是日本人的翻译，他和妻子都在玲珑金矿工作。当地武工队队长李刚得到消息，张万相要和妻子回老家探亲，就趁机做其思想工作，晓之以理，动之以情。李刚不仅安排了用餐，还派人将他俩一直护送到目的地。张万相万分感动，当即表示愿意帮助八路军武工队。后来，日本人觉察到黄金生产越来越少，怀疑工人中有八路军，几番搜查没有结果，就安排特务打入矿工内部，企图发现党的地下组织。张万相及时将情报报告姜选，姜选和工友们随即周密计划，制定对策，很快将特务挤走。

虽然地下党组织发动矿工利用各种办法筹集黄金，但数量毕竟有限，大批的黄金仍然在日军手中，一车车富矿石和成品金从玲珑金矿运出，流向日本。当年日本掠夺的黄金主要是通过招远到龙口港的龙招公路，然后经龙口港海运日本。从矿区到龙口港沿途要经过数十个村庄。尽管日军在这条公路上每隔几里就修建一个据点，岗哨林立，重兵把守，要想截击运金车困难重重，但胶东军民团结一心，紧密配合，与日军斗智斗勇，截击运金车之战取得了一次又一次胜利。

1939 年 7 月 3 日，八路军山东纵队第五支队十五团三营在龙招公路的张星镇大郝家村西处，伏击日军运金车，激战一小时，炸毁敌人汽车三辆，缴获武器和金矿石等物资一宗。1942 年 4 月 28 日，八路军五旅十三团二营在招北县地方武装的配合下，在龙招公路的张星镇槐树庄村处，扮成出殡的队伍麻痹敌人。待敌人运金车靠近后，战士们迅速从棺材里拿出武器，投入战斗，击毙敌人十余名，俘获敌人二十余名，缴获大量武器、弹药、军用品和金矿生产原料。1942年7月21日，地方抗日武装配合八路军五旅十四团，在招远大秦家沙埠村公路两旁设下埋伏，伏击日、伪军六辆运送金精矿粉的汽车。这次战斗炸毁敌人汽车六辆，击毙、俘获敌人四十九名，缴获大量武器弹药和全部金精矿粉。1945年8月8日，北海独立营得知一条重要情报：侵占招远玲珑金矿的日军计划将没有运走的黄金及矿砂、矿石通过龙口港运回日本。姜天真所在北海独立团二营通过提前布防、埋设耕耙、树枝挂雷等方式截击六辆载满金矿石的运输车，一举将所有日军士兵消灭，打了一场漂亮的伏击战。

从1939年至1945年，胶东军民密切配合，先后在龙招公路沿线的沙埠村、小李家、张星、槐树庄、黄山馆、张华山头等处，伏击日军的运金车，炸毁敌汽车三十余辆，消火日、伪军两百余人，缴获了大量富矿石、金精矿和军需、生产等物资。"虎口夺金"，既筹集了大量的黄金，又阻滞了日军的掠夺。

招远党组织在开展武装斗争的同时，还发动矿工群众在日军控制之外的周围村庄，为抗日战争筹集资金。据不完全估算，抗日战争期间，胶东军民共筹集黄金十三万两，为支援胶东、鲁南和延安的抗日战争做出了重大贡献。

7. 战火中的胶东抗大

> 同学们，努力学习，
>
> 团结紧张，严肃活泼，
>
> 我们的作风。
>
> 同学们，积极工作，
>
> 艰苦奋斗，英勇牺牲，
>
> 我们的传统。

伴随着中国人民抗日军政大学（简称"抗大"）校歌慷慨激昂、催人奋进的旋律，我们仿佛看到一群群热血青年奔赴延安，寻找抗日救国真理，探索民族救亡之道。其实，不仅延安有抗大，胶东也有抗大。

1939 年，随着敌后抗日游击战争的蓬勃发展，中国人民抗日军政大学分批离开延安，到各抗日根据地建立分校。当年冬，抗大第一分校进入山东沂蒙山区办学。为迅速培养胶东抗日游击战争的领导干部，山东分局和八路军山东纵队决定在胶东成立抗大一分校胶东支校。1940 年 2 月，抗大一分校派出一大队一百余人奔赴胶东。历经三个多月，突破敌人的层层封锁，一大队于 1940 年 4 月初到达招远县境内，与山东纵队第五支队司令部会合。随之转赴位于招远、掖县、莱阳边区的掖县三元村，同胶东抗日军政学校会合，两校合并，正式成立了抗大一分校胶东支校，即胶东抗大。

自 1940 年 4 月正式成立，至 1949 年 5 月离开胶东，胶东抗大在近十年的办学历程中，主要在栖霞、掖县、莱阳和平度等地活动，在栖霞办学时间最长，达八年之久。熔炉中锤炼，斗争中学习，胶东抗大为部队和地方培养了近万名优秀干部，被誉为革命干部的摇篮，从胶东抗大走出来的将军就有三十余位。

胶东抗大秉承了延安抗大总校的教育方针和校风，课程也基本按总校的课程开设。政治课有马列主义基础知识、中国革命的基本问题、党的建设、政治工作、抗日民族统一战线及时事政治等，军事课有制式教练战术（步兵战术和游击战术）、兵器与射击（主要是步枪和射击）、刺杀、投弹、爆破、土工作业等。除此以外，还有内务条例、纪律条令等课目。在工农

胶东抗大学员在栖霞牟氏庄园合影

干部学员中，胶东抗大还开设语文、数学等文化课，所用教材基本由抗大一分校编写。抗战期间，学校的备课教学都是随着形势的发展，在部队的流动中有机结合，穿插安排。学员们行李不离身，遇有敌情就战斗，争得时间就学习，战斗学习两不误。学校成立不久即逢上日军"六一大扫荡"，全校师生便投入了反"扫荡"的战斗。面对敌强我弱的形势，校领导采取了"保存力量，避实就虚，实行内外线结合"的方针，与敌周旋。教员则在这一方针指导下言传身教，以战场为课堂，使学员通过实践受到锻炼，增长才干，取得了这次反"扫荡"的胜利。

胶东抗大在管理上极为严格，敢于较真碰硬，坚持实事求是。1945 年 2 月，胶东军区组织莱阳万第战役中俘虏的两百名伪赵保原部连级以上军官到胶东抗大学习集训。集训结束结算时，负责后勤工作的管理排长姜述德发现账上少了五张蜡纸，想用自己的津贴赔补。指导员听取汇报后严肃指出："必须彻底查清，找出原因，不能马虎了事。"最终查清，物资发放清单中有"两个班各领五张蜡纸"的记录，而姜述德由于粗心，忽略了"两个班各领五张"，误以为少了五张蜡纸。指导员专门找姜述德谈话："这不只是五张蜡纸的问题，应从工作态度、工作作风上查找原因，总结教训。做任何事情，必须认真负责，不能留尾巴。这种工作态度如果用在军事行动上，后果难以想象……"贾若瑜任胶东抗大校长时，以身作则，严于律己，从不搞特殊，事无大小，严格按制度规定办。1941 年，在胶东抗大的一次转移途中，贾若瑜发现妻子将一个小包裹放在自己乘马的背套里，立即让警卫员送给妻子，要求她自己带，并严肃告知身边人："今后不准让她向里面放东西。她个人的东西，让她自己带，不要搞特殊！"

在抗战最艰难时期，胶东抗大教学条件十分艰苦，教具和学习用品匮乏。教材主要为油印，教具多是自制。干部和学员伙食标准很低，每人每月只发一元钱的补贴，每天只有一斤粗粮，冬天基本只吃两顿饭。学员的服装严重短缺，冬天有的学员把穿破的夏装当衬衣，多数学员只能空身穿一件棉衣，戏称为"套筒棉衣"。即便如此，抗大干部学员仍然精神饱满，热情高涨。

抗大在胶东办学之时，正是日军最疯狂、"扫荡"最频繁、斗争最残酷的时期。1942年冬，日军华北方面军司令官冈村宁次从北平秘密飞抵烟台，部署对胶东拉网大"扫荡"。他们实行多路突进、分路合击、步步进逼的方式，在牙山根据地周围围起了一个密不透风的"铁桶式"包围圈。胶东抗大校部此时就设在牙山根据地的中心区东夼村。一天早上，学员们准备开饭，许多人正在盛饭，侦察员紧急报告，日、伪军已到十公里外。校长聂凤智立即命令："不准吃饭，赶紧撤！盛了饭的带着饭走，还在锅里的抬着锅走，一分钟也不准耽搁！"结果，大家还没爬上山头，不远处就响起"隆隆"炮声。回头看去，刚才开饭处落下了一颗颗炮弹，硝烟四起。震惊之余，师生们从心底里佩服聂凤智，纷纷赞叹："聂校长真是神机妙算！"在牙山根据地反"扫荡"斗争中，为掩护群众转移，来自广东省开平县的罗森和一个班战士被敌人包围在栖东县（属今烟台栖霞市）回龙夼村南老庙顶，战士们一直战斗到弹尽粮绝，最后全部壮烈牺牲。罗森身受重伤，面对冲上来的敌人，拉响最后一颗手榴弹，与敌人同归于尽，献出年仅二十三岁的年轻生命。

在战火中办学的胶东抗大，尽管所处环境恶劣、条件艰苦，但是学校的招生、培训不仅从未间断，反而日益发展壮大。当时，军民中流传着这样的顺口溜："抗大，抗大，越抗越大。"这正是中国人民抗日战争必将胜利的真实体现。

8. 大爱无疆的胶东乳娘

山东省乳山市崖子镇坐落着一个美丽的乡村——田家村。抗战时期，这里的村民与八路军战士水乳交融、生死与共的鱼水深情，成为党和人民"同呼吸、共命运、心连心"的最好诠释。

胶东育儿所大班孩子合影

1941 年至 1942 年，中国人民抗日战争进入了极为困难的时期。太平洋战争的爆发，让日本国力急剧下降，也让灭亡中国的计划变得遥遥无期。因此，穷凶极恶的侵略者发起了更为残酷暴虐的殖民统治和经济掠夺。胶东八路军主力和党政军机关在突破日军层层封锁中面临生死考验，被迫频繁转移。险恶的环境，使不少妇女干部结婚后生了孩子无法带养。为了解除她们的后顾之忧，1942 年 7 月，中共胶东区委决定组建胶东育儿所，让当地乳娘来哺育这些嗷嗷待哺的革命后代。9 月，胶东育儿所迁到牟海县（今威海乳山市）的田家村。

　　1942 年冬天，日军对胶东抗日根据地进行"大扫荡"，乳娘姜明真背着自己的儿子，怀抱八路军的孩子——三个月大的福星，在马石山上东躲西藏。可两个孩子在一起，只要喂一个，另一个就哭闹。为了避免暴露，姜明真狠下心，跑着把儿子送到另一个无人的山洞。刚返身回来，敌机就开始轰炸。她紧紧地搂着福星，依稀听到自己孩子的哭声。她的婆婆心急如焚，硬要过去看看。她噙着眼泪劝说："娘，千万别出去，要是被鬼子发现了，福星就保不住了……"

　　当黎明来临，敌人远去，姜明真发了疯似的冲出去，扒开被敌机炸塌的洞口，只见十个月大的儿子在山洞里爬来爬去，手脚被石头磨得鲜血直流，嘴上沾满了泥土和鲜血，哭得肚子胀鼓鼓的，不停地咳嗽。她心如刀割，一下子跪倒在地上，抱起儿子放声大哭："儿啊，娘对不起你，八路军为咱老百姓打鬼子拼死拼活，咱不能让他们没了后啊。"回家后不几天，惊吓过度的孩子就死去了。姜明真强忍着丧子之痛，把所有的爱都倾注到福星身上，精心呵护，视如己出。那几年，姜明真先后收养过四个八路军子女，没有一个伤亡，而她自己的六个孩子却因战乱、饥荒和疏于照顾先后夭折了四个。

抗战胜利后，亲生母亲来接小福星，姜明真虽有万般不舍，却一字一句叮嘱："小星啊，这是你亲娘，从今往后，俺就是你的婶子啦！"说完转身离去，任凭小福星在身后撕心裂肺地哭着、喊着："娘——你才是俺的亲娘！"

乳娘肖国英曾说："八路军帮大伙打鬼子，把孩子交给俺是信得过俺，待孩子必须比俺的更金贵。"她是这么说的，也是这么做的。肖国英住东凤凰崖村，二十三岁时，她的第二个孩子出生了，不幸的是不久夭折。妇救会主任将出生十二天的乳儿小远落送给她奶养，这是育儿所最小的一个孩子。刚送来时，小远落瘦得皮包骨头。肖国英看着，心疼地说："孩啊，今后俺就是你的亲娘。"

为保证有足够的奶水，一家人将不多的口粮大都给了肖国英。有一次，女儿饿得直嚷嚷："妈，我饿，我快饿死了，给我吃一口吧，就一口。"肖国英看看仅剩下的那点口粮，再看看瘦弱的小远落，还是没舍得让女儿吃上一口。她转过身去假装不理女儿，一边用手抹眼泪，一边把窝窝头塞进自己嘴里，就是为了保证有足够的奶水喂远落。在肖国英的悉心照料下，小远落身体渐渐好起来。

1942 年 11 月，日军"扫荡"马石山，裹着小脚的肖国英一手抱着两岁大的远落，一手拽着五岁的女儿，拼命地朝丈夫事先挖好的山洞跑去。眼看着日军越来越近，可是半路上女儿累得跑不动了，还一个劲儿地哭。情急之下，肖国英一狠心把女儿撂在了柠棫堆里，嘱咐她老实待着，然后用草掩上，自己则抱着远落跑上了山。晚上听到日军搜山的动静，肖国英紧紧搂着孩子，心急如焚，在山洞里一夜没合眼。第二天，等日军走后，肖国英急忙找到藏女儿的地方，扒开杂草，看到女儿瑟瑟发抖，嘴里还嚼着野菜。女儿哭了一夜，落下了哮喘的病根。可肖国英却说："如果把八路军的孩子扔下，俺的良心过不去。"

　　乳娘王水花是牟平县前垂柳村的一名普通农妇，女儿出生不久，便因病夭折。一天，她正坐在炕沿上抹眼泪——她想女儿了。这时，当地的一名乳娘来到她家说："一位刚生孩子不久的八路军女战士要到一线参战，把孩子寄养在这里吧。"王水花擦干眼泪，痛快地答应了下来。那时，因女儿夭折，她已经没有奶水了。为了催奶，家里人缩衣紧食，专门到集市上了买了猪蹄子熬汤催奶，喂刚收养的小振勇。就这样，小振勇吮吸着这个农家乳娘的奶水慢慢长大了。在尚未解放的山区，鸡蛋是金贵东西，家里的鸡蛋都得拿去卖钱。小振勇来了以后，鸡蛋不卖了，全都给他吃。小振勇会走路了，听到母鸡"咯咯嗒"一叫，就晃晃悠悠地往鸡窝那里跑，掏出一个暖和的鸡蛋，高兴地走到王水花跟前："妈妈，炒炒吃。"王水花笑着接过来："好，炒炒吃！"1949年秋，小振勇断奶的时候，根据规定，胶东党组织要将分散养护的孩子带到所里集体抚养。一天早晨，育儿所的工作人员牵着大骡子到前垂柳村来带小振勇。听到要接孩子，王水花的公公急了："不行，你们不能把小勇带走。"说完，一把抱过孩子，说什么都不给。王水花和婆婆在旁边已经哭成了泪人。毕竟孩子在这个家庭的两年里，全家已视孩子如己出。最终，睡熟的小振勇被放进了驮篓里，运到了育儿所。

"弟弟疲倦了，眼睛小，眼睛小，要睡觉，妈妈坐在摇篮边把摇篮摇……"这首摇篮曲，是胶东育儿所的三百余位乳娘和保育员都会唱的一首歌谣，也是1223名乳儿们记忆里最温暖的曲调。然而歌声的温暖无法遮蔽那个年代生活的贫苦和战争的残酷，目不识丁的乳娘们接过手中的孩子，就接过了重逾千金的誓言。她们用超越血脉亲情的大爱哺乳革命后代，用生命和鲜血保护乳儿。在日军频繁"扫荡"和多次迁徙过程中，乳儿们无一伤亡，这是苦难中的人间奇迹。而质朴的乳娘们始终保守着当年的秘密，对哺育乳儿的事情守口如瓶，从未对外炫耀，从未主动寻找，从未索取回报。

在反"扫荡"的艰苦岁月，胶东育儿所的乳娘们立下"我在孩子在"的誓言，以自己的血肉之躯保护孩子们，唱响了感天动地的大爱之歌。

9. 隐藏在地下的医院

云峰山位于掖县城东南十余里处。这里草木葱郁，悬崖如削，崎岖的山路由山顶蜿蜒而下，直插山脚下宽阔的公路。1942年至1944年间，胶东人民为保护西海军分区卫生所，躲避日军"扫荡"，在云峰山周边村庄挖建了许多地洞。西海军分区卫生所就在各村地洞中隐蔽开展工作，所以军民称之为西海地下医院。在艰苦卓绝的环境里，这所医院成功救治了一千余名伤病员，其"深挖地洞，藏治伤员"的形式，是胶东军民在抗战中的创新创造。

1942年11月，日、伪军两万余人对胶东展开"拉网式"冬季大"扫荡"。西海军分区将卫生所撤出大泽山区，分批转移到掖南县（今属烟台莱州市）郝家、临瞳河、柞村和掖县王门、郑家埠、高郭庄等四十余个村庄。地下医院共设五个医疗区，北掖有王门、朱旺、西北障三个医疗区，南掖和南招各设一个医疗区，大泽山所里头村还有休养区。中心医疗区位于王门村，收治重病伤员。朱旺医疗区和西北障医疗区属于绝密区，离敌人据点最近地方不足五里。南掖医疗区则救治一些轻伤员。

挖地洞是一项隐秘又艰辛的工程。由于各据点的日军以及汉奸特务紧密关注着各村庄的动静，挖洞只能在晚上进行。弯弯曲曲的坑道里，只靠一盏马灯或油灯照明，灯光如豆，什么都模模糊糊。洞内狭小，人在里面直不起腰，甩不开膀子，只能一点点抠土，要是碰上石头或硬土，半天都"啃"不下一筐土。运土更是难事，为了不留痕迹，地面上的人要赶在天明之前把挖出来的新鲜土运走。时值严冬，寒夜难挨，土一时上不来，人只好站在空旷的野地里守候着。为了驱寒，大家在原地跳跃和转圈跑步，土上来了再继续干，确保不留下一筐鲜土。

年过半百的老村长高天昌带领柞村、后高家村的党员、民兵每晚挖洞至深夜，饿了啃几口冷饼子，渴了喝一碗冷水。大家劝他休息，他一瞪眼，一捋胡子，郑重地说："怎么，你们看不起我老头子，黄忠八十还上马出征呢！我才五十出头，为什么不能为革命出点力？"不久，他们就挖出了一条约四百米长的地道，两侧还挖了很多小洞，能住五六十名伤病员。卫生二所驻西障郑家村，这个村党支部发动党员、军属五十余人天天晚上挖地道，先后挖了六条地道，长达八百余米，可容纳二三百人。卫生所机关驻王门村，距掖县城仅十五里。王门村村民挖了多条地道，这些地道有七个进洞口、十几个出洞口，建大小病房二十五个，可容纳一百四十余名伤员，其中最大的一个洞长五百米，设了十个病房，可容纳六十余人。

地洞挖好了，伤员们如何送进地下医院来呢？为此，卫生所建立了一条秘密交通线。南掖郝家村是伤病员出入院的中转站，伤员在这里被接收入院，脱下军装换上便衣。轻伤员留南掖医疗区，重伤员转送到王门村。郝家村和附近几个村庄组织了担架队，每副担架五个人——四个人抬，一个人带路并换手。为了安全，担架队都是天黑后才出发。村与村、洞与洞之间不准发生横向联系，地洞的位置只有房东和医疗区领导知道。伤员来医院之前，需要办理入院"手续"。护理人员都是房东的"家人"，而且必须熟悉房东一家三代和左邻右舍的情况，还要准备一套"口供"，以应付敌人的盘查。

伤病员转入地下是相对安全了，但这样却给治疗、护理工作带来许多困难。当时伤员的伤情大部分是手榴弹和地雷伤，一般是多处受伤。他们的伤口创面大而脏，从前方经过四五天才能转到医院，有的伤口感染化脓，入院后又长期住在地洞里，医生护士在治疗和护理上都很艰难。给伤病员送饭送水、晒太阳、处理大小便等都要兴师动众，医生、护士、村干部、民兵和房东一起忙。在医疗卫生条件异常艰苦和极度缺医少药的情况下，工作人员开始尝试着自己动手土法制作脱脂棉、蒸馏水、氯化钠等最普通的物品，甚至找出许多民间偏方来给伤员治病，比如上山挖草药，用荠菜酒止血，用大蒜治肠炎、痢疾，用生姜、大葱头治感冒，用艾蒿针灸关节炎等。

地洞里空气不好，光线不足，当时用的麻醉剂又是一种易燃品，不能在灯下用，所以手术室一定要设在地面上，手术要在白天、在敌人袭击的空隙中迅速进行。有一次，王门中心医疗区接收了一个左胳膊被地雷炸断的小民兵。为了保住伤员的胳膊，医生张燕决定尽快为他做手术。手术那天，侦察员报告没有敌情，伤员麻醉了，发黑腐烂的皮肉揭开了，偏偏在这时敌人进村了。为了协助医生把手术做完，村长在外面应付着敌人，尽量争取时间；卫生所指导员等人在做着各种应急的准备。敌人杂乱的叫喊声隐约地传进了手术室，人们屏住了呼吸，时间在一分一秒地过去。手术做完的时候，从窗口已能清楚地看见敌人在大街上跑动，真是危险之极！

这么多伤病员隐藏在地下医院治疗，为什么没有暴露？这靠的是当地群众自发的强大支持和有力保护。当时，村村都自觉形成了职责分工：医务人员和伤病员住在谁家，谁家的成员都把其作为自己家人来称呼，并把他们化名登记在自己家的户口簿上。青壮年主动为地下医院传递消息，老大爷、老大娘密切监视村里的坏分子，儿童团严格盘查过往行人……人民群众撒下密密的安全网，倾尽全力保护着被他们视为亲人的八路军战士们。1942年冬的一天拂晓，一队日本兵闯进高郭庄村。高大娘家正住着一位延安来的同志，患着重病，发着高烧躺在炕上。敌人已经进院，下洞已来不及了。大娘急中生智，一把拉过一床棉被盖到病员身上。敌人进门就指着病员问："这是什么人？"大娘镇静地回答："这是我儿子，得了伤寒病，正在发高烧。"敌人一听是伤寒，一边后退一边骂着走了。

在艰难的岁月里，医务人员以特殊方式开展医疗护理工作，伤病员在黑暗潮湿的地洞里以大无畏的革命乐观主义精神与伤病和死神抗争，村里的群众不惜牺牲自己的生命保护子弟兵……地下医院在地方政府和胶东人民的无私援助下，克服缺医少药、敌军袭扰等困难，使上千名伤病员恢复健康，重返抗日前线，成为胶东抗战史上的创举。

10. 潍河岸边的军工厂

抗日战争时期，流传着这样一首歌谣："一座军工厂，建在潍河旁。陈旧炼铁炉，超龄破铁床。初建十余人，应急忙开张。先造手榴弹，接着就修枪。土法上马快，修械铸弹忙。昌北根据地，有了小汉阳。有了小汉阳，部队装备强。战士齐称赞，敌伪心发慌。"在昌邑柳疃镇，说起当年的兵工厂，几位老人还清晰地记得这首歌谣。

歌谣中传唱的这座兵工厂位于潍坊昌邑市北部，原为八路军的一处枪弹修造厂（又称"昌北军工厂"），为当地抗日武装力量保卫"渤海走廊"提供弹药供给，为胶东抗战的胜利做出了重要贡献。

1943 年，在国际、国内反侵略战争取得节节胜利的形势下，昌北抗日局势进入崭新阶段。随着抗日武装力量的不断壮大，以及频繁的战斗消耗和队伍扩编的需求，仅仅依靠对敌缴获和上级调拨的枪支弹药已远远不能满足实际需要。

当时，昌邑县独立营武器装备很差，尤其缺乏弹药，每个战士平均两枚手榴弹，每支枪仅有十五发子弹。这些子弹半数是自造的：从潍县买来废电影片剪成末子做成火药，装进捡来的子弹壳，买来响磺做底炮发火，用铜钱铸成弹头，射程不足百米。全营仅有三挺轻机枪好用，每挺轻机枪约有子弹二三百发。

鉴于这种情况，中共昌邑县委决定自力更生办军工厂，修理武器，制造弹药。1943年6月，经清东军区批准，昌邑县委决定在七区新宅子村（今潍坊昌邑市柳疃镇北新兴村）成立枪弹修造厂，归属县武委会直接领导，由陈方长担任厂长，聘请当地能工巧匠翟元华等指导实践，又从战士中挑选了十余名心灵手巧的同志参与其中。同时，还发动军民收集废弹壳、铜钱等作为制作弹药的原材料。村民们也积极支援，把家里的破锅、碎铁不断地送进厂子里。当时，武工队缴获的战利品，比如扒铁路带回来的钢轨、钢管、炸药也是第一时间送到兵工厂。由于设备简陋，条件很差，兵工厂只能依靠五人拉着大风箱化铁来制造手榴弹，生产效率不高。而且土法制造炸药也很危险，有些工人在工作中不慎引爆炸药，献出了宝贵的生命。

后来，枪弹修造厂的工人由刚开始的十余人发展到了七十余人，时任昌邑县县长兼县独立营营长何凤池年过花甲的母亲、县独立营副营长罗平的父亲也都参与其中，这让广大军民感动不已。大家众志成城，干劲十足。此后，清东军分区为枪弹修造厂调拨了一台化铁炉和三套地雷、手榴弹模具及部分维修工具作为生产设备，加上通过工人们不断钻研、派人到上级军工厂培训、军分区派技师进行指导等方式，枪弹修造厂提高了效率和能力，可以逐渐造手榴弹，造地雷，改制步枪子弹和"八五"炮弹等。这不仅满足了县独立营、武工队、各区中队和基层民兵的武器需求，还能够上交一部分给军分区，支援兄弟部队。

抗日战争胜利前夕，经军区决定，昌邑县枪弹修造厂由原址撤走，与渤海军区第二修造厂合并，这个仅存了一年多时间的"昌北军工厂"完成了它的历史使命。

11. 红色堡垒前屯村

1944年春，高密县西注沟街上新添了一处小药房，名曰"惠民药房"。

药房一开张，高密伪八区区长乔寿山就板着面孔上了门，药房小先生急忙迎上前，道："区长大人，我这一开门就迎来鸿禧，大吉大利！"站在门口的乔寿山见三间破屋，没什么油水可捞，转身要走。可他又一想，这里突然添了个药房，会不会有假？便再三盘问。"哪里的？""前屯的。""前屯？"乔寿山一怔，前几年听说前屯有共产党员，莫非……"叫什么名？谁作保？"小先生急中生智，自称是张步云的亲戚。张步云是盘踞在潍河沿岸的大汉奸，横行霸道，无恶不作。对乔寿山而言，张步云这个招牌够硬，他也算知趣，教训了几句便扬长而去。

药房的小先生名叫牛超，是前屯党支部的地下党员，受组织派遣，到西注沟以开惠民药房为掩护，建立地下联络站，为党做地下联络工作。

夕阳西下，注沟镇上炊烟袅袅。牛超夫妇刚要关门，伪区长的勤务兵一步闯进屋里。"老总，有事吗？"牛超迎上前去。这人听到问话，不急不慢地说："我叫乔承宗，是乔寿山的跟班，向您讨味药——当归，八钱。"牛超意识到此人是来对暗号的，忽然有些紧张起来。原来高密地下党组织负责人李振交代过，有一位在敌人内部的同志，难道是他？牛超仔细端详着这个伪兵。"配什么药？""不知道，李先生让我来取的。""里屋请！"牛超非常激动，连忙把乔承宗请进屋。乔承宗是诸城乔家巴山的地下党员，组织安排他到高密伪八区区长乔寿山手下当差。他少言寡语，聪明能干。乔寿山把他带在身边，当勤务兵。虽然乡里人都骂他，但他内心却很高兴，穿上了保护衣，可以到处转转，搜集情报。联络站又多了一位同志，牛超兴奋不已。

李振带着上级的指示来到惠民药房。上级指示尽快查明伪军张步云部的军事布防情况，绘制一份军事地图，以配合主力部队攻打张步云部。任务通过地下联络站很快传达下去了。牛超在白天装作出诊，到各处目测、丈量。一次，他走着走着，到了在西注沟驻防的伪三旅的北门口，站岗的伪军发现他形迹可疑，便喊道："干什么的？"牛超一愣，随即转过身，从容答道："赶集的！"伪军也没再问什么。来回几次，牛超顺利完成了东、西洼沟的侦察任务。

秦家河崖开办了两处兵工厂，是张步云部的主要供需基地，有重兵把守，防卫严密，侦察起来有些难度。乔承宗跟着乔寿山去转过几次，趁机和几个卫兵混熟了。为了让牛超亲自查看，乔承宗故意把自己的衣服丢在那里。牛超打扮成伪区公所的人，去取乔承宗的衣服，一路"熟人"给方便，完成了侦察任务。在李振的严密组织下，地下党员们经过实地侦察，成功绘制军事地图，呈报给上级。

转眼到了1945年春天，八路军派一位姓温的参谋化装到了前屯。乔承宗与他接上头，给他办了一张伪证件，便带他登上了小巴山，把据点的地理位置弄得一清二楚。这天，他们来到双庙据点。"乔承宗，你来干什么？"卫兵问。"去司令家要口信。"乔承宗随口答了一句。卫兵也算是老熟人了，没再说什么。乔承宗和温参谋快速走了过去。

到了大街上，一群特务径直走过来。这可怎么办？温参谋是外地口音，会露馅的。落到他们手里，麻烦可就大了。正在紧急关头，只听到身后有人喊："乔承宗，我们团长正等你呢，快跟我走！"乔承宗急忙转过身，觉得这位士兵有点眼熟，只见温参谋向他微微点头，一时也摸不着头脑，便跟着走过去。突然，那人站住了："你们不要怕，我是前屯党员马锡委，在这里做地下工作。"原来马锡委早就认识温参谋，见他们情况危急，便挺身而出掩护他们。

送走温参谋，乔承宗又瞅空来到惠民药房。"一切都很顺利。"他向牛超汇报道。"好，好！这会看样子要打了，"牛超看着胜利归来的同志，兴奋地说，"咱还得加紧争取伪军的工作，迎接大部队，打他个里应外合。"乔承宗早有准备，说："各据点我联络了几位被逼来当兵的哥们儿，话虽没说透，可我相信他们绝不会向我们的部队开枪。"

1945年5月，地下联络站接到李振通知："大部队第二天中午就要到了。"可到了中午，乔承宗几次都没能离开区公所。于是，他想出一条妙计，迅速招呼伪区中队二十几个人，喊道："我今天手气不错，到后街上捞一把。区长正忙，咱们到街上喝两碗。"来到一家小酒馆，乔承宗打来十几斤老白干，买了几盆菜和半个猪头。这帮人喝下了十余斤白酒，醉倒了一大半。乔承宗赶紧把醉鬼的枪没收了，拿到里屋锁起来，跑到接头地点等候大部队去了。原定时间到了，但是仍没有动静。乔承宗正纳闷，李振和几位同志赶到说："部队遇上鬼子'扫荡'，进攻推迟了。"乔承宗一听急了，赶紧回去，把枪放好，没有引起伪区中队的怀疑。

1945年6月7日，鲁中部队和滨北部队打了过来。身在区公所的乔承宗听到枪声大作，赶紧上门口查看，只见伪区中队的二三十人已关闭了大门，站上了围子。"哪里打枪？"乔承宗问守门的伪军。"八路军打到马店子了。"伪军战战兢兢地说。"怕什么，敞开大门，区长让我去看看。"守门的伪军见眼前没什么动静，便开了门。乔承宗出门，突然发现先头部队已到了跟前。当时，他无法和先头部队接头，就跑到门口，大声喊："八路来了，快跑吧！"这时围子外枪声响了起来，伪军一下子慌了神儿，东奔西窜，各自逃命了。先头部队根据先前侦察的地图，长驱直入，各个击破，很快攻下了潍河沿岸的张步云伪暂编第一军的各个据点。这支两万余人的汉奸武装部队不堪一击，全线崩溃。

当人们欢庆胜利的时候，"惠民药房"完成了它的使命。牛超、乔承宗、马锡委等同志又踏上了新的征程。

（三）人民英雄

十二姐妹冲破阻挠甘当军中"花木兰"，任常伦浴血战敌顽威名远扬，横山母亲舍身为国没有丝毫犹豫，夏侯苏民冲锋陷阵身先士卒，侦察英雄孟庆友总能出其不意攻其不备……峥嵘岁月，革命先烈以血肉之躯筑起捍卫民族尊严的钢铁长城，留下一段段英雄传奇，铸就永远的丰碑。

1. 抗战英雄于烺

于烺是抗战时期胶东大地的传奇人物，在他的家乡文登流传着这样的话："狼吃狗子。"那时候，老百姓除了把日本侵略军叫作"日本鬼子"，还叫"日本狗子"。日军恨透了于烺，把他的部队叫作"狼兵"，把他的家称为"狼窝"。敌人越是恨，于烺的名气就越大，他的事迹在当地百姓中广为流传，成为抗日的一面旗帜。那个年代，当地老百姓参军都是冲着于烺去的。问：“干什么去？”答：“找于烺去！”"找于烺干什么？”"抗日救国打鬼子去！”

1903年，于烺生于文登县大水泊井南村的一个没落地主家庭，他从小就意识到，要把国家治理好，非办好教育提高国民文化素质不可。1922年7月，于烺开始了他的教育事业，先是受聘于威海金线顶小学，后被聘为文登高村仰寿小学校长，1932年秋任大水泊启民小学校长。中共党员王

于烺

翼之曾留学苏联，回国后在多所学校任教，因有共产党嫌疑被解雇。于烺听说后，亲自登门拜访，要聘他为教员。王翼之介绍了自己的情况，于烺说：“我不怕，我敢用你，我找都找不到！"王翼之成为启民小学的教员后，两人经常促膝交谈，成为知己。在王翼之影响下，于烺开办夜校，教唱救亡歌曲，创作排演"文明戏"，宣传革命道理，在文登小有名气，引起了国民党文登县当局的仇视和反对。

1935年初，于烺调离启民小学，任文登营小学校长。年底，中共胶东特委领导的"一一·四"暴动失败，大批共产党员被缉捕，遭杀害，白色恐怖弥漫胶东。于烺不顾个人安危，冒着风险，聘用王台、张玉华等多名共产党人到校任教，开展党的地下活动，文登营小学成了一所"红色学校"。

1937年6月，经王翼之介绍，于烺加入中国共产党，成

为文登营小学党支部的一员。从此，他在党的领导下更加积极地开展革命活动。文登营小学不仅是胶东特委领导的暂时栖身地和情报站，更成为共产党宣传抗日、发动群众的重要阵地。因于烺聘用进步教师，谴责国民党政府，1937年冬，国民党文登县政府罢免了他的校长职务。从此，按照党组织的安排，于烺一心投入革命斗争中。

于烺有胆有识，曾多次受命与牟平、文登、威海国民党当局谈判，促进当地国共两党联合抗日。天福山起义前夕，于烺和柳运光按照特委的指示，到牟平城找国民党政训处主任屈凌汉，商谈联合抗日问题，最终促成胶东特委与文登县政训处达成合作抗日协议。1937年12月，按照山东省委的安排部署，胶东特委积极进行天福山抗日武装起义的筹备工作。此时，于烺尽一切力量为党做工作，许多起义领导者都住在他家里。特委书记理琪住他家的时候，他就带着手枪在隐蔽处负责警戒，并想方设法保障工作所需。于烺家虽然是地主，但客屋不算很大。大冷天，大家在一起蹲着，坐着，天亮以后再上天福山。当时，于烺在三军里没有职务，但他的知名度高，你传他传，"于校长"被传成了"于司令"，于烺的家也成了胶东特委临时办事机关。

于烺倾尽全部家产支持革命。天福山起义前夕，他在家里支起了三盘磨，昼夜不停地赶着骡子加工粮食，还在大水泊商会募捐了一麻袋大米和一头猪，为起义将士准备了丰盛的饭菜。1937年12月24日起义当天，于烺带领二十余人参加起义，并把自家隐藏了多年的一支步枪和一支手枪拿了出来。第三军初创，武器十分短缺，于烺带领部队缴了高村、黄山两个乡校的武器，又变卖家产筹得七百元，买来一台旋床，用来制造枪支。

天福山起义后，第三军队伍西去宣传抗日，国民党文登县县长李毓英背信弃义，不顾联合抗日的大局，公然在岭上村袭击起义队伍，逮捕起义干部战士。"岭上事件"发生后，于烺奉命"深入虎穴"前往谈判，他理直气壮、有理有据斥责国民党文登县政府的罪行。于烺的凛然正气加上第三军不断壮大的声威，迫使李毓英不得不释放被扣押的起义将士。

1938年1月中旬，胶东特委发动威海起义，于烺按特委指示，又组织二十余人连夜赶到威海，保证了起义的成功。1月17日，胶东军政委员会和山东人民抗日救国军第三军司令部成立，于烺任军政委员会委员兼第三军第二大队大队长。12月，于烺任掖县抗日民主政府县长。

1939年1月，日、伪军侵入掖县城，大肆捕杀抗日军政人员。在恶劣形势下，于烺没有被吓倒，领导群众积极开展抗日救亡运动，宣传党的抗日救国主张，组织农民学习文化知识，破除封建迷信思想。短时间内，各村都办起了"民众救亡室"和夜校，极大地推动了抗日救亡和参军运动的开展。9月，国民党赵保原部以山东省主席沈鸿烈的名义，宣布撤免于烺的县长职务，掖县各界群众掀起"拥于运动"。群众召开大会，发表通电，呈文上书，游行示威，至10月，运动达到了高潮。国民党山东省政府迫于民众压力，只得收回成命。1940年4月，掖县召开临时参议会，选举于烺为县长，接着成立了行政委员会，于烺任主任。5月，掖县县政府重建保安大队，于烺兼任大队长。至10月，保安大队从几支枪发展到三个中队八十五支枪。1940年6月，于烺带领保安大队和神枪手"老头队"，两次设伏打击日、伪军，击毁汽车多辆，毙伤日、伪军四十余人。

于烺从没忘记读书时立下的志向：教育救国。他当县长也当先生，边战斗，边教书。在于烺的发起下，掖县县政府办起短期师范学校，于烺兼任校长，为抗战培养了一大批教师和干部。

于烺生性耿直，倔强自信，不拘小节，却因此埋下隐患，酿成悲剧。1940年10月12日，于烺被错误地以"贪污公款""逃跑叛变投敌"等罪名，在文登县柘阳山前处以死刑，年仅三十七岁。1985年5月13日，中共烟台市委发出72号文件，为于烺彻底平反昭雪，恢复名誉和党籍，文件充分肯定了他为革命事业所做的工作、为创建胶东革命根据地所做的贡献。

2. 王氏十二姐妹

"天下兴亡，匹夫有责。"当日军铁蹄踏碎神州山河之时，日军暴行唤醒了炎黄子孙的民族意识，包括那些被封建枷锁禁锢千年的妇女。无数女性剪掉发髻，投入血与火的战场中。尤其是在全面抗战前夕，那些成为首批战士的女性们，作为战斗的旗帜，启蒙了无数女性的觉醒意识。1937年12月成立的由中国共产党独立领导的第一支胶东人民抗日武装——山东人民抗日救国军第三军中，就有这样一些较早起来战斗的女性们，其中最具代表的就是王氏十二姐妹。

天福山武装起义后，吸收进步青年加入第三军成为壮大队伍的首要任务。为此，武装抗日的宣传活动在荣成、文登、牟平、海阳等地广泛开展。

首先收到消息的是河山话剧社荣成分社的成员李淑媛、蔡玉君。她们在走遍荣成山山水水，目睹百姓疾苦之时，深深感受到武装斗争的必要性。作为曹漫之、李耀文等发起的进步青年剧团的骨干分子，李淑媛和蔡玉君收到曹漫之抗日救国的亲笔信时，毫不犹豫奔向大水泊集合地，踏上了革命的道路。为防备父母阻拦，两人商定先悄悄出走，而后再告诉家人。正值隆冬腊月，寒风凛冽，街上行人寥寥。城门刚一打开，两个十七八岁的姑娘便挎着包袱，迎着晨曦匆匆西行。

与此同时，还有十位满怀抗战救亡理想的姐妹从四面八方奔向第三军。王爽兰谎称到城里借书，骗过父母，天不亮就悄悄出发了。结婚一个多月的林治橞摆脱婆家的纠缠，不顾父母阻拦，从文登县城出发，奔向第三军。童养媳杨桂芬挣脱封建枷锁的束缚，偷偷跑出了寒雾紧锁的石岛小城。周文忍痛撇下五岁的女儿，从泊于大邓格村出发……她们像一群破笼而出的鹰雀，在相同的时间节点，向着共同的理想之地飞翔。

当李淑媛、蔡玉君两人疾奔赶到大水泊第三军总部驻地时，曹漫之正在忙着整编队伍。一位负责同志接待了她们，并将她们安顿在专门为新来女同志预留的西厢房宿舍。刚住下不久，便见有人风风火火闯进来，主动自我介绍道："我叫王爽兰，也是来参军的。"当三人得知同是荣成人时，顿时感到分外亲切。此时，又进来了一个手提行李报名参军的人。相互交流之下，得知她叫林治橞。她是文登人，临出门时，还与父亲吵了一架。父亲扬言敢出门就砸断她的腿，林治橞争辩："我是去参加抗日队伍，又不是去做什么伤风败俗的事，你凭什么拦着我？"父亲说："就凭俺是你爹，就凭俺花钱把你养活这么大。"情急之下，母亲抱住了他的腰，林治橞才逃了出来。之后，王育芝、荣修春、于潜、杨桂芬、刘成、周文、刘毅、梁淼也先后走进屋来。大家相互交流自己的身世，议论未来在部队可展露身手的地方。黄昏时分，中共胶东特委副书记吕其恩和第三军第二大队大队长于烺来看望她们，鼓励大家在抗日救国大业上争当娘子军，要发动更多的女同志参加抗日队伍，为民族解放事业贡献力量。

特委及第三军的领导离开后，大家议论起革命同志的改名换姓问题。李淑媛说："我们都是提着脑袋参加革命的，到处吆喝自己的真名，不仅不利于保密，还会给家里人带来危险。"她提出："古书说有缘千里来相会，咱们十二个姐妹有缘在这里相聚，不如就用一个姓来取化名。建议用王姓，笔画少，叫着响。"正当大家七嘴八舌议论改名之际，杨桂芬提议："我看咱们就按数字取名，从'一'到'十二'，外人还以为咱们真是一个爹娘生的哩。"周文也表示："这样确实好，简单易行，叫着也顺嘴。"经商定一致通过，就按大家到大水泊报到的先后顺序来命名。最终确定：李淑媛与蔡玉君最先来报到，李淑媛比蔡玉君大一岁就叫王大，蔡玉君叫王二，王爽兰为王三，林治橞为王四，王育芝为王五，荣修春为王六，于潜为王七，杨桂芬为王八，刘成为王九，刘毅为王十，周文为王十一，梁森为王十二。当出现"王八"时,杨桂芬说:"咱们干革命,打鬼子,起个临时的名字,管什么雅不雅。"李淑媛说:"对!我们出来干革命,命都不要了,名字就是个代号,哪就那么重要!"自此,王氏十二姐妹投身革命,谱写了胶东抗战史上的一段传奇佳话。

十二姐妹中的王大于1937年加入中国共产党,先后在胶东妇女抗日救国联合会、胶东女子中学和胶东民主妇女联合会任职。1949年随军南下四川万县,就职省广播事业局,曾主持在剑门关上修建广播信号差转站,使中央电视台的节目经此传输到了四川、云南、西藏等地。十二姐妹中的王四,人生颇多戏剧色彩。她出生于文登县城东关上台子街一个封建地主家庭,长相清秀,思想进步,却被父亲逼嫁,在成婚一个月后即离家出走。1937年12月,她又突破重重阻力,逃离家乡参军,在胶东各地的抗战宣传中成为关心广大妇女、热心引导她们思想解放的"王四大姐"。1939年12月,随胶东党校和大众报社转移时,她被日军包围在掖县三元乡河南村,与敌人英勇搏斗而壮烈牺牲。在她的英雄事迹感召下,其三妹与二妹也先后参加了革命。

王氏十二姐妹在一起生活和战斗的时间只有几个月,她们跟随第三军三路西卜蓬黄掖地区,在血与火的战斗中舍生忘死,出色完成了各自的宣传、民运、医务等工作任务。后来,随着部队不断扩大,又经几次合编,十二姐妹很快便分散到各个部队和地方工作,并逐渐成长为当时胶东比较有名气的妇女干部,在争取民族独立和解放的斗争中,为胶东妇女树立了光辉榜样。

十二姐妹凸显了胶东妇女勤劳善良的传统美德，更体现了担当民族大义、富有家国情怀、勇于牺牲奉献的崇高精神境界，为祖国的解放事业做出了贡献。

3. 马渠"阿庆嫂"

在艰苦卓绝的全面抗战和解放战争中，位于"渤海走廊"的昌邑县龙池镇马渠村是中共昌北县委驻地。马渠村的男人们为了保卫县委，保卫家乡，积极参军参政，拥军支前。马渠村的妇女们也没有因为战争的残酷而示弱，她们站岗放哨，拥军优属，英勇顽强、无私奉献，比男子汉毫不逊色，被誉为马渠"阿庆嫂"的陈志强就是其中的典型代表。

1937年卢沟桥事变后，抗日烽火迅速点燃了昌北大地。共产党人开始在这片土地上拉队伍，建武装，打击日、伪、顽，领导穷苦大众反奸除霸，抗捐抗税……昌邑县龙池镇马渠村的陈志强看到了希望，她虽然目不识丁，却认准了一个理儿：老百姓要想翻身得解放，只有跟着共产党走。从此，她不管斗争多么复杂，一心跟定共产党。1939年，陈志强加入中国共产党，成为昌邑北乡第一位女党员，并担任马渠村第一任妇救会会长。

陈志强原本是个家庭妇女，没有名字，在入党的那一天，她给自己起名"志强"，寓意共产党员的坚强意志和信念。她家在当地经营丝绸生意，后因丈夫去世，家里有意让陈志强主持家族生意，但陈志强拒绝了，她说："国都要没了，还谈什么家啊！"后来，中共昌邑县委、县政府和抗日武装要常驻马渠村，陈志强听说后便把自己家贡献了出来。于是，她家便成了共产党的"办公室""后勤部"，也是马渠村第一个党支部的秘密联络点。陈志强和妇救会的其他妇女们在这里接待伤员，看押俘房，传递情报，筹集慰劳品，碾米磨面，烧水做饭，印刷文件……干部战士和过往同志都亲切地叫她"志强大嫂"。

陈志强也把党政干部和部队战士当作自己的亲人，为了同志们吃好，她和孩子们宁愿饿着肚子，也要省出仅有的粮食改善伙食；为了同志们睡好，一家人宁愿睡在偏房或地上，也要腾出热炕头；为了同志们开会安全，她自己在外披星戴月，坚持站岗放哨……

1940 年秋末的一天晚上，敌人突然包围了马渠村。当时，昌潍中心县委民运部部长马骏以及李贤斋等几位同志正住在陈志强家。几位领导紧急磋商了一下，决定突围。但他们刚走一会儿就返回来了，敌人已把村子围得水泄不通。在这危急关头，陈志强沉着冷静地说："快到我家后院的地洞里藏起来！"同志们劝她也一起进洞躲一躲，她硬是不肯，坚持说："你们放心好啦，有我在外面应付，这样更安全些！"同志们隐蔽好后，她迅速用柴草盖住了洞口，然后快步回到屋里。敌人进村后，搅得人哭马叫、鸡犬不宁。陈志强镇静自若，迅速把锅碗瓢盆摔得满地皆是。这时，两个伪兵端着明晃晃的刺刀闯进屋来，大声吆喝："你家里藏八路没有？"陈志强板着脸生气地说："前一帮刚搜过，你们又来，不信，就再搜吧！"两个伪兵看屋里乱糟糟的，认为是另一帮"弟兄"来过，没什么油水可捞，就顺手打了陈志强一个耳光走了。地洞中的几位领导安全脱险。

陈志强不仅是一位优秀的妇救会主任，更是一位优秀的母亲。她的儿子叫陈挺，在母亲的耳濡目染下，十几岁就成为一名八路军战士，加入了革命队伍。1945 年 5 月 21 日，陈挺在潍县西横沟同敌人作战中身负重伤，有人说他已经牺牲了。陈志强听到这个消息，顿时头晕气短，但她很快冷静下来，她懂得抗日必有牺牲。在噩耗风传的那些日子里，陈志强忍着悲痛，一如既往地组织妇救会起早贪黑地筹集慰劳品，准备到靠近沿海的灶户、瓦城两处临时医院慰问八路军伤病员。

就在她即将带队出发的前夕，又得到准确消息：陈挺只是负伤，已经转到瓦城后方医院。听到这个消息，陈志强又惊又喜。但在瓦城医院慰问时，她并没有去看儿子。她在病房外沉思片刻，把慰问品交给了李军医，委托他转交给伤员们。李军医疑惑不解地说："大娘，陈挺同志就在里面，您一起进去看看吧！"陈志强微笑着说："我不进去了，有你们照顾，我挺放心。要是俺儿想见我，就让他出来吧！"李军医猜不透大娘的心意，只能去病房把陈挺叫出来。陈挺在医生和护士的搀扶下走出病房，费力而又沙哑地喊道："娘，您怎么不进来看我啊？"说完，就一头栽到娘的怀里。陈志强抚摸着儿子的脸，禁不住泪如泉涌。她语重心长地说："孩子，谁没个娘？我要是进去看你，别的同志看见了，能不想他娘吗？"革命母亲的高尚情操，感动了所有在场的同志。

像"志强大娘"这样的"红嫂"还有很多：深入敌人据点摸查情况的迟秋葵，智救伤员的范兰芝……巾帼英雄不断涌现。时光流逝，陈志强已去世多年，但是昌潍大地上至今仍然流传着她的动人故事。

4. 战斗英雄任常伦

胶东抗日烈士纪念塔巍然屹立于英灵山顶，塔的西侧矗立着一尊高大的八路军战士全身铜像，持枪伫立，雄视前方。这就是著名战斗英雄任常伦的雕像。

任常伦

1921 年，任常伦出生于黄县孙胡庄一个贫苦农民家庭。六岁时，父亲病逝；十岁时，母亲去世；十四岁时，他辍学加入打工行列。父母的去世令年少的任常伦悲痛万分，被剥削、受压迫的非人生活更加深了他对现实社会的认识、对邪恶势力的憎恨和对苦难同胞的同情，坚定了他敢为劳苦大众做斗争的决心。

1937 年卢沟桥事变后，在中国共产党领导下，抗日烽火在胶东遍地燃烧起来。1938 年冬，任常伦当上了村里第一批自卫团员，埋地雷，抓"舌头"，打伏击，掐电线，破坏道路，给了日、伪军以沉重打击。

1940 年 8 月，任常伦光荣地参加了八路军，在黄县抗日大队当战士，同年 10 月又到八路军山东纵队 5 旅 14 团 2 营 5

连当战士。在战斗频繁、激烈的胶东抗战中，任常伦表现突出。从第一次参加战斗开始，任常伦就显露出了英雄本色。刚入伍时，由于武器缺乏，任常伦决心要从敌人手里夺一支枪。1941年1月，八路军与日军在掖县城南展开激战。战斗一开始，任常伦负责往阵地送弹药，当他把最后一箱弹药运到阵地时，战友们子弹已经打光，同敌人展开了白刃战。他看到一个战友已经体力不支，立刻放下弹药箱，从背后猛地将敌人抱住，对面战友趁势一个猛刺，刺中了敌人肩膀，他乘机夺下敌人的大盖枪，回手一刺，结果了敌人。战斗结束以后，营部把这支枪发给了任常伦。

"为了党和人民的利益，该流血的时候就毫不顾惜地去流血！"这是任常伦作战勇敢的信念支撑。1941年3月，胶东八路军围攻海阳县发城镇。在八路军强大攻势下，国民党顽固派外围工事逐个被攻破，至7月下旬，只残存三座三层大碉堡了。7月26日晚，部队开始强攻，任常伦首先率领突破组冒着炮火，挥舞铡刀砍开鹿砦，为部队扫清障碍。接着又在战友们的掩护下，点燃了碉堡下的柴草，火攻敌人，顺利地攻下碉堡的底层。但龟缩在上层的残敌仍然负隅顽抗，敌人摔石头，倒开水，先爬上梯子的战友倒了下来。任常伦怒火满腔，高喊一声："我上！"立即登上梯子。此时，他的肩部、腿部已经负伤，浑身鲜血淋漓。当他即将接近碉堡枪眼时，被碉堡里飞出的砖击中头部。他忍痛抽出几束手榴弹，刚塞进枪眼，便一头栽下梯子。手榴弹在碉堡内开了花，战友们乘机冲进碉堡，全歼守敌一个排。这次战斗结束后，任常伦加入了中国共产党。

党的教育和关怀，使任常伦明确了人生价值，坚定了为人民而战的决心。入伍四年多，任常伦先后参加战斗一百二十余次，曾九次负伤，身上十一处挂彩。他每次负伤都是轻伤不下火线，重伤不叫苦，一直坚持战斗到底，使敌人闻风丧胆。1941 年冬，在攻打小栾家据点的战斗中，他冒着敌人的炮火救出了战友史德明；在福山县猴子沟伏击战中，他第一个跃上日军的汽车，与日本兵拼起了刺刀，腿部两处负伤，仍坚持战斗；1943 年 10 月，在攻打伪军在诸城近枝据点的战斗中，几名战友相继倒下，他临危不惧，冲过封锁线，迅速点燃炸药包，飞身跃上梯子将炸药包扔进碉堡。

1944 年 8 月，任常伦出席了山东军区战斗英雄代表大会，被选为主席团成员，并获山东军区一级战斗英雄称号。会议期间，记者多次采访他，他总是谦虚地说："比起别的英雄，我做得还不够，还是写写别人吧。我只觉得想起毛主席，想起党，想起穷人受的苦，就什么也能豁上了！"

这次大会刚结束，日、伪军纠集千余人，开始对牙山根据地进行"扫荡"。任常伦听到消息后，日夜兼程，长途跋涉七百余里赶回部队。此时的他已负伤九次，肩部还嵌着敌人的弹片，身体还没有完全恢复。部队首长考虑到任常伦的身体状况，安排他休息几天，等战斗结束后给部队报告代表大会情况。但任常伦坚持要求上前线，他说："不让我打仗，我受不了！我不能眼睁睁看着鬼子横行霸道！我可以一边打仗，一边准备。"经他再三坚持，部队首长只好批准了他的请求。

当耀武扬威的日军钻入胶东军区十四团在海阳长沙堡布下

的口袋阵后，连续遭到三营和一营猛烈炮火攻击。敌人垂死挣扎，在小钢炮、掷弹筒掩护下，疯狂地进行突围。几十个敌人抢占了制高点左侧的小高地，严重威胁着团指挥部和兄弟排阵地的安全。担任副排长的任常伦主动请战，带领九班夺取了小高地，连续击退敌人五次反扑。战士们的子弹打光了，手榴弹也用完了，增援部队尚未赶到。任常伦坚定地对战友们说："同志们，我们没有子弹，有刺刀，人在阵地在！"说着带领九班战士冲入敌群，开始了白刃战。在激烈的拼杀中，任常伦左刺右杀，先后有五个敌人死于他的刺刀下。日军乱成一团，丢下几十具尸体，狼狈逃窜。当天傍晚，敌人对小高地发起了最后一次反扑，任常伦不幸头部中弹，他吃力地对战友们说："别管我，守住阵地要紧，守住阵地就是胜利！"战友们在任常伦精神的鼓励下，斗志昂扬，终于打得日军在扔下二百余具尸体后，落败而逃。任常伦却献出了自己二十三岁的年轻生命。

1945年2月，黄县县政府决定改英雄的家乡孙胡庄为"常伦庄"。英雄生前所在的连队被命名为"任常伦连"。胶东国防剧团为英雄谱写了一曲颂歌《战斗英雄任常伦》。英雄生前从敌人手里夺下的，又用它创立卓越战功的"三八大盖"枪，新中国成立后被陈列在中国人民革命军事博物馆。2009年9月，任常伦被选入"100位为新中国成立作出突出贡献的英雄模范人物"名单。

5. 智勇双全猛虎将

抗战时期，胶东根据地传唱着一首脍炙人口的歌谣："当兵要到十三团，拿起枪来上前线，毛主席把命令传，夏侯苏民领着干。"这首歌谣歌颂的是当年被胶东根据地军民誉为"智勇双全的虎将"的八路军胶东军区第五师十三团团长——夏侯苏民。

夏侯苏民，原名张培礼，1919年出生于山东省蓬莱县兴村。十九岁时，他正式参加三军二路的蓬莱抗日游击队，不久，由于表现突出，被大队长苏晓风介绍加入了中国共产党，成为一名共产主义战士。入党后，张培礼就向党组织申请把名字改为夏侯苏民，并说明了自己的想法："夏侯"就是要像三国时期的魏国名将夏侯惇一样英勇善战；"苏民"就是要在中国实现像苏联一样的社会主义社会。

1939年，夏侯苏民被调到山东纵队第五支队第十五团三营二连任连长。在蓬莱县二甲村带领部队同顽军高炳旺部展开激战的过程中，夏侯苏民赤着脚，光着膀子，爬到敌人住的房子上指挥战斗，把敌人打得溃不成军。部队后撤时，从他家的房子后面路过，他担心家人和乡亲们受顽军的折磨，就没进家门。父亲追赶部队想看看他，他便把帽檐拉了又拉，装作不认识，和战士们一起匆匆而去。即使这样，没过几天，他的家还是遭到了敌人的破坏。父亲被敌人抓去，打得死去活来，敌人逼他出去找到儿子。从此，父亲四处要饭，过着颠沛流离的困苦生活。生活的折磨，使他父亲得了病。病重期间，父亲写信给他，要他回家看望一下。他在战斗间隙回信安慰老人说："爹爹，对不起，因战争频繁，不能回家看望您老人家。您受的折磨，我全都知道。爹爹！好好养病吧！等杀干净鬼子，再回家看望爹爹。"

1945年8月，日军宣布投降，胶东军民开始全面大反攻。至9月上旬，只有平度尚未解放。平度城为胶东西部门户，是重要的交通枢纽，也是日、伪军的屯兵场和重要据点。为了彻底消灭胶东地区的日、伪军势力，胶东军区司令员许世友决定攻打平度，肃清残敌。

接到主攻平度的任务后，团长夏侯苏民立即带人到平度城周边勘察地形，并且派出侦察员收集情报。平度城城墙坚固，八路军没有大炮，要想破城很困难。夏侯苏民经过仔细研究，终于找到了城墙的薄弱点，并且组织了两个爆破组。一切准备就绪之后，攻打平度城的战斗开始了。

9月9日晚上，一颗信号弹腾空而起，愤怒的将士在夜色的笼罩下向平度发起猛攻。守敌司令王铁相命令部下顽抗到底，敌人依靠坚固的城墙、炮楼，给正面进攻的八路军第十三团一营造成了很大的伤亡。

紧要关头，团长夏侯苏民命令负责助攻的三营从两侧压上去，成功摧毁了敌人的炮楼。此时，正是爆破城门的好时机，夏侯苏民立即指挥两个爆破组爆破城门。第一爆破组上去，没能成功。第二爆破组立即跟上，"轰隆"一声，炸药将城门炸开了一个口子。突击队立即冲了上去，在突破口建立阵地，等待后援部队进城。就在此时，敌人发现城门被炸开了一个口子，立即组织大部队疯狂反扑。突击队伤亡惨重，渐渐被敌人逼出城外。

形势万分危急，眼看就要功亏一篑，夏侯苏民决定亲自上。他带着身边的战士向敌人发起冲锋，一边冲一边高喊："同志们，我们不能功亏一篑，一定要彻底消灭这些鬼子的走狗，还胶东大地一片安宁！"团长出现在被炸开的城门口，向着敌人发起冲锋，战士们顿时热血沸腾，人人皆不顾生死，奋勇向前，终于一举打退了敌人的反扑。夏侯苏民立即带领战士们冲入城内与敌人展开巷战，激战过后，成功攻克了敌第十二师指挥部，活捉了师长张松山。天亮之时，夏侯苏民又带着战士们向敌人的司令部发起强攻。此时的伪军已经吓得四处逃窜，溃不成军了。夏侯苏民率部一举活捉了敌中将司令王铁相。

平度之战，八路军共消灭伪军七百余人，俘虏五千余人，还缴获了重机枪十三挺、轻机枪八十余挺、步枪四千余支、迫击炮六门、小炮十六门、子弹十二万发、战马一百五十匹。此战之后，团长夏侯苏民威名远扬，被称赞为"智勇双全的虎将"。

1946 年初夏，夏侯苏民参加了胶（县）高（密）即（墨）战役。6 月 8 日，他率领第十三团解放了胶县城，击毙了大汉奸赵保原。6 月 12 日，他指挥第十三团向高密城发起强攻。第十三团在夏侯苏民的带领下，如猛虎一般，一夜之间，摧毁了敌人的火力点，肃清了火车站的敌人及东关和城外东南角的守敌。13 日，第十三团各营冲到了护城河外，参加战斗的第十四团、第十五团也逼近内城。夏侯苏民来到前沿阵地观察，采取了"惑兵之计",让攻城部队停止战斗,退出前沿阵地隐蔽。随后,趁敌人松懈之机,第十三团七连在夏侯苏民的指挥下再次向城南门发起进攻。敌人措手不及,南门遂被攻破。在第十三团的策应下,第十四团突破城西南门,第十五团突破城西门,并向北、东两个方向攻击。近中午时分,战斗胜利结束。6月15日,夏侯苏民再次挥戈即墨城。慑于第十三团的神威,守敌当日下午弃城逃遁。第十三团奋勇追击,在城南一带将大部分逃敌歼灭。胶高即战役历时八昼夜,夏侯苏民和他的第十三团立下了不朽的功绩。

1946年10月10日凌晨,第十三团奉命再次袭击高密城守敌。团长夏侯苏民等率两个营攻到城东门外,正当他在密切关注敌军动态寻找新的战机时,不幸被敌人的炮弹击中胸部,光荣牺牲,年仅二十七岁。

1947年2月,胶东军区追授夏侯苏民"胶东军区战斗英雄""模范干部"等光荣称号。同年,蓬莱县人民政府做出决定,把夏侯苏民的出生地兴村改名为"夏侯村"。

6. 战友的母亲我的娘

宫愚公是山东蓬莱人,生于1914年,戎马一生,在1955年获国家三级独立自由勋章、二级解放勋章,被授予上校军衔。他是从一个普通战士一步步成长起来的,自从1938年2月在蓬莱参加山东人民抗日救国军第三军后,他就和战友们出生入死,战斗在胶东大地上。他对胶东有着深厚的感情,同样,对胶东的战友更有生死与共的情谊。

1941 年 10 月下旬，宫愚公调任昌潍独立营，先后任政委、营长。当时，有一位连长叫郑翰林，作战很勇敢，家里三代单传。他参加八路军后，在一次作战中英勇牺牲，他的老母亲再没有其他的亲人了。宫愚公很是心疼老人家，便认她做了干娘，照顾着老人。干娘有一个特别之处，部队不管转移到哪里，她都能找到。当时部队作战很频繁，县委和区委找不到部队了，就找这个大娘，让她带情报送到独立营。她接过情报后，一根打狗棍，一个小篮子，要着饭就找到了部队，而且每次准能找到宫愚公。对此，宫愚公非常疑惑："娘，部队作战的时候，一天转移好几次，县委、区委和地下党都找不到，你是怎么找到我们的？"干娘轻轻地说："这天底下哪有娘找不到儿子的！"宫愚公听完就流泪了。天长日久，营里的干部和战士都认识了干娘。她一来，村外便装站岗的战士就会发现："营长的娘来了，赶紧接过来。"

新中国成立后，宫愚公到了北京工作，想接干娘到北京。干娘却不愿意离开故土，她的丈夫和儿子都牺牲在了这里，这里就是她的根。宫愚公劝不动老人，便每个月给她寄五块钱。合作化运动的时候，村里要求把土地交回去，可老人态度非常坚决，她的想法是："毛主席把土地分给我们了，毛主席没说交，为啥交？"当地搞合作化运动的人给宫愚公的党委写信"告状"，认为他每个月都给干娘寄钱，干娘因此不入社，当地也没法做工作。宫愚公便给干娘写了一封信，说："地方党委不让我给你寄钱了，你把地交了入社吧。你还是来北京吧，我去接你。"可干娘还是不愿意。

后来，干娘快过世的时候，把村里党支部书记叫去了，把房子亲自交给了村里，并且把宫愚公多年寄给她的生活费一并交了出去。宫愚公寄的钱她都攒着，平时基本上吃粗粮，把攒下的细粮也都交了。她一生勤俭朴素，却把一切都给了国家。后来村里把她安葬到了革命烈士陵园，与他的儿子葬在了一起。

7. 侦察英雄孟庆友

"孟庆友，浑身胆。专逮鬼子和汉奸。素常日他把便衣穿，随随便便进据点……"这是在 20 世纪 40 年代广泛流传于滨海抗日根据地的一首民谣，它所讲述的就是孟庆友出入日、伪军据点便衣侦察、抓获俘虏的故事。当时，孟庆友的事迹在莒县乃至整个滨海抗日根据地都有流传。

1938 年 1 月，二十二岁的孟庆友参加了马跃仑、马骅等领导的崮西抗日游击队。1939 年 3 月，马骅介绍他加入了中国共产党。孟庆友身材高大，脸有麻点，如此明显的体貌特征，本应是侦察人员的大忌，但他却凭着过人的胆识、超常的智慧，抓"舌头"，捉汉奸，收集情报，刺探敌军虚实，屡挫日、伪军的威风。"孟麻子"成为令敌人闻风丧胆、名噪一时的侦察英雄。

1943 年，山东抗战形势好转，八路军计划攻打石沟崖据点，消灭伪日照县保安大队朱信斋部。为了准确掌握据点内的情况，上级向侦察连下达指令，限五天内抓个朱信斋部的汉奸来问话。

这可不是首长第一次给孟庆友的任务限定日期了。上次，他在莒县石井一带活动的时候，首长开玩笑地对他说："老孟，发个洋财去吧。"孟庆友知道这是首长命令他抓几个"舌头"、缴获几支枪。他不仅答应了下来，还主动把期限从五天减成了三天。光答应不行，还得有办法，办法来自他对当地情况的了解。孟庆友知道石井的敌人正在强征民夫给他们修炮楼子，于是，他和两位战士化装成修炮楼子的民夫就上了路。快到石井了，迎面走来几个人扛着日军的"膏药旗"，孟庆友扔下铁锨，掏出匣子枪大喊一声："站住！"原来是伪军的连长带着三个伪兵，出来征民夫修炮楼呢。伪军连长和三个伪兵乖乖地缴枪，跟着孟庆友回到了驻地。还不到一天，孟庆友就完成了任务。

不过，这次抓朱信斋部的汉奸，孟庆友不敢大意。他带着三名战士在通往敌人据点石沟崖的公路上一连蹲守了四天，愣是没见到一个敌人出入！孟庆友有点着急了，完不成任务丢人不重要，耽误部队攻打朱信斋部，罪过可就大了。第五天正是敌人的另一个据点纪家店子的大集。孟庆友估计汉奸一定会去赶集抢东西，于是赶到王家山沟村东公路两旁隐蔽起来。快到中午时，果然从东边来了一队汉奸。待这队汉奸一经过，孟庆友就从后面蹿了出来，往人群里扔了一个假手榴弹。汉奸顿时慌了手脚，赶紧趴在地上不敢动弹。这时，埋伏在沟里的商日东、唐百全和李子山分别从北、西、南三面佯喊："不许动！我们是孟庆友便衣排，谁动打死谁！"结果，这次抓了汉奸一个班，其中还有朱信斋部的一个小头头在内，可以说是收获颇丰。

孟庆友是个捕敌好手，隔三岔五就抓几个敌人，弄几支枪。他曾扮作伪军头目只身参与日伪据点召集的"强化治安"秘密会议；也曾夜入赌场俘获十几名伪军；亦曾出入虎口挫敌制胜，使日、伪军闻之丧胆。为此，朱信斋曾悬赏一千二百元要他的人头，还派出大批汉奸特务妄图抓获、杀害他，但他每次都能化险为夷。

　　有一次，孟庆友和战友邵中和一起到辛旺、纪家店子据点了解情况。他们行至河峪村北岭时，突然发现横山半山腰沟内有人头乱动，好像在举枪瞄准。孟庆友匣子枪一举，喝道："干什么的？"话音未落，敌人就开了枪。他立即来了个鲤鱼翻身，翻到沟里悄悄撤退了。还有一次，孟庆友和陈淑广一起到大洙洲村执行任务，事没办完就被"鬼子"汉奸围在了一个院子里。孟庆友听院子四面都有敌人，遂脱下外衣包住一捆玉米秸，使劲扔到了东墙外。随着"扑通"一声传来，孟庆友就在院子里高声佯喊："孟麻子越墙向东跑了，快去追呀！"等敌人一拥而上向东围追时，他俩却瞅准机会从西边夹道跳墙跑了。

　　孟庆友的英雄故事在群众中间口口相传，他一时成为传奇人物，极大地鼓舞了莒地人民的革命斗志。此后，他在辽西、平津、宜昌、沙市及湘西等著名战役战斗中均有显著战绩，多次受到部队嘉奖，为解放战争的胜利做出了突出贡献。1944年8月，孟庆友出席山东军区召开的英模大会，获得"战斗英雄"和"捕敌神枪手"的称号。

8.横山母亲

山东莒县位于革命圣地沂蒙老区。莒国故城东南三十公里处有一条巍峨蜿蜒的山脉——横山，八路军第一一五师师部就曾驻守在横山毗邻的大店镇。在激烈残酷的抗日战争中，人民群众精心哺育抗日干部寄养的子女，用生命和鲜血掩护党员干部，涌现出许多可歌可泣的伟大女性，被称为"横山母亲"。

"横山母亲"崔立芬

1943 年，艰难困苦的斗争环境使莒中县妇女抗日救国会会长王涛无法抚养两个孩子。她通过党组织在莒中前横山村找了两个忠诚可靠的农家妇女代为抚养。女儿燕云由王家抚养，儿子孟林由崔立芬家抚养。因工作任务繁重，同时为了奶妈的安全，王涛和丈夫轻易不去看望子女，常常是隔好几个月才趁天黑匆匆去看孩子一眼，随后马上离开。

孟林的奶妈崔立芬是前横山村妇女抗日救国会会员，她平时就积极参与婆婆杜怀兰（任该村妇女抗日救国会主任）发动妇女支援八路军抗日的工作。当崔立芬了解到王涛因经常露宿山头忍饥挨冻，没有奶水喂养出生不久的孩子时，不顾自己还有个与孟林同年出生的孩子，勇敢地担当起了秘密抚养孟林的任务。前横山村坡陡地薄，只能种地瓜、花生、谷子、高粱等粗粮，没有精米细面。崔立芬家靠吃地瓜干掺着磨碎的地瓜秧、花生壳度日，还常常填不饱肚子。孟林刚送来时非常瘦弱，脸色发黄。崔立芬就用家里仅有的一点小米先喂饱孟林，而自己的孩子却只能吃到半饱，经常饿得哇哇大哭。时间长了，孟林瘦弱的小身体渐渐胖了起来，脸色也好看多了，而自己原本健康的孩子却日渐消瘦。

一天早晨，崔立芬喂了孟林之后，再去抱自己的孩子，发现孩子一动不动，喂也不张口，崔立芬顿时大哭了起来。闻声而来的丈夫和婆婆一看，孩子已经不行了。那天，崔立芬一个人抱着孩子，整整坐了一天一夜。夜里，她在梦中，恍惚看到了孩子站在她面前，哭着要奶吃。她搂着孩子，愧疚地说："孩子，快吃吧，快吃吧。"清醒过来后，她看着怀中的孩子，顿时崩溃，泪流满面。从此，她把全部的爱倾注到小孟林身上。家中的小米吃完了，她就迈动裹着的小脚，翻过东岭、双北山、穆家山口，穿越沟深路窄的龙潭谷，再跨过五龙山，步行二十里山路，到陡山村娘家要一点米面，回家喂孩子。

前横山村是根据地腹地，日伪军经常前来"扫荡"。崔立芬在抚养孟林期间，先后躲避日、伪军"扫荡"八次。每次遇到日军"扫荡"，崔立芬就抱着孟林，跑到大胡岭山后边的山沟里躲藏。直到1947年秋，王涛的两个孩子才离开前横山村。孩子临走的时候，她迈动着小脚，哭着把小孟林送出了四十余里的山路，走到了日照响水河村。小孟林死死地抱住她，怎么也分不开。听着孩子撕心裂肺的哭喊声，在场的人无不心碎。

在后来的日子里，崔立芬曾无数次在梦里惊醒，梦中孟林哭喊着找娘……

山高水长，恩情难忘。在那段抗战的岁月当中，像崔立芬这样无私奉献的"妈妈"还有很多。她们不仅用最慈煦的光辉诠释着大地母亲的温暖，也在用生命守护着党的媒体。

抗战时期的齐鲁大地有一份党报，密切联系着群众，积极向民众宣传党的抗日政策，提高民众抗日意识，它就是《大众日报》。由于《大众日报》不懈践行"党的立场、群众的报纸"的办报宗旨，始终与党和人民休戚与共，在中国抗战史和新闻史上留下了浓墨重彩的一笔，也成为敌人的眼中钉、肉中刺。

1941 年秋，日军发动大"扫荡"。大众日报社莒县印刷所转移到后横山、张家草场一带，报社人员将带来的印刷、油印设备和材料分别藏在村东南的大山沟狼石洞和村后两个山洞里。当时，报社人员就是在这个洞中轮班写报、印刷、出报，再由交通员化装成做生意的商人送到根据地军民手中。有一个村民叫张树贵，是一名地下共产党员，他组织民兵骨干在洞外轮番站岗放哨，担负起党组织交给的协助和保卫《大众日报》的任务。一天，盘踞在莒县城的日、伪军出动，到后横山村"扫荡"。张树贵立即组织民兵掩护报社人员埋藏机器、转移设备和人员。张大娘（张树贵的嫂子）刚掩藏好大众日报社的物资，抱着孩子准备离开，却被日、伪军堵在了村口，被逼迫说出报社人员的下落。张大娘咬紧牙关说："不知道！"日、伪军夺过她刚满百日的孩子狠狠摔在地上，孩子一下子没了哭声。张大娘昏死过去，日、伪军又用冷水将她泼醒，把冷水灌进她的肚子里，又用脚踩出来。张树贵的母亲也被吊起来灌水，严刑拷打，几度晕厥过去。敌人从晌午一直折腾到太阳偏西，但还是什么也问不出来，只好放了一把火，悻悻而去。张大娘的孩子被狠狠摔死，张树贵的母亲也因为这次残忍的严刑拷打而去世了。

四

南征北战　参军支前

"虎踞龙盘今胜昔，天翻地覆慨而慷。"没有共产党就没有新中国，没有共产党就没有胶东人民的翻身解放。打败了国民党反动派的重点进攻，胶东人民努力建设着新民主主义的新胶东，解放区的天空从此一扫阴霾，艳阳高照。抬着担架，推着独轮车，赶着胶轮大车，胶东支前民工跟随解放大军，浩浩荡荡地从县内走向省内，从山东走向全国。唐和恩的小竹竿刻下了支前民工走过的每一步道路，更刻下了胶东人民无私奉献的情怀。父送子，妻送郎，父子同参军，兄弟皆参军，烈属送子再参军……"军民团结如一人，试看天下谁能敌？"胶东人民用行动凝聚起"无坚不可摧、无往而不胜"的强大力量，为中国革命胜利和新中国诞生付出了巨大牺牲，做出了突出贡献。

（一）解放区的天是晴朗的天

　　支援渔船，赶制冬衣，装卸物资……胶东人民不畏艰险，用自己勤劳的双手为八路军运兵东北做出了历史性贡献。阻止美舰登陆烟台，为不幸遇难的人力车夫杨禄奎讨回公道，胶东解放区政府维护了胶东人民的利益，取得了一次次外交胜利。朴素之中显崇高，细微之处见真情，张鼎丞的为民情怀和廉政魅力感染了广大胶东群众，在党的历史上熠熠生辉。

1. 运送大军挺进东北

1945 年 11 月 5 日，黄县龙口港，几辆汽车徐徐驶入码头，胶东军区司令员许世友快步迎了上去。车门打开，山东军区司令员罗荣桓走下来，两双大手紧紧握在一起。罗荣桓奉命渡海北上，行动是保密的，只有许世友等少数领导干部知悉。临别时，罗荣桓望着身旁那匹战马对许世友说："这匹马陪伴我多年啦，如今就送给你吧！"许世友从腰间解下手枪，双手托着，回赠给罗荣桓。汽笛声响，许世友目送罗荣桓登上汽船远去，站在岸边挥手告别。

1945 年 8 月，中国人民赢得了抗日战争的全面胜利。然而，以蒋介石为代表的国民党统治集团，一面玩弄和平谈判阴谋，一面在美国的支持下调兵遣将，准备发动内战，妄图消灭中国共产党及其领导的人民军队。为建立巩固的战略后方，进而创造有利的战略态势，1945 年 9 月 19 日，中共中央制定了"向北发展，向南防御"的战略方针，把发展并争取控制东北作为全党的重要任务。为实现这一任务，中共中央决定，八路军山东军区主力及大部分干部迅速向冀东及东北出动。从 9 月底至12 月初，山东军区先后组织三批主力部队奔赴东北，其中包括山东军区第一师、第二师、第三师、第五师 (大部)、第六师、第七师，滨海支队，警备第三旅，山东军区教导团。开赴东北的部队，除第一批部分部队从陆路出关外，大多数是从胶东海上运送过去的。

为了摸清东北地区情况，胶东区委先后派出两支队伍前往侦察。9月10日，胶东区委书记林浩根据两支先遣队的汇报，分别致电中共山东分局和中共中央，汇报了工作情况，并建议中共山东分局速派干部和部队由胶东挺进东北。同一天，胶东军区司令员许世友赶赴龙口成立了海运指挥部，并和副司令员袁仲贤亲自坐镇指挥海运工作。指挥部成立后，立即全力调集汽船和渔船。汽船主要是收复烟台、威海后缴获的，但数量有限，必须调集渔船。当时征集到小汽艇三十余只，小帆船一百四十余只。由于蓬、黄、掖等县的渔船都比较小，大多在五吨以下，加上大连老铁山水道风大浪高，为保证部队安全渡海，许世友要求把解放不久的长山列岛各岛屿用船联系起来，完全控制渤

北上渡海部队召开誓师大会

196

海海峡中的关键岛屿与海域；并在砣矶岛设立兵站，大量储存给养，作为连接胶东和大连的海上运兵中转站，小型船只在此改换大船转运渡海部队，海运部队在此集结、补给、避风和休整。同时，为加强与胶东渡海指挥部的联络、组织接应登陆部队，渡海部队还在庄河设立了海北海运指挥部。

为了保证运兵东北战备方针的实现，胶东军民准备粮食、棉衣等物品；为了修复各战略区之间的主要公路，胶东人民一呼百应地扛起铁锹、镐头；为了阻止国民党军北进，免除子弟兵北上的后顾之忧，胶东人民积极行动起来，把国民党赖以运兵的铁路拆毁、捣烂；为了防止晕船，胶东群众还准备了一些急救水、人丹、咸菜、苹果和长把梨等。山东军区部队缺乏大型船只，海运以少量机帆船和木帆船为主，胶东北部沿海地区党组织就承担了船只筹措、船工的教育管理，以及必备物资的供应工作。很多渔民主动支援部队渔船，争着为部队当船工和向导。渡海部队需要大量的粮秣，天冷了需要改换冬装，化装渡海需要便衣，胶东各级政府迅速动员数百万群众，夜以继日筹集粮秣、赶制冬衣和便衣。黄县等地方政府从其他地方调粮食，组织群众磨面粉，分至家家户户烙饼，然后收集上来发给部队作为船上的口粮。沿海各地群众团体发动群众全力以赴，突击做便衣、鞋帽，数万名群众昼夜不息地缝制被服，并在短时间内捐献衣物数千件，仅龙口码头工人就献出了五百余件衣服。

龙口港码头集合舢板工、装卸工组成了一支重要的战斗力量，担负了码头船舶装卸和陆地搬运任务。从龙口港出发运送兵员的船只主要来源于龙口龙大公司、招兴公司等八大船行，以及一些从沿海渔村征集的渔帆船。除需要保密的物资由战士们自己打包运送外，其余基本都是由码头工人运送的。因为海滩比较浅，船无法靠岸，工人们必须蹚着齐腰深的水装卸物资，或者用舢板船把人、货运送到在海里停泊的汽船或帆船上。工人生活条件并不好，忍饥挨饿，面黄肌瘦，但他们却拼着一股劲儿帮助抢运、装卸物资。当时正值深秋初冬季节，海水温度较低，装卸工人白天、晚上靠在码头上干活，经常在水里泡着，有时连泡几天也不休息。运兵船昼夜兼程，每次装船、卸船都要争取时间，码头工人挑灯夜战，分班轮流，直到完成任务为止。郊区群众则安排部队住宿，帮助粮站收发粮食并运送至码头附近。

当时既无气象预报，又缺乏通信联络，航行又多在夜间进行，过程之艰难可想而知。为避免美军和国民党舰艇阻截和袭击，开始时，战士们脱下军装，换上当地给准备的便衣，装扮成一群闯关东的农民，后期因为部队战士数量多，没有继续要求更换便衣。战士们的武器多数留在了胶东，每艘船只携带少量步枪、手榴弹等武器，大家人挨人、人挤人地躺在船底，翻身都很困难。海上不仅风高浪急，更险恶的是风向不定，大多数战士是第一次在海上航行，不少人眩晕呕吐，吃不下，睡不着。运兵船在海里漂泊，少则需要一天一夜，多则需要两三天，最长的达十余天才到对岸。

这次进军东北行动中，山东军区的主要领导和主力部队几乎悉数进入东北。除部分经冀东过长城到达东北和从兴城登陆外，其余主力部队和地方党政干部均从黄县的龙口港、黄河营和蓬莱栾家口出发，在庄河的打拉腰、花园口、大孤山和新金县皮口等地登陆。在这次繁重的运兵任务面前，胶东人民特别是广大船工表现出大无畏的革命英雄主义精神。他们不畏艰险，积极承担运兵任务，在船少人多和条件恶劣的情况下连续往返，圆满完成了运兵任务，做出了历史性贡献。

2. 阻止美舰登陆烟台

1945 年的 8 月 24 日是一个特别的日子。经过七天七夜的战斗，在烟台市地下党组织和烟台人民的配合支持下，胶东八路军打败了盘踞于此拒绝投降的日军，解放了北方重要海港城市——烟台。烟台人民欢欣鼓舞，热烈庆祝烟台解放这一重要历史性时刻。然而，为帮助国民党抢占抗战胜利果实，美国舰队企图在烟台登陆，将烟台作为进犯解放区的基地，并以此控制渤海湾，切断山东与东北地区的海上运输线。

消息传来，引起了轩然大波。中共中央对此十分重视，延安方面立即向美军观察组询问，并告知该地为我军占领，请其不要登陆，免干涉内政之嫌。然而，美国军舰依然在烟台海域集结，很显然，美军并未将此严正警告放在眼里，反而继续谋划登陆烟台，以便抢得先机。

中共胶东区委统战部部长于谷莺临危受命，立即出任胶东行署外事特派员兼烟台市代市长。区党委令其配合军事斗争，尽全力守住烟台。于谷莺深知事态的严重性，在 9 月 27 日抵达烟台后立即研究分析美军此次登陆烟台可能会采取的种种手段，明确了"不排外，不媚外，不主动开枪，但也不丧失民族立场"的外交斗争方针，酝酿好了斗争的策略。等待美军的，是一个党政军民严阵以待的烟台。

秋日的烟台海面波光粼粼，风光无限。9月29日，中秋节刚过，很多家住海边的市民突然发现海上来了一批"不速之客"。原来，这是五艘美国海军第七舰队两栖特遣队先遣队军舰，它们明目张胆地侵入烟台海域崆峒岛附近，并派出飞机到市区上空盘旋侦察。

烟台市政府第一时间得到了消息。10月1日，对敌斗争正式拉开帷幕。这天，于谷莺带着翻译，登上了美军"旧金山"号旗舰，与司令官赛特尔少将进行谈判，阐明中方拒绝美军登陆的严正立场。

骄傲自大的美军并没有把中方的拒绝放在眼里，并企图用"曲线救国"的方式达到目的。第二天，赛特尔带着副官及美国记者登岸回访，对登陆烟台之事只字未提，反而提出要查看美侨在烟台的财产，并请求允许其水兵到烟台港口外的崆峒岛上小憩，以解海上寂寞。考虑到双方的外交关系，于谷莺答应了他们的要求，并协同美方人员查看了美侨资产。

同时，中方也清醒意识到，美军的阴谋不会就此打消。10月3日，根据胶东区委的指示，烟台市成立了中共烟台市党政军民统一行动委员会，由有"仲铁嘴"之称的山东军区警备四旅政委仲曦东任书记，统一指挥和领导全市党政军民反对美军在烟台登陆的斗争。

中美谈判代表在美舰上合影

　　很快，美军的真实意图就暴露出来。10月4日上午，赛特尔带人来到外事办公厅，送来美方通牒，声称奉美海军第七舰队金盖德上将电令，要求八路军撤去沿海防务、撤离烟台市，并将烟台市移交美方接管。对于这一荒唐无理的要求，于谷莺当即予以驳斥，并指出：烟台为抗日人民以血肉解放之城市，美方应尊重中国人民的神圣主权，不要干涉中国内政。

　　为防范美军可能进行的强行登陆，八路军炮兵部队将大炮摆放在岸口，炮口对准美舰。同时向码头上的警备部队下达命令，对登陆来访的美军严加警戒，只准许美司令官和贴身随员上岸，一律不准携带武器。

　　10月5日，美海军中将巴贝率领多艘舰艇赶到烟台海域，排开阵势，把炮口对准了烟台市。这天上午，在美方的邀请下，于谷莺和仲曦东再次登舰进行谈判，没有取得任何进展。下午，美军登陆回访，双方在外事办公厅举行了又一次谈判。美方代表是巴贝中将、罗思凯少将、赛特尔少将等，中方代表是于谷莺、仲曦东等人。

双方代表刚落座，美方的"马脚"就露出来了，巴贝打着自己的算盘："你们第十八集团军接管日军阵地，蒋委员长是没有许诺的。如果你们撤出烟台，由我们在烟台登陆，这样就可以缓和你们中国人的内部争执了。这是一件对双方都有利的大好事。"

面对这既无理又可笑的要求，于谷莺开门见山地质问道："巴贝将军，看来，你们是要明目张胆地干涉中国内政，这是无耻的强盗行为！"仲曦东也强势反驳："你们实质上无非就是要求我军撤出烟台，由你们占领烟台。告诉你，我们的人民军队早已做好战斗准备！"

巴贝万万没想到二人态度强硬，寸步不让，面色十分尴尬，只好草草结束会谈，带着下属们悻悻地返回了军舰。

中共中央十分关注烟台的局势。10月6日，延安新华社全文播发了叶剑英致美军的函文，严词拒绝美军的无理要求。美军妄图占领烟台的消息也早已传遍了烟台市区，刚刚获得解放的烟台人民绝不想再次被奴役，大街小巷群情激奋。8日下午，烟台军民四万余人在体育场召开反侵略大会，群众不断高呼"反对美军干涉中国内政！""坚决保卫人民的胜利果实！""侵略者滚回去！"等口号，于谷莺和仲曦东上台做了振奋人心的演讲，表示坚决拒绝美军登陆。随后群众举行了声势浩大的示威游行，游行队伍经过东海岸时，群众对着停泊在海面上的美国军舰挥拳高喊："美国人敢登陆，就把他们揍回去！"胶东军区也对美舰停泊的海域附近进行多次岸炮射击演习表示坚定决心。

烟台人民立场坚定，解放区政府据理力争，胶东军区不惧战斗，美方这才意识到，靠威胁、恐吓是无法占领烟台的。终于，10日，美方在重庆发表公报："美军将不在烟台登陆，因该港已由中国共产党领导下的军队控制……烟台港已设有警察，秩序良好，该地已无日军、战俘和美国居留民。目前，美军已没有任何军事理由在烟台登陆。"

10月17日，美舰被迫撤离烟台海域。

在烟台党政军民的坚决斗争面前，美军企图在烟台登陆、充当蒋介石发动内战急先锋的阴谋彻底破产了。这支曾在烟台制造过极度紧张气氛的美国太平洋海军舰队，灰溜溜地离开烟台海域，从此再未出现在烟台海面上。正如美国作家史沫特莱在其撰写的《伟大的道路》一书中所说："美国人在烟台低下了头。"

这场军事外交斗争，挫败了骄横不可一世的美军，粉碎了美蒋勾结抢占烟台的阴谋，为人民军队解放东北，开辟东北解放区创造了有利的条件。反对美舰在烟台登陆斗争的胜利，是中国人民外交史上的伟大胜利，也是烟台人民捍卫国家主权的伟大胜利。

3. 杨禄奎事件

杨禄奎是烟台的一个普通人力车夫。1945年8月，烟台从日本侵略者手中解放后，他就靠拉车赚钱，成为家里的顶梁柱。然而，仅仅过了不到两年的安稳日子，他的生命就因一辆美国吉普车的横冲直撞戛然而止。

悲剧发生在1947年5月23日下午5时40分。"联合国善后救济总署（简称'联总'）驻烟办事处"美籍职员史鲁域琪驾驶着一辆中型吉普车，在烟台市区的大马路自东向南飞驰，横冲直撞。这时，杨禄奎从大马路东头的森林路拉车向北行走，见状急忙将车拉到马路右侧，尽力躲避，以防碰撞。史鲁域琪却视而不见，毫不减速，刹那间便将杨禄奎连人带车撞翻在地，车轴被压断，杨禄奎的后脑着地破裂，血流满地，惨不忍睹。史鲁域琪分明看到了自己肇事的后果，却见死不救，反而加大马力，妄图驱车逃逸，被在现场的解放军战士发现拦下，才不得不勉强将杨禄奎送到附近医院抢救。不幸的是，因伤势严重，杨禄奎于当晚医治无效，含冤死去。

烟台市各界对外国人在解放区如此草菅人命的行为十分愤慨，而史鲁域琪却拒不认罪，"联总"驻烟办事处负责人也百般抵赖。烟台市人民政府市长姚仲明闻讯，一方面立即对遇难者家属进行慰问和临时救济，一方面委派外事办公厅主任与"联总"驻烟代表李普尔进行交涉，要求将史鲁域琪交给烟台地方法院扣押待审。同时，向"联总"驻烟办事处递交了烟台市政府和烟台市总工会的抗议书，提出抚恤死难家属、登报公开道歉、依法审判肇事者等五项要求。

第二天，姚仲明与李普尔在烟台市政府外事厅举行首次谈判，重申市政府对处理这一事件的严正立场。此时的李普尔仍然没有认识到事情的严重性，还企图敷衍了事，说："这就是一起普通的交通肇事，在国统区很常见，轧死一个人力车夫没什么大不了的。"甚至还倒打一耙，谈起了车辆被撞坏的损失。姚仲明严肃地盯着李普尔，对他的辩解严厉驳斥："'联总'口头上讲与解放区人民友好相处，而实际上经常用刀子来刺伤真正的友谊。不要再拿国统区、蒋统区来做比较了，这种事在国民党统治区是司空见惯的，但人民当家做主的解放区绝对不能容许！"

这次交涉，李普尔没有得到以往在国统区享受到的"特殊待遇"，在事实面前不得不低下了头。他同意组成治丧委员会，举行追悼大会和送殡仪式，并负担遇难者安葬费及其家属生活费等，也同意根据风俗，令史鲁域琪为杨禄奎送葬。

5月26日上午，来自各行各业的代表五百余人手擎挽联，抬着花圈，从四面八方涌向烟台市各界公祭杨禄奎

为杨禄奎送葬

灵堂。灵堂庄严肃穆，上方松柏环绕，烟台市人民政府的挽联尤其引人注目："解放区乃民主圣地，决不许草菅人命；中国人有民族自尊，岂能容外人逞凶！"

10时，公祭开始。姚仲明宣读祭文，山东省职工总会副会长代表全省六十万工人，对杨禄奎遇难表示沉痛哀悼，强烈要求政府严惩凶手。李普尔在公祭会上道歉致哀。13时，公祭完毕，姚仲明和李普尔等人佩戴黑纱，分列杨禄奎灵车左右，执绋缓行。工人送殡队伍默默跟在灵车后面，史鲁域琪按照烟台风俗，披麻戴孝，跟在死者家属之后。送殡队伍沿二马路西行，送灵车到西郊墓地。沿途道路被烟台市民挤得水泄不通，人们争相观看"外国人给中国人送殡"，不断感慨："这里再也不是外国人作威作福的地方了，共产党和人民政府给我们工人做主，给人民做主。"

5月27日上午，姚仲明与李普尔举行第二次谈判，双方达成协议。先由"联总"付一百美金给杨禄奎家属，以维持生计，全部的抚恤费则由李普尔请示"联总"驻沪代表后再作决定。28日，"联总"驻烟办事处在《烟台日报》上向烟台人民公开道歉，保证今后不会再发生类似事件。

不久，"联总"上海办事处特派法律顾问达琪理来烟与姚仲明进行第三次谈判。在义正词严的烟台解放区政府代表面前，他不得不在赔偿协议上老老实实地签了字，同意拿出3400美元（合北海币255万元）作为赔偿费和抚恤费，并将史鲁域琪送交地方法院审判。

6月16日下午，对史鲁域琪的庭审开始了。烟台地方法院临时法庭格外庄严，到庭各界代表达三百余人，李普尔列席旁听。被告史鲁域琪——这个曾声称在蒋管区轧死个普通老百姓比轧死头驴还便宜的美国人——低头认罪，接受人民的审判。最后，主审官宣判被告史鲁域琪过失伤害致死一命，处有期徒刑两年。

7月5日的《烟台日报》刊登了史鲁域琪向中国人民悔过的公开信。

震惊中外的杨禄奎事件以中国人民的胜利而告终，新华广播电台、《大众报》等媒体都对这一事件进行了详细报道，对烟台的成功做法给予充分肯定和高度赞扬。这一胜利，谱写了鸦片战争以来中国外交史上的新篇章，开创了中国地方法庭公开审判外国人的先例，向世人昭示着解放区是人民的天下，中国人民不可欺！

4. 张鼎丞在五莲

1948年2月，中共中央华东局以五莲县为实验县，进行整党和结束土改试点工作。时任中共中央委员、华东局常委、组织委员会主任的张鼎丞直接参与并亲自领导了五莲实验县工作。1949年2月，五莲实验县圆满完成了华东局交给的整党、结束土改和生产救灾等任务，为整个山东农村工作提供了经验和借鉴。这期间，张鼎丞为了五莲实验县的工作呕心沥血，殚精竭虑。

张鼎丞领导五莲实验县工作时，已五十岁，因工作劳累、伙食不好，身体很虚弱。在许孟大茅庄工作时，负责后勤的同志想给他安排一个比较舒适的住所，以便更好地工作和休息。张鼎丞知道后，既不去住地主的厅堂楼房，也不同意去住远离群众的深宅大院，却偏偏选了一个普通农民的茅草耳房住下来。他耐心地对该同志解释说："眼下，老百姓的生活这样困难，我们住到那样好的房子里，咋能心安？住在这里就很不错嘛！一来不影响工作，二来便于接近群众，随时都可以到他们那里走走，了解情况。这样工作起来心里有数……"张鼎丞的行装非常简单：一张行军床，既能睡觉又能当座位；一张小小的老式三抽桌，用以办公；几个小板凳是专为来访的干部群众准备的。住下后，经常穿一身灰粗布军服的张鼎丞深入田间地头、家庭院落，同群众拉家常呱、说庄稼话、问民俗风情，很快同人民群众亲如一家，拉近了距离。"无论到哪个地方，都要爱那个地方的人民和干部。人家不爱你，你先爱人家。"这是张鼎丞挂在嘴边的话。不管在什么时候，他心里始终装着老百姓，把人民群众利益放在第一位。

1948 年 5 月 26 日，张鼎丞到许孟娄古庄开会。途中他突然叫司机停车，原来车轮轧了一束倒在路上的麦子。张鼎丞亲自下车，把倒伏的小麦一一扶起，放在路旁边，不停地说："到了嘴边的粮食，一粒也不能损失，这都是老百姓用血汗换来的，是救灾的宝贝！实在过不去，咱步行。"

会场设在娄古庄外东南角下的杨家林，地方偏僻，柏树空里满是坟堆和杂草。与会人员都坐在坟堆之间的石头上，马拴在林子边的树上。有人抱怨："怎么找这个地方开会？"张鼎丞听到后认真回答："这地方很好嘛。一是有树，便于防空，还不热；二是祸害不了庄稼，还耽误不了马儿吃草；三是减轻群众负担，大家都自己带了水壶。你说有什么不好？"可见张鼎丞心里装的都是群众，事事想得周到。

1948 年三四月间，是五莲县灾荒最严重的时候，也是春耕最关键的时刻。在张鼎丞的组织带领下，全县展开了轰轰烈烈的生产救灾运动，胜利度过了灾荒。在开展生产救灾运动中，张鼎丞深入调研，及时了解灾情，主持制定政策和措施，连续参加了仁里村的三次会议，部署生产救灾。第三次仁里村全体村民大会上，张鼎丞着重讲了搞好春耕生产、开展生产救灾的重大意义和具体措施，并提出，一切干部都要和群众同呼吸、共患难，带领群众战胜困难。群众高兴地说："共产党的干部真是人民的干部，处处为人民着想。"

张鼎丞见群众的粮食不够吃，靠挖野菜充饥，就自觉不吃保健餐，同警卫员一起挖野菜做菜团子充饥，并且带头到远离村子的山上去挖，把近处的野菜让给群众挖。每次挖菜回来，人们常见他连衣服口袋也装得鼓鼓的。碰到华东局的干部和工作团的同志，张鼎丞风趣地说："给你们介绍几样宝贝，能救人呢……这些菜呀，要比长征时吃的草根、树皮好得多！"炊事员见张鼎丞不肯享受上级规定的生活待遇，想方设法给他改善生活，把煮好的鸡蛋放在碗底，上面覆盖一层野菜。张鼎丞笑着批评炊事员说："你们学会了打埋伏了，伏击了敌人当然好，伏击了党的作风可不行啊！"然后派人把饭送给了伤病员。第二次还是这样。炊事员只好按张鼎丞的要求，继续和群众吃一样的饭。

华东局机关和工作团在张鼎丞带动下，省吃俭用，吃野菜代粮食，降低口粮供应标准，减轻了群众负担。有一次，一个干部向张鼎丞反映："能否把供应标准提高一点？"张鼎丞严肃地说："勒紧裤腰带嘛！我们还有点粮食吃，想想群众吃什么！"华东局机关和驻地警卫部队一年节约五千余斤粮食，支援了灾民。在这同甘共苦的岁月里，干部和群众建立起了鱼水深情。

张鼎丞身上有一种魅力，像磁石一样吸引着身边的干部和群众。为研究和解决干部密切联系群众的问题，他注重同基层干部交流谈心。

一次，张鼎丞召集工作团的负责同志开会，笑着说："召集大家来，是想同你们商量'架桥'的事……"听说要架桥，大家都愣住了。张鼎丞解释说："我们华东局的同志不会常驻五莲，说不定哪一天就要走。五莲的事主要还得靠县委来管，要靠五莲的县、区、乡、村干部来管嘛！他们是党联系群众的桥梁。他们的思想啥样子，作风啥样子，直接关系到党的政策能不能贯彻，党的威信能不能提高……我们一定要把这座'桥梁'架牢靠。你们说对不对呀？"大家这才明白，张鼎丞之所以那样注意培养基层干部，原来是在苦心为党架设一座联系群众的桥梁。

在张鼎丞的提议下，县委决定举办"县学"，轮训基层干部。张鼎丞还把自己珍藏的一本收录有《整顿党的作风》的毛泽东著作，送给"县学"作教材。"县学"先后培训了两千三百余名基层干部，使他们在思想、作风上都得到了提高。这座"桥梁"，不仅为五莲人民度过灾荒、进行土改奠定了思想基础，还为 1949 年大军南下输送了大批干部。

朴素之中显崇高，细微之处见真情。张鼎丞的为民情怀和廉政魅力感染、教育了广大干部和群众，至今仍然在党的历史上熠熠生辉。

（二）浴血奋战保卫胶东

党中央命令在哪里，他们就战斗在哪里。峥嵘岁月中，子弟兵以舍生取义的勇气、视死如归的豪迈、义薄云天的担当，在胶东大地上一次又一次击败倒行逆施的国民党军，激战棉花山，决战莱阳城，解放长山岛……每一场胜利都见证着中国革命在血与火的淬炼中砥砺前行、拨云见日的光辉历程。

1. 棉花山反击战

1947 年秋，国民党军队重点进攻山东解放区遭到惨败后，蒋介石制订了"九月攻势"计划，由陆军副总司令范汉杰率"胶东兵团"十六个旅共十八万余人，进攻胶东解放区，妄图消灭胶东半岛的人民解放军，封锁渤海港口，切断山东与东北等解放区的相互联系和支援。10 月 3 日，国民党军在土顽和还乡团的配合下，从烟台向威海进犯。被击退后，改由海上乘三艘舰艇进犯威海。6日，国民党军舰驶入威海港北口，占领刘公岛，并于合庆村东半月湾至东山脚下登陆，占领东山公园、棉花山一带。

10月14日，在牟平县酒馆村指挥部队阻击国民党军东犯的东海军分区司令员彭栋才得知情况后，立即命令独立二团、独立三团急行军回师威海。彭栋才带领少数作战指挥人员、电台和警卫分队乘卡车先抵达威海，了解敌情，侦察地形。当晚，彭栋才派独立三团二连配合威海警卫部队攻击棉花山敌阵地，一方面杀伤、消耗敌人，一方面侦察敌人兵力部署和火力配系。这次战斗共毙伤敌军百余名。拂晓时分，战士们撤出战斗后，彭栋才立即向胶东军区和华野东线兵团首长请求："乘敌立足未稳，迅速组织反击。"军区批准了他的请求，并令已调给北海军分区指挥的东海独立一团急返威海，参加反击作战。

独立一团、二团、三团先后返回威海后，东海军分区仅用三天时间，就完成了棉花山反击战的作战部署和各项战斗保障，决心以优势的兵力、迅猛的反击，夺回棉花山制高点，将登陆之敌歼灭于半月湾滩头阵地。兵力部署是：独立一团由东山一带向棉花山主攻；独立二团二营位于一团左翼，担任辅助攻击；二团一营沿雕山和孙家疃方向向敌右侧后实施迂回，穿插分割敌人；独立三团位于雕山和古陌岭，担任预备队；炮兵配置在金线顶。

16日，国民党军出动了五百余人，企图攻占雕山，独立三团坚决阻击，毙敌九人，伤百余人。17日晚9时，反击战开始。

炮火袭击之后，独立一团以迅猛的攻势，抢占了棉花山南侧大部分高地，炸毁敌地堡多处。独立二团二营在副团长彭云清的带领下，冒着国民党军密集的火力，反复实施冲击。国民党军凭借居高临下的地形和武器装备的优势，与独立一团、二团展开了激烈的争夺战。经过八个小时的反复争夺，棉花山阵地数次易手，终因独立一团、二团装备太差、弹药不足、通信工具落后、步炮协同不好、部队缺乏实战经验等，战斗目标未能实现。为总结经验，保持部队有生力量和连续作战的能力，独立一团、二团予敌以大量杀伤后，于次日早晨5时撤出战斗。

天亮以后，国民党军巩固了棉花山阵地，又占领了雕山，继而进攻古陌岭，企图占领市北制高点，控制市区。独立三团在古陌岭上坚决阻击。该团三营八连在副营长张树云的带领下，集中了全营五挺轻、重机枪，挑选优秀射手，配置在古陌岭东端突出部，封锁了国民党军通往古陌岭的道路。神枪手邹立欣、孙忠开端着机枪，沉着点射，消灭了许多敌人。战斗从早晨打到下午3时，连续打退敌人多次冲锋，守住了古陌岭阵地。反击战后，独立一团仍回烟台市郊打击国民党军，威海由独立二团、独立三团和威海卫市指挥部等部队守卫。

为确保后方安全，防止国民党军从西海或东南沿海登陆，切断市区与后方的通路，10月18日晚，东海军分区重新调整了部署：将独立三团从古陌岭调往市区西郊，配置在田村、东涝台、西涝台、前双岛、后双岛一带，团部驻在东莱海村；独立二团配置在古陌岭、南竹岛、北竹岛至蒿泊、皂埠之间，团部驻在戚家庄村。威海卫市指挥部率威海警卫分队、武工队等，负责三角花园及城区的守卫。东海军分区前方指挥所驻在长峰村，市委、市政府驻在大天东村。独立二团接受任务后，决定由二营守卫古陌岭，三营守备东南沿海，一营为团预备队。在此后的二十余天守备任务中，二营又打退国民党军多次向古陌岭的进攻。国民党军三二二团一直被压缩在东起合庆，西至雕山，南至黄泥沟，北至棉花山、松顶一带。人民武装经常在夜间派出小分队，袭扰瓦解国民党军。

10月28日，胶东军区昆山部队奉命参加威海保卫战。29日晚，由第一副队长毕昆山、副队长李春江、副政委王昭林率队进驻远遥村。部队经常活动在靖子、山东、里窑、外窑等村，访贫问苦，武装保卫群众抢收，侦察国民党军活动规律，灵活机动地开展游击战、地雷战。11月3日，他们得知国民党军要外出抢劫，便组织指挥东海远征爆炸队、西路民兵爆炸队部分人员，在松顶山下、孙家疃村北，埋设了六十余颗地雷。昆山部队隐蔽在外窑西山等待机会。5日晨，当国民党军两个连——队伍中间夹着六七十名被迫给国民党军挑抬东西的群众——从棉花山沿着羊肠小道走近孙家疃村北进入雷区时，毕昆山指挥几十名队员开枪射击。国民党军尖刀班急忙选了个地坎准备架枪还击，却踩响了昆山部队设置在那里的地雷，死伤大半。几乎在同时，国民党军前面那个连踩响了连环雷，被炸得血肉横飞，乱作一团，死伤三十余人。被裹挟的群众纷纷逃跑，后面那个连也溃不成军，逃回棉花山。

棉花山海拔293米，是当时国民党军的主要阵地。国民党军在山头构筑了半永久性地堡群，防守十分严密。地堡外边是梅花桩、铁丝网，铁丝网外是鹿砦；鹿砦三四米外，又设了几堆照明柴，用炸药点火，以便夜间作战。昆山部队研究决定，火烧棉花山敌阵地以警告国民党军，人民军队在夜间可以到任何一个地堡活动，从思想上起到震慑国民党军的作用。行动前，他们召开了半天"诸葛亮会"，解决了点火问题：在一支香末端扎上一捆火柴，香点燃火柴，火柴再引燃蘸了汽油的棉花，棉花引燃干草，即可点燃鹿砦。经过试验，一支香可燃四十分钟，足够战斗小组上下山了。

11 月 10 日晚 8 点多钟，昆山部队副队长李春江率战斗小组奔向棉花山，第一副队长毕昆山率掩护组、政工组直奔松顶。一切准备就绪后，政工组开始喊话，将国民党军的注意力吸引过来。十多分钟后，鹿砦燃烧起来，照得周围山头通明，吓得国民党军在地堡里乱喊乱叫却不敢出来。

火烧棉花山敌人主阵地，极大地鼓舞了威海军民的战斗热情，吓得国民党军再也不敢轻举妄动，粉碎了国民党军切断胶东各港口与东北海上联系的企图，为保卫胶东解放区、保证党中央"向北发展，向南防御"战略方针的实施做出了重要贡献。

2. 决战莱阳城

1947 年 12 月 4 日至 26 日，华东野战军东线兵团发起保卫胶东的最后一战，攻克莱阳城，拔掉了钉在胶东腹地上的这个"钉子"，使胶东解放区连成一片，彻底粉碎了国民党军队盘踞半岛的图谋，使整个山东战局发生根本变化，有力配合了

人民解放军攻上莱阳城

西线兵团乃至全国的战略反攻。

莱阳，地处胶东半岛腹地，系半岛的交通枢纽，是历代兵家必争的战略要冲。1945年8月，日本侵略军投降后，莱阳成为胶东区党政军机关所在地。1947年9月，国民党以陆军副总司令范汉杰为首的"胶东兵团"大举向胶东进犯时，人民解放军为诱敌深入，在运动中分割歼敌，遂主动退出莱阳。敌整编第五十四师一〇六团和一〇八团一个营占据了莱阳，另配备榴炮和山炮各一个连，加上杂牌土顽匪，城内外守敌约万人。

1947年12月，华东野战军东线兵团根据中央军委"攻城打援，运动中歼敌"的指示，决定拔掉这颗"钉子"。12月3日，兵团司令员许世友、政委谭震林命令：二纵队和南海军分区部队在水沟头一线阻击青岛和即墨援敌；九纵队在五龙河以东待机歼敌；十三纵队一部围困海阳之敌，主力在五龙河以西打击援敌；七纵队攻夺莱阳城。

12 月 4 日黄昏，七纵以迅雷不及掩耳之势，直插莱阳城外围，经过三天战斗，城外围据点和守敌全部被肃清。

9 日凌晨，七纵十九师在城西关以一个团兵力佯攻莱阳城。同时，占领南关的二十师六十团五连踏着战士在护城河中搭起的梯桥，逼近城墙。副排长吴德应和班长张宗和带领战士冲上城墙。师长殷绍礼抓住战机率部砸开南门屏障，一鼓作气炸毁城门内外三十余座碉堡。英雄战士蒋瑞军一人就勇敢地进行了六次爆破，为歼灭城内守敌打通了南路。

半夜后，城东门虽被二十一师夺下，但突击部队仍阻于北城门内东西大街上，敌人两座碉堡的交叉火力阻止了解放军前进的步伐。这时神枪手卜照修爬上城墙根的磨坊顶上，两个点射将敌碉堡机枪打哑。接着，他又击毙了敌连长和从县政府大院反击过来的敌加强营营长，二十一师迅速突进城内与敌人展开巷战。此时，十九师在西门通过猛烈的火力威慑和政治攻势，使城门守敌当即反戈。于是，七纵三个师迅速分割围歼了南广场和县政府大院内守敌。拂晓前，人民解放军已控制了城区 4/5 的地域。

但守敌加强团团长胡翼恒决心顽抗到底，将残敌千余人收缩到城隍庙指挥所的核心地带，等待外援。七纵先后对城隍庙组织两次攻击，但终因敌人工事复杂、火力密集，未能攻下。城隍庙坐落在莱阳城东北角，地势高，可控制全城。敌人占据莱阳城后，遂将城隍庙围墙加固，成为宽三米、高五米的防御工事。围墙外围设盖沟、暗堡，火力互相连贯；大堂地下设弹药库、粮库，并有水井，能长期固守。半夜，十三纵三十七师两个团从东南和西南并肩发起攻击，突击分队连续爆破未能成功。

13 日中午，三十七师不惜一切代价再次发起攻击。但离城隍庙百米距离是一块开阔地，敌人的猛烈炮火阻挡了人民解放军的攻击。三十七师重新调整攻击部署，纵队司令员周志坚率山炮连向城隍庙急袭。瞬间，敌人老巢城隍庙被淹没在一片火海中。晚 17 时，人民解放军蹚过水塘，炸开围墙，顶住敌人数次反击。一〇九团突击连连长毕发显在身负重伤的情况下，抱起炸药包，率领三个爆破组，在机枪连掩护下从正面连续爆破成功，夺下围墙南门，全团随之突进。敌人除总指挥胡翼恒只身潜逃外，余者全部被歼。但范汉杰为复夺莱阳这个要冲，从青岛调遣了八个旅的兵力直扑过来。

人民解放军为此重新进行战略部署，命令十三纵三十八师以将军顶为中心正面阻击沿公路东进之敌。将军顶位于莱阳城西十公里处，制高点海拔 95.6 米，南北连绵的丘陵横跨莱阳城西所有要道，是双方争夺的要隘。12 月 23 日，敌人集中炮火和飞机向人民解放军阵地轰炸一小时后，在三辆坦克掩护下，出动两个团向将军顶发起两次攻击。一一四团三营被授予"陈毅炮手"称号的牟岗，一发火箭弹将敌先头坦克击毁。其余两辆随后被杨久香反坦克小组击中，敌人被赶出前沿阵地。接着，敌人又增加一个团兵力，在另外三辆坦克的掩护下夺走前沿阵地贺家瞳。师长张怀忠立即命令前沿阵地部队退守将军顶，誓死坚守最后一道防线。

25 日，敌人集中全部炮火对将军顶进行炮击，十几架飞机轮番轰炸，主阵地被炸成一片火海。在滚滚硝烟中，敌人出动四个团兵力发起猛攻。英勇的人民解放军战士跳出战壕，用排枪和集束手榴弹连续击退敌人四次冲锋。敌人几次进攻均失败，前线总指挥阙汉骞像输红了眼的赌徒，决心孤注一掷。25日13时，敌八个旅全部出动，向人民解放军主阵地蜂拥而上。敌人依仗人多、武器好，被打掉一批，又拥上一群，占领了三十八师指挥所近前山丘。在这万分危急的关头，一一三团副政委荣育德端起刺刀，发出"誓与阵地共存亡"的钢铁誓言，率领战士扑入敌群。整个将军顶到处是枪声，到处是肉搏格斗的拼刺。敌人的尸首填平了战壕，而人民解放军战士的鲜血也洒遍沙场。一直到当日黄昏，将军顶阵地依然在人民解放军手里，坚如磐石，巍然屹立。

26日，为全歼来犯之敌，兵团首长令三十七师增援将军顶，七纵迂回敌后切断敌退路和后方补给线，九纵从两侧分割敌人。敌前线总指挥知道再坚持下去，势必全军覆没，于是丢下四千余具尸首，仓皇撤回青岛。至此，莱阳战役激战二十二昼夜，胜利结束。

3. 驶向光明

1949年2月26日早晨，烟台港外迷蒙的海面上隐约出现了一个庞然大物。很快，海边有人发现了它，那好像是一艘军舰。渐渐地，人们看到舰的前桅迎风飘扬着一面镶有红五角星的白色旗子，舰上的信号灯不断闪烁。这就是国民党最大的巡洋舰"重庆号"自上海吴淞口起义后抵达山东烟台港的情景。

"重庆号"原是一艘英国军舰,原名"震旦号",在二战中功勋卓著。战后,英国政府作为对中国的赔偿,把退役的"震旦号"巡洋舰赠给中国政府。国民党为纪念抗战期间的陪都,故将舰名改为"重庆号"。1948年5月26日,"重庆号"巡洋舰舰长邓兆祥率领五百余名国民党海军官兵,驾驶该舰从英国朴次茅斯港启程,航行一万余海里回国。8月20日驶抵南京,停泊于下关江心。

"重庆号"巡洋舰从英国驶抵南京江面时,蒋介石和国民党的军政要员孙科、何应钦等曾登舰视察。蒋介石称它为"中国海军的新生",企图凭借"重庆号"鼓气壮威,力挽内战败局。然而,在全国解放战争已取得决定性胜利的形势下,越

停泊于烟台港的"重庆号"近影

来越多的官兵对国民党打内战的做法和前途产生怀疑。"重庆号"上的爱国官兵对国民党政府的倒行逆施义愤填膺，在共产党的影响与策动下，大家决心投奔革命，走向光明。1948年冬，舰上的中共地下党员王颐桢、毕重远、武定国等和爱国官兵二十七人秘密组成了士兵解放委员会（简称"解委会"），决定发动武装起义。随后，以曾祥福、莫香传、蒋树德等十六人组成的另一个起义组织以及其他进步官兵也参与进来。在得到邓兆祥舰长支持后，他们开始了起义的各项准备工作。

1949年2月17日，"重庆号"巡洋舰通过黄浦江驶至吴淞口抛锚停泊，加油，加水，补充大量弹药。起义组织根据情况判断，蒋介石将命令该舰逆江而上，配合国民党以江阴为基地的江防第二舰队，阻止人民解放军渡江。于是，他们当机立断，决定立即举行起义。邓兆祥舰长与"解委会"成员一起制订了航行计划。由于邓兆祥曾是烟台海军学校的学生，而烟台港已经被解放军掌握，所以他把目的地定在了烟台。

2月25日子夜，吴淞口江面风平浪静，漆黑一片，军舰上突然实行灯火管制，切断了无线电、电话、电铃、蜂鸣器等所有通讯联络电路，起义将士迅速以轻武器武装起来，控制了各个要害部位。他们利用军舰为防止长江挟水而下的泥沙淤积，舰身每隔一段时间移动一次锚位的机会，果断命令海员趁机起锚。随即，两口高大的烟囱喷吐出大股大股的浓烟，主机隆隆地轰鸣，舰尾的螺旋桨飞快地旋转，浪花飞溅。凌晨，"重庆号"起义成功，离开吴淞口，驶向新的航程。舰长邓兆祥亲自绘制海图，他站在舰桥中央，掌握着舵盘，使军舰以每小时二十二海里的航速破浪前进。与此同时，舰上"解委会"拟定的《告士兵同胞书》张贴在布告板上，在官兵中传阅，在扩音器中回响，稳定大家的情绪。"重庆号"巡洋舰经过持续二十五小时的航行，乘风破浪五百二十海里，闯过驻泊大量美国舰艇的胶州湾，绕过了胶东半岛的成山角，于2月26日胜利抵达解放区第一大港——烟台港。

由于突然起义，"重庆号"巡洋舰官兵事先无法通知驻烟的人民解放军。为了避免误会，他们将舰上所有的火炮仰至最大角度，让炮口朝天，并用灯光信号向岸上人民解放军守备部队联络，同时将预先缝制好的一面白底红五星的起义旗帜升在桅杆上方。组织起义的王颐桢、毕重远、武定国三名代表乘坐一艘小汽艇驶至烟台山下，由烟台驻军营长接待上岸。烟台市市长徐中夫和海防警备旅政治部主任张少华等立即接见了起义组织派出的代表。随后，邓兆祥舰长应邀上岸共商有关事宜。

2月27日，根据解放军总部指示，胶东军区司令员贾若瑜决定派东海军分区政委任克加为解放军驻"重庆号"代表，成立了军事联络组，并为"重庆号"配备一个警卫连，保护全体官兵和军舰的安全。28日上午，联络组上舰宣读了《中国人民解放军欢迎"重庆号"光荣起义告全体官兵书》。下午，徐中夫市长率烟台市各界代表登舰慰问全体起义官兵。3月3日上午，烟台各界代表和群众举行隆重集会，热烈欢迎起义的爱国官兵。市民们纷纷送去苹果、蔬菜、猪肉和花生等大量慰问品。

"重庆号"起义成为当时轰动中外的新闻，在国民党海军

攻岛部队指战员运用沙盘研究攻岛方案

内部引起巨大的震动，给国民党政府和蒋介石以沉重打击。蒋介石大发雷霆地叫嚷着："炸沉它，炸沉它！"3月3日10时许，国民党空军四架B-24轰炸机飞临烟台上空，向"重庆号"投下了十二枚重磅炸弹，企图将其炸毁，军舰进行了火炮还击。午后，国民党军P-38侦察机又在上空盘旋侦察。为保证军舰和官兵的安全，贾若瑜司令员向解放军总部发电请示，建议将军舰开往深水港。一小时后，总部复电同意将军舰开往葫芦岛隐蔽。当日下午6时，"重庆号"拖着巨大的浪谷离开烟台，向着辽东湾疾驶，第二天拂晓到达葫芦岛港。

"重庆号"巡洋舰起义，彻底粉碎了国民党军调舰入江的计划，对解放军胜利渡江、解放全中国起到了重要作用。毛泽东亲自给邓兆祥及全体起义官兵发了嘉勉电："热烈庆祝你们的英勇的起义。"并指出："中国人民必须建设自己强大的国防，除了陆军，还必须建设自己的空军和海军，而你们就将是参加中国人民海军建设的先锋。"

4. 激战长山岛

"开炮！"随着一声令下，驻守在蓬莱海边的榴弹炮团几十门大炮愤怒地开火了，一排排炮弹呼啸着掠过庙岛海峡，向南长山岛飞去。在此之前，蓬莱刘家旺、栾家口和解宋营等渔港满载人民解放军战士的渔船，千帆竞发，在微微夜色的掩护下悄悄抵近长山岛。1949 年 8 月 11 日晚，解放长山岛的战斗打响了！

长山列岛，位于山东半岛和辽东半岛之间的渤海海峡，南与蓬莱毗邻，背倚北京、天津，一向被称为京津门户，战略地位十分重要。1947 年 10 月，国民党军队占领长山列岛，由国民党海军巡防处陆战第二团、警卫营和还乡团一千六百余人据守，配有大小舰艇二十余艘。他们利用列岛封锁渤海，割裂东北、华北和华东三个解放区的海上联系，经常出动军舰捕捉船只，炮击沿海，威胁胶东和东北解放区安全。1949 年夏秋之交，在全国解放前夕，国民党反动派却加紧海上封锁，妄图凭借海洋天险做垂死挣扎。为了消灭这伙残敌，解放全胶东，华东军区决定发动长山岛战役。

1949 年 7 月 12 日，山东军区第一副司令员许世友带领第三野战军二十四军七十二师，奔赴胶东区北海军分区司令部所在地——黄县。13 日上午，山东军区、胶东军区和北海军分区三级领导干部开会，研究成立了作战指挥部，许世友任总指挥。随后，作战指挥部由黄县迁往蓬莱，设在蓬莱城南距海岸约三公里的司家庄。为配合作战，又成立了支前指挥部。16日，第三野战军第二十四军第七十二师、华东军区警备第四旅、华东军区警备第五旅、榴弹炮团和胶东军区北海军分区部队进入阵地，炮兵将大炮拉到蓬莱阁西面的老北山上，登陆部队进入演练场地。支前指挥部积极工作，在很短的时间内，就从烟台、福山、蓬莱、黄县等沿海渔村筹调汽船五十三艘、木帆船六百余只、船工两千五百余人，同时，筹集了足够的粮食和物资器材。为掌握作战第一手资料，许世友多次深入部队和群众中，调查研究，察看地形，了解潮汐和气候情况，同各级参战部队指挥员一起反复研究制订作战方案。最后，前方指挥部制订了"夜间接敌，实行强攻，以炮火掩护，逐岛攻击，稳步推进，逐岛占领"的作战方案。

8月11日18时许，作战指挥部成员一起登上设在蓬莱城西部最高点黑峰台上的前沿阵地指挥所。19时15分，许世友一声令下，解宋营、刘家旺、栾家口沿海渔港战船竞发，扬帆击浪，以排山倒海之势，扑向长山列岛。这时，天空阴云密布，夜幕已降，二三级东南风夹着蒙蒙细雨，正是奇袭登陆的绝好天气。由二一四团、二一五团共四个营组成的突击部队在刘家旺登船起航，向南长山岛挺进。担任助攻任务的警四旅、警五旅也先后从栾家口、解宋营起航，分别向大小黑山岛和大小竹山岛进发。

12日凌晨2时，警备四旅在大小黑山岛登陆成功，迅速控制 116 高地，用炮火封锁了珍珠门口。这时，南长山岛左侧的三艘敌舰向警四旅船队冲来，炮弹在木船附近爆炸，激起冲天水柱。十一团五连的五条大木船迅速靠近敌舰"美虹号"，突然一齐开火。"美虹号"见势不好，调头逃窜，另外两只敌舰也跟着逃走。警四旅乘机攻占庙岛。与此同时，警五旅攻占了大小竹山岛。

南长山岛是进攻的重点，也是战斗最激烈的地方。2 时 30 分，七十二师第二一四团突击队接近南长山岛。部队在准备接岸登陆时，发射了三颗红色信号弹，请求炮火支援。顿时，蓬莱沿海人民解放军炮兵阵地群炮轰鸣，一排排炮弹呼啸着越过蓬莱海域上空飞向守敌阵地，南长山岛南部立即成为一片火海，敌人滩头工事大部分被摧毁。对岸炮火一停，各突击队竞相急进，向预定登陆点叶家滩冲去。3 时 20 分，二一四团一营、二营突击队相继在叶家滩登陆，迅速向纵深穿插。二营迅速占领了山前村，迫使敌人退至烽山。鉴于敌兵力分散，防御工事不强，二营未与敌人纠缠，以少数兵力监视，主力绕过烽山向西北攻击，直扑寺后村敌营部。经过半个多小时的激战，歼敌大部，击毙敌营长一人，占领了寺后村。残敌在炮火掩护下，向鹊嘴村溃逃。二营乘胜追击，直取鹊嘴西山，占领了敌海军巡防处。此时，烽山之敌已被解放军后续部队歼灭。一营登陆后，遇到敌人正面抵抗。该营沿峭壁运动，从侧面突破敌阵地，占领了大抹沟。继而沿黄山一线，向北山、荻沟村攻击，于 5 时占领了荻沟村。接着，一营、二营合围鹊嘴村之敌，两个营轮流掩护，交替攻击，把敌人挤在了海边，全歼残敌。7 时 15 分，南长山岛西南部战斗结束。

因路程稍远，二一五团一营、二营突击队，分别于3时20分和4时，先后在南长山岛老头礁与孙家滩登陆。一营攻至南城村北山时，遭到掩护敌巡防处和陆战二团团部撤退敌人的顽强阻击，在打退了敌数次反扑后，占领了南城村和黑石嘴村。二营在离岸五六百米时，遭到由西北向驶来的两艘敌舰和敌岸上炮火的夹击。突击队沉着地与敌舰周旋，主动向敌舰靠拢，待靠近敌舰时，一齐用随船火炮向敌舰开火，迫使敌舰逃窜。各连指战员冒着敌人的炮火，纷纷跳下船，向敌阵地猛扑过去，一举歼灭了滩头守敌。各连随即迅速靠拢，直取孙家村。就要向孙家村守敌发起攻击时，孙家村东山坡上的敌暗堡里突然喷射出机枪子弹，压得战士们抬不起头来，冲在前头的副连长、一级战斗英雄赵成立英勇牺牲。战士董亚铃见此情景，立即沿着山沟，迂回爬上敌暗堡顶部，把一根塞进敌碉堡又被敌人扔出来的爆破筒重新塞进碉堡，并用身体紧紧顶住，"轰隆"一声巨响，敌堡被炸毁，碉堡里一个排的敌人举枪投降。战士们一跃而起，冲向敌阵地，在一营配合下，全歼孙家村守敌。接着乘胜向西北进击，于5时50分，攻占了王沟村，歼灭守敌一个连。二营攻占连城村并俘虏敌警卫六营营长后，直捣敌陆战二团团部。此时的敌军乱成一团，拼命向海边逃窜。二营紧追上去，将企图泅渡爬上舰艇北逃的大部分残敌击毙于海里。激战至9时许，登岛部队扫清了南长山岛南部全部敌人，在南城东山胜利会师。这时，从南部溃逃来的残敌以南城北边的小山头为阵地进行垂死挣扎，妄图掩护敌团部向北长山岛撤退。

七十二师集中火力向敌发起猛烈攻击，将敌赶到南长山岛最北部的连城村，全歼残敌。

14时，北长山岛守敌投降，二一五团登上了北长山岛。23时，警四旅占领了庙岛，残敌逃往砣矶岛。因受大风影响，进攻北五岛计划暂停。19日下午3时许，砣矶岛等地的残敌乘舰艇逃窜。20日，警五旅进驻砣矶等北五岛。解放长山岛战役宣告胜利结束。

长山列岛之战是人民解放军首次渡海登陆作战，是在没有海军和缺乏渡海作战经验的条件下，首创"陆军打海军，帆船打军舰"的成功战例。这次战役，毙敌200余人，俘虏1305人，缴获炮15门、机枪72挺、长短枪1095支、弹药28万发、舰船10艘、汽车4辆、粮食38万斤，以及通信器材、燃油、煤炭、布匹、被服等大量物资。盘踞长山列岛之敌的海上作战部署被人民解放军彻底打破。长山岛战役的胜利，标志着山东全境的解放。

（三）一切为了前线的胜利

唐和恩的一根小竹竿记录了四千里的"支前"路，成为胶东人民全力支援解放战争的见证。在革命战争时期，这样的"小竹竿"在胶东有千千万万。八百万胶东人民不仅有二百八十万人次的支前战绩，还把五十万优秀儿女送进共产党领导的人民军队。"反蒋保田保家乡"，胶东优秀青年参加解放军，优秀民工随军支前，优秀干部北上南下，演绎了一个个感人至深的支前故事，为取得解放战争的胜利做出了突出贡献。

1. 到前线去杀敌立功

子弟兵团独立营，

谁参加来谁光荣，

戴着花，

披着红，

你看光荣不光荣……

这首在解放战争时期流行于胶东大地的歌曲，激励着无数胶东儿女为了人民解放而奔赴战场。当年，参军上前线被视为最高荣耀，参军者披红戴花，骑马坐轿，村干部和群众敲锣打鼓，热烈欢送。胶东大地到处可见"父送子，妻送郎，父子同参军，兄弟皆参军，烈属送子再参军"的感人场面。"参军状元村""参军模范村""参军模范家庭""一门两英雄""一门三英雄""一门四英雄""一门五英雄"等参军模范层出不穷，不胜枚举。有些乡村由于同时参军的青年众多，甚至按整营、整连的建制直接被编入人民解放军的序列，其中莱东县赤山乡（今烟台莱阳市万第镇）青年组成的"赤山营"给人留下了深刻的印象。

1947 年初，胶东地区经过土改，广大贫苦农民刚刚分得了土地、房屋和财产，正在兴高采烈地欢庆胜利，国民党反动派悍然发动了对山东解放区的重点进攻。中共胶东区委和胶东军区发布了动员令，要求做好一切准备，反击国民党军队的进攻。顿时，"一切为了前线，一切为了胜利"的呼声响彻半岛大地，几百万胶东儿女高呼着一个口号："参军保田，保家乡。"一场轰轰烈烈的大参军运动迅速开展起来。

2月的一天，莱东县赤山区区委书记刘玉纯、武装部长梁凤臣在参加县委召开的参军动员会议后，连夜赶回区委驻地，召开区委扩大会议，认真研究落实县委指示和任务。第二天，又召开全区各村指导员、村长和农民、青年、妇女组织负责人会，部署参军任务，并在彭格庄召开了"反蒋保田、参军支前"誓师大会。会上翻身农民代表控诉了国民党反动派和地主恶霸的罪行；用自己家庭变化的事实，算清解放后在政治、经济、文化上的翻身仗。代表的发言激发了人们对国民党反动派的仇恨，现场群情激昂，"参军光荣""杀敌立功""保家保田""打倒蒋介石，解放全中国"等口号此起彼伏，久久不能停息。与会的青年当场饮血盟誓，鲜红的鸡血流在酒桶里，青年们抢着喝血酒，还用血在纸上写下了"参军保田"四个大字，来表达自己的参军决心。现场的群众被这种氛围鼓舞，纷纷在誓词上按下血手印。一个参军参战的热潮形成了。梁家夼村当场就有一百三十余名青年报名参军，仅梁绪民一人就动员了四十余名青年参军。

经过几天的宣传发动，赤山区的三十二个村庄出现了干部带头、父送子、妻送夫、姐妹送兄弟参军的动人场面。赤山村妇救会副会长顾桂莲动员丈夫带着弟弟一起参了军（后来二人光荣牺牲）。老贫农吕荣典送独子参军。不久，赤山区就有八百余名青壮年报名参军。根据上级要求，赤山区只有组建一个连百余人的任务，最后经请求和上级批准，选送了五百余名精壮青年组成了一个营，命名为"莱东赤山营"。该区武装部长梁凤臣任营长，区委宣传委员任教导员，有参军青年的四个村的村民兵团长、指导员分别被任命为四个连的连长和指导员。

在新兵集结的前一天晚上，区委书记刘玉纯与区长姜星厚在交谈中提到，"赤山营"如果有一面大旗就威风了，可惜时间来不及了。这话恰巧被到区里送参军物品的梁家夼妇救会主任于凤兰听到了。她火速离开区公所，一口气跑回家，从箱子里找出结婚时没舍得用的红绸子被面，找到自己要好的伙伴姜桂秋、宫淑香，讲明自己的想法。她俩一听是给"赤山营"的

"赤山营"战士宣誓上前线

同志做旗子，一致表示赞成。三个人裁的裁，剪的剪，缝的缝，一面大旗很快就做成了。于凤兰又从箱子里找出准备做被里的白布，给大旗做了锯齿形的飞边和白色的旗裤。这时，已经是凌晨两点半了。她们商议好，旗子上就写"到前线去，杀敌立功，莱东赤山营"几个字。于是，她们赶紧出门找学校的老师写在纸上，用剪刀仔细剪下来，再用大针缝在旗子上。煤油灯下，三个人一夜未合眼。

清晨，绚丽的朝霞托着一轮红日从东方冉冉升起，灿烂的光辉洒遍整个山区。村里锣鼓喧天，鞭炮齐鸣，人民群众喜气洋洋。参军青年和家属个个精神焕发，斗志昂扬，骑着马，披红戴花。光荣花上分别写着"参军光荣"和"军属光荣"的字样。村干部和区干部亲自为参军青年和家属牵马抬轿，乡亲们满怀激情，吹吹打打，把参军青年和家属送到集结地点——赤山区后瓦马村。欢送大会会场布置得庄严大方，主席台两边是巨大的标语"参军参战反老蒋"和"保田保国保家乡"。五百名参军青年精神抖擞，英姿勃发，整整齐齐地站在欢送大会会场中央。在群众的一片欢呼声中，区委书记和区长把"到前线去，杀敌立功"的红旗交给了"赤山营"营长梁凤臣，莱东子弟高举着这面红旗加入了中国人民解放军第九纵队第五师的战斗序列。

1946 年 7 月至 1949 年 3 月的两年半时间里，胶东解放区有二十八万余人参加解放军，占同期山东解放区参军总人数的48.45%。在抗日战争和解放战争时期，胶东地区有五十万人参加共产党领导的人民军队。在革命战争年代，有 7.6 万名胶东儿女献出了宝贵的生命，占全省烈士总数的 34.5%。"军民团结如一人，试看天下谁能敌？"胶东人民用行动凝聚起"无坚不可摧、无往而不胜"的强大力量，为中国革命胜利和新中国诞生付出了巨大牺牲，做出了突出贡献。

2. 潍坊"钢铁联防"

1947 年 7 月 2 日，国民党军整二十五师攻占了高密城。其整八师、整九师、整六十四师曾先后用三个月的时间在高密修筑了半永久性的防御工事。国民党军将领范汉杰吹嘘高密"固若金汤"。此时，还乡团也趁机进入各乡，反攻倒算。高密的中共地方党组织发动群众，对敌人展开了激烈的武装斗争。大孙家、大迟家"钢铁联防"的称号，就是在这期间获得的。

大孙家、大迟家两村坐落在北胶莱河南岸，东西相距约三公里，地处高密、平度、昌邑三县交界处，都是在明朝初年移民立村。由于地属百脉湖旧址，地广人稀，为了防御匪患，村民有崇文尚武的习惯，并在村庄的四周深挖壕沟，高筑围墙，防匪防盗。至 20 世纪六七十年代，两村的围墙仍有三人多高，村里仍沿袭"东门里""南门外""后围子"这样的地名称谓。在军阀混战、盗贼蜂起的年代，两村均能自保并相安无事。

抗日战争爆发后，中国共产党在胶东建立起抗日根据地。大孙家、大迟家一线被划归胶东区南海专区平南县的斜沟区(今属潍坊高密市大牟家镇)。1947 年 7 月初，正当高密县贫雇农一手拿枪、一手分田之际，国民党军大举进犯，还乡团纷纷返回，形势顿时恶化。斜沟区大孙家、大迟家的民兵按照党委"区不离区，县不离县"的指示，以三十八支步枪，加上土炮、手雷，协同区中队、区武工队（主要是由脱产干部组成）坚持武装斗争，打了不少胜仗。

1947年9月4日，大孙家的民兵到亭口一带打游击。他们刚走到小沟头村前，发现十三辆国民党军胶轮大车满载着布匹、香烟、茶、糖等由此路过。民兵们立即把车扣下，放在小沟头，把赶车人放走。他们怕敌人前来劫夺，第二天又将大车赶到小辛家。

第二天早饭后，敌人果然前来劫车。来的是敌县大队唐心江部的一个连。还乡团在前面带路，他们蹿到小沟头，扑了个空，接着又奔向小辛家。这天，指导员崔占宽带区中队一个班到胶高支队（夏庄）去开会。当他们返回走到展家的时候，有人报告发现敌情。崔占宽见敌人已将两辆马车赶出村来，立即命令队员开枪截击，敌人仓促应战。正在这时，大孙家民兵队长孙明光、孙丙治带领三十余个民兵赶来，在大迟家住的区中队两个班也跑来支援。敌人遭到阻击，弃车而逃。区中队与民兵会师，一直赶了四五里，毙敌一名，缴枪一支。

十天后，天刚亮，崔占宽在大孙家召开村民大会，忽然民兵报告，村子被包围了。他马上做了动员："同志们！不要慌，为了保卫胜利果实，我们有枪的拿枪，有刀的拿刀！只要团结起来，就有力量打垮敌人！"大家立即拿起了武器，守好四门。

这次来的是敌县大队队长唐心江部与丈岭国民党驻军的联合部队，他们企图用武力夺回物资。很快，他们就包围了大孙家，把机枪、小炮对准村口，叫嚷着："缴出枪来不打！"民兵一听就恼火了，立即开枪射击。

敌人见威胁无效，就发动进攻，开始从西南门进逼。民兵们沉着应战，等敌人接近围墙时，手雷一齐飞出。一阵轰鸣，几个敌兵应声倒下。民兵黄金升一枪把敌人的机枪射手打死。张本亭则打死了旁边的一个助手，机枪终于被打哑巴了。敌人在西南门没有得手，又从东南角进攻，被孙丙治等一顿手雷轰炸，炸得败退而去。

10月25日拂晓，敌人的整九师二十五团、二十六团再次包围了大孙家，把大炮拉到小杜家。民兵发现被围后，满不在乎地说："他们扛几支破枪，骑几匹瘦马，又来吓唬咱，大家不要怕！"这时，村外隐隐传来挖工事的声音。民兵队长孙丙治对在场的民兵说："这回有的打了。"说完，立即找领导干部商议对策。当时，这村住着区长孙相桓、各救会会长于德章、武装部长张丙义及区武工队三十余人。他们一碰头，就率领民兵、自卫团准备战斗。

天亮了，敌人的大炮连续地向村里发射，西南门外高地上的重机枪也响起来。在炮火的掩护下，敌军开始向村里进攻，被民兵一阵手雷打退。民兵和自卫团用步枪、土炮、手雷和敌人对峙了几个小时。围墙有的地方被打开缺口，有的房屋被燃烧弹击中起了火，有的群众在战火中牺牲。但大家仍奋不顾身地坚持战斗。快晌午的时候，两架敌机飞来侦察。群众知道这次来的不是县大队了。

大迟家在大孙家西北面，两村相距不远。区委书记崔占宽带着区中队八十余人驻在这里，这天与大孙家同时被围。这村子北半部有一条东西沟，一开始区中队就布置了两个班驻守，凭借这条沟，在村东西两头阻击敌人，因此没有被敌人包围。这村的民兵共有十三支步枪。敌人进攻时，下面用排炮，上面用飞机扫射。民兵和区中队坚持到11时，村里起了几十把火，群众已牺牲了十二人。

这次两村的抗敌战斗，民兵坚持了半日，才开始撤退。敌人进村后，对无辜群众进行了疯狂的屠杀和掠夺。据统计，大孙家共牺牲干部群众六十余人，烧毁房屋两百余间，被抓去的群众和被抢去的财物不计其数。大迟家牺牲干部群众二十六人，四十余户的房屋被烧毁，群众被抓去约三百人，牲口被拉走一百零八头，其他财物无法计算。区长孙相桓身负重伤，被群众抢救出来。他的女儿和弟媳、侄子等都牺牲了。

大迟家共产党员孙明春是一个四十余岁的小脚妇女。战斗时，她组织妇女烧水做饭，撤退时，她带领妇女出村。撤出村后，她忽然想起还有几个干部家属在村里，就不顾自身安危，返回村去，把人抢救了出来。敌人在这里欠下了一笔血债，没敢住下，当天就返回了高密城。

南海军分区司令部、南海专署为两村革命干部、群众集体记一等功一次，并发锦旗一面，授予"钢铁联防"的光荣称号。

3. 唐和恩和他的小竹竿

淮海战役纪念馆，一根三尺多长的小竹竿静静躺在展柜里，毫不起眼。走近细细观看，会发现小竹竿上密密麻麻地刻着一些城镇乡村地名：水集、院上、李家庄、马岚、平度县、门度、大营、桃古庄、昌邑县、寒亭、潍县、住留店、肖格庄、昌乐县、团家坊子、益都县、三教堂、临淄、金岑镇……

小竹竿的主人是"华东支前英雄"唐和恩，他从家乡莱东县（今属烟台莱阳市）启程时，随身携带了这根小竹竿，以备路上休息支车和夜间行走使用。后来他利用中途休息间隙，把走过的城镇乡村的名字，用小刀都刻到小竹竿上，留作纪念。小竹竿因此成为广大人民群众支援淮海战役的见证。

1948 年 10 月，上级号召组织民工支援淮海战役。听到这个消息，共产党员唐和恩二话没说，第一个报名参加。在他的带动下，村里很快组织起一个支前运输小组，编入了当时的陶漳区运输队，唐和恩担任副指导员、党支部组织委员兼第四小队队长，率领队伍登上了南下支前的征程。

一路上，他和民工们一起披星戴月，顶风冒雪，克服艰难险阻，把一车车粮食、弹药不断送上前线，把一批批伤员安全转移到后方。为了支援前方，他们想尽办法节省粮食，制订了粮草节省计划和解决吃饭问题的办法。一，做饭的标准是吃多少做多少，绝不能做多少吃多少。当时的粮食供给标准是每人一天一斤四两，他们却按每人一天一斤二两下锅，每个人每天就能省出二两粮食。在不行军的时候，他们一天就吃两顿饭，每人五两稀饭，这样，又能节省出来二两粮食。二，每个人的饭量不同，唐和恩就以"以小补大"的原则来控制。这么算下来，每人每月能节约出六斤粮食，既能吃饱饭，又不浪费。三，

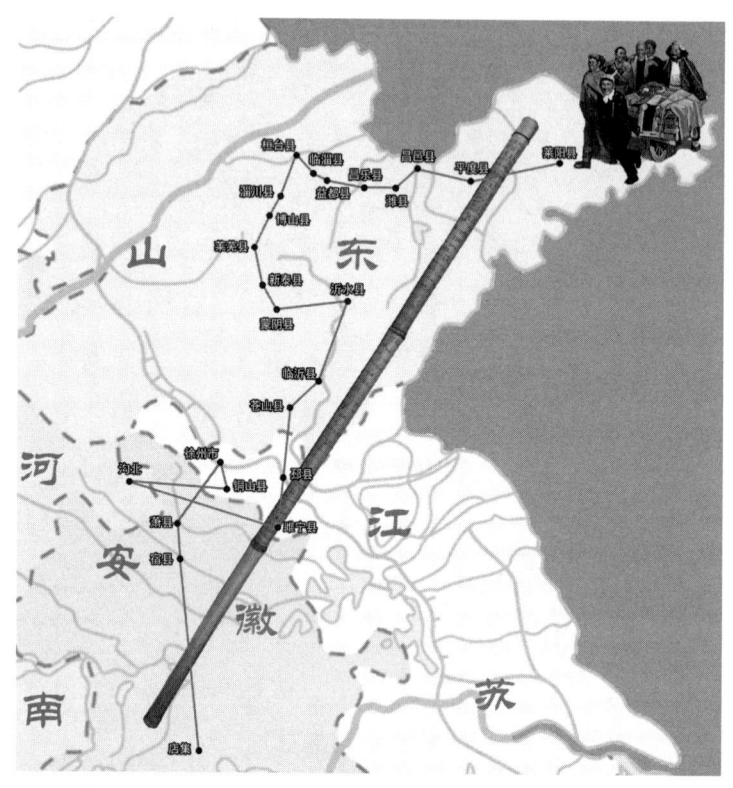

唐和恩支前线路图

唐和恩和队员们吃"三红"（红高粱、红萝卜、红辣椒），省
下小米、白面给子弟兵吃。四，随时征集粮食。运输队运送的
粮食，都是路过的村镇当地农民节省出来的口粮，以及部队上
自己分配的粮草。唐和恩他们就走一段，征集一部分，随时支
援战场，保证了前线战士的口粮供给。唐和恩小队总结出来的
节粮办法，很快就被推广到支前运输队中。五个月的时间里，
运输队一共节约了五百七十斤粮食，没有出现过一次浪费的情
况。大伙儿的干劲儿也非常足，每人都能多推几十斤，每次都

能超额完成任务。

支前途中，有时要冒着敌人的炮火前进，有的民工倒下了，唐和恩就立即组织民工把物资分装在自己的车上继续前进。遇上阴雨天气，他和民工就把自己身上穿的蓑衣、棉衣脱下来，盖在运粮车上，宁愿自己淋湿挨冻，也不能使军粮受半点损失。满载着军粮的木轮小车艰难地行进在泥泞的路上，一拱一条沟，一步两个坑。运输队员深一脚，浅一脚，鞋拔掉了，脚磨破了，没有一个喊苦叫累的，仍然拼命地拉，使劲地推。大家心中只有一个目标，争取早日推翻蒋家王朝，解放全中国。

走到牌庄地区，一条二十余米宽的河道挡住了去路。支前任务十分紧迫，如果绕路，要多走二十里地，既费时又费力。考虑到前方部队用粮紧急，大家决定克服困难，涉水渡河。当时，正是寒风刺骨的初冬，天上飘着雪花，河上漂着薄冰，唐和恩率先脱下棉衣，扛起一包粮食，跳入河中，在前面破冰涉水探路。随后，队员们也扛起粮包，抬起小车，紧紧跟上。冰冷的河水像针扎一样侵入身体，大家快步渡河。没想到，刚一上岸，还来不及穿衣服，敌人的飞机就经过上空。为了隐蔽粮食，大家迅速疏散，一口气跑了半里路，才躲开了敌机的空袭。唐和恩后来回忆这段经历，说道："停下来的时候，我才看见大家都冻得浑身青紫，可是没有一个人发出怨言，反而情绪特别高涨。同志们都兴奋地说：'敌人的飞机也挡不住我们运粮队！'"

运输队走到临朐一带的时候，经常遇到敌机的扫射和轰炸，他们在前进的同时，要随时寻找可以隐蔽粮草的地方。有时候大家走了一半路，才发现道路已经被敌机炸得面目全非，厚厚的雪花铺在地上，在漆黑的夜色之中，更加难以分辨路况。在这样的环境下，大家只能保护着粮车不翻车，摸索着前进。天寒地冻，队员们却因为心情紧张，一个个汗流浃背。后来，随着积雪融化，大家的车纷纷陷入了淤泥里，怎么推拉都不动。唐和恩的车连续推拉了六次都没有效果，他急得开始使蛮力，想把粮车拽出来。可是因为用力太猛，只听"咯噔"一声，肩上的麻绳被拉断了，唐和恩一头栽进了泥坑里。大家跑过来将他扶了起来，发现他的衣服都已经被雪水和泥水打湿，嘴角流着血，竟然磕掉了一颗牙。大家劝唐和恩坐下休息一会儿，要替他拉车，唐和恩却说："前方的战士身上穿个窟窿都照样冲锋，咱磕掉个牙还算啥！"看拗不过唐和恩，大家也就纷纷拉起粮车，继续赶往前线。一直走到目的地，唐和恩都没再提这颗牙。

　　唐和恩带领小车队，从家乡出发，在半年多的时间里，跋山涉水，随军转战山东、河南、江苏、安徽四省共二十七个县八十余个村镇，行程四千多公里，先后支援了济南战役、淮海战役。淮海战役胜利后，唐和恩被评为特等功臣，被授予"华东支前英雄"称号。他带领的运输队也人人立功，被评为"华东支前模范队"，同时荣获"华东支前先锋"锦旗一面。电影《车轮滚滚》的主角耿东山，就是以唐和恩为原型塑造的。唐和恩和他的小竹竿只是革命战争年代胶东人民支前的一个缩影。江山就是人民，人民就是江山。赢得人民信任，得到人民支持，我们党就能够克服任何艰难险阻，无往而不胜。

4. 木盆渡江送情报

齐进虎，1925年2月19日出生于山东荣成县前密文村，1945年1月参加八路军。入伍后的齐进虎凭着战斗和练兵中的机智勇猛，被选调到山东军区第五师侦察队当了一名侦察兵。

1947年5月，孟良崮战役打响。齐进虎带领三名侦察员，深入敌人心脏芍药山侦察敌情。他们的行动被敌人察觉，于是边回击边转移，并设法在公路一侧埋伏下来。这时，他发现公路上有个敌人行动慌张，枪声一响就躲到公路边的水沟里。齐进虎趁机一个猛虎扑食扑上去。敌兵把要送的文件交出来，原来是敌整编第七十四师的全部兵力部署和作战计划，并配有一张地图，地图上标记着敌人的进攻位置和番号。

有了整编第七十四师的兵力部署和作战计划，指挥战役的陈毅、粟裕立即调整作战部署，改变战术。孟良崮战役发起后，华东野战军以"百万军中取上将首级"的气概，全歼国民党五大主力之一整编第七十四师。齐进虎的这份情报为孟良崮战役胜利做出了重要贡献，战后荣立一等功，被评为"师侦察模范"。1948年3月，他被华东野战军授予"华东三级人民英雄"称号。

1948年，济南战役前夕，齐进虎带领三名侦察员插入茂岭山敌人守备圈内，侦察敌人工事和设防情况。但敌人严防死守，巡逻时成群结队，流动哨也很多，齐进虎几次都没有找到下手的机会。等了大半上午，这时又有一队国民党兵过去了，后面不远处紧跟着一个家伙，挎着盒子枪，迈着四方步，一看就是个军官。待这家伙走近，齐进虎猛然跃起，一个猛虎扑食，将敌军官悄无声息地打倒在地，和战友们押着这个"舌头"返回了部队。原来是个文书官，要去上司那里汇报工作。从他口中，我军得到了不少有价值的情报。在此后几天的多次连续侦察中，齐进虎又捕获了敌人一个谍报员、一个司务长、一个班长和两个敌兵，共俘获敌六名官兵，获知了大量敌情。战斗打响后，人民解放军第九纵队根据情报，迅速摧毁敌人碉堡，攻下了茂岭山，打开了济南的东大门。9月24日，人民解放军一举攻克济南。

齐进虎的情报对攻克茂岭山、砚池山起到了关键作用。战后他所带领的侦察四班荣立集体一等功，并被命名为"齐进虎班"，齐进虎本人也荣立二等功。在齐进虎的老部队至今仍保留着"齐进虎班"的荣誉称号。

1949年，渡江战役前夕，为了准备渡江作战，3月15日，齐进虎带领五名侦察员偷渡到黑沙洲侦察敌情。那天夜晚大雨倾盆，伸手不见五指，齐进虎和战友坐上木船，向着白天看准的黑沙洲上的一个敌人岗棚子划去。因为天黑雨大，木船到了岗棚的东面。齐进虎果断改变了原来的"摸哨"计划，带领宋协义、王林芳两名战友向敌人的一个地堡摸去，三班班长刘玉福带一名战士在停船处附近警戒，另留一名战士看守木船。

正当齐进虎他们向东摸了百余米远的时候，后面停船的地方突然响起了枪声。齐进虎判断敌人不会多，当即回头，准备捉几个俘虏后乘船回去。可是靠近停船的地方，他们隐约看到三班班长他们已被迫把船开到江心。船顺流越走越远，齐进虎怕暴露目标，也不敢大声召唤。一会儿枪声停下来，敌人又躲进了地堡。宋协义、王林芳看着小船越走越远就着急了，齐进虎却琢磨，敌人为什么不来搜呢？他断定敌人一定以为我们的人全部上船跑了。既然未被敌人发现，正好留下来完成任务。齐进虎冷静思考后，决定绕过敌人，插进洲心再想办法。三人通过坝头，绕过岗哨，在一片坟地隐蔽下来。大家商议后认为，船只已开走，一天两天返回江北的可能性也不大，决定去找黑沙洲保长想办法，让他掩护几天再说。

他们白天睡觉，晚上出来行动，几天的工夫就把岛上的敌情摸得清清楚楚，敌人所有的工事差不多都去看过。后来，他们甚至顺着敌人的电话线找到了敌人团部，偷听敌人的电话，从中又掌握了不少情报。他们几次试图与江北取得联系，都落了空，因为岛上所有的大小船只都被国民党收缴到江南去了。

一天夜里，他们在一个牛棚里发现了一只大木盆。这是江南一带渔民采菱角用的木盆。他们找来几块木板当船桨，把木盆抬到村外长满芦苇的小河湾里，晚上悄悄地练习。一开始，他们坐上去木盆就翻，一次，两次，三次……渐渐地，木盆有点"听话"了，可以坐到上面在原地打转了。一连三天，他们白天琢磨动作，晚上练到半夜，基本掌握了乘坐木盆的平衡、划行技巧。

这天夜里，他们临江选择了一个隐蔽的地方，把木盆放在水上，前面并排坐着小宋和小王，齐进虎坐在后边中间。随着他一声轻喊"走"，三块木板左右飞舞，木盆顺风向江北而去。俗话说："长江无风三尺浪。"当他们划到江心时，风越刮越大，浪头不时地打进木盆，木盆就像一片落叶随着风浪上下颠簸。"千万不能慌乱！"齐进虎不停地提醒战友们。突然，一个浪头打来，木盆里进水了！齐进虎赶紧脱下上衣，一下接一下地往外拧水。风浪中，他们排除了一个又一个险情，不停地向江北划去。

在黑漆漆的夜里，齐进虎他们经历了两个多小时的奋力拼搏，终于到达了江北岸边，奇迹般地返回部队。此时，他们已在黑沙洲度过了三十一个白天黑夜，距大军渡江只有五天时间了。

军长聂凤智根据齐进虎的情报，制订了作战方案。解放军第七十九师、八十师从黑沙洲两侧顺利渡过长江，在先遣渡江侦察大队接应下，成功到达长江南岸。第七十九师当晚率先渡江成功，成为百万雄师过大江的渡江战役中第一支踏上长江南岸的部队。

当年齐进虎三人乘坐的木盆，长 1.7 米，宽 1.15 米，高 0.38 米，呈椭圆形。这只木盆现陈列在北京中国人民革命军事博物馆，成为珍贵的一级革命文物。新中国成立后，侦察英雄们的事迹被搬上银幕，电影《渡江侦察记》成为经久不衰的红色经典，侦察英雄们的事迹至今让人津津乐道。

1949 年 10 月，齐进虎获得"华东一级人民英雄"称号。1950 年，他光荣地参加了全国第一次战斗英雄代表大会，受到毛泽东主席的接见。抗美援朝战争爆发后，齐进虎随第九兵团入朝作战，长津湖战役中执行侦察任务时，不幸触雷牺牲，年仅二十五岁。

齐进虎先后数十次深入敌穴，捕捉俘虏，截获情报，屡建奇功，成为解放战争时期人民解放军侦察兵的英雄模范。

参考文献

[1] 中共中央党史研究室著：《中国共产党历史》第一卷（1921—1949），中共党史出版社 2002 年版。

[2] 中共山东省委党史研究室著:《中国共产党山东历史》第一卷（1921—1949），山东人民出版社 2017 年版。

[3] 中共山东省委党史研究室著：《中共胶东地方史》，中共党史出版社 2005 年版。

[4] 中共烟台市委党史研究室著：《中共烟台地方史》第一卷，中共党史出版社 2005 年版。

[5] 中共威海市委党史研究室著：《中共威海地方史》第一卷，中共党史出版社 2005 年版。

[6] 中共潍坊市委党史研究室编著：《中共潍坊地方史》第一卷，红旗出版社 1997 年版。

[7] 中共日照市委党史研究室著：《中国共产党山东省日照市历史》第一卷（1921—1949），中共党史出版社 2017 版。

[8] 中共青岛市委党史研究院（青岛市地方史志研究院）编著：《中国共产党青岛百年史话》，青岛出版社2021年版。

[9] 烟台地区行政公署出版办公室编：《胶东风云录》，山东人民出版社1981年版。

[10] 中共烟台市委组织部、中共烟台市委党史资料征集研究委员会、烟台市档案局编：《中国共产党山东省烟台市组织史资料》(1921—1987)，山东省出版总社烟台分社1989年版。

[11] 中共青岛市委组织部、中共青岛市委党史研究室、青岛市档案局编著：《中共青岛地方画史》（1921.7—1949.9），中共党史出版社2001年版。

[12] 谷牧著：《谷牧回忆录》，中央文献出版社2009年版。

[13] 中共烟台市委党史研究室编著：《中国共产党烟台画史》第一卷（1921—1949），中共党史出版社2015年版。

[14] 中共烟台市委党史研究室编著：《中共胶东特委史》，山东人民出版社2018年版。

[15] 中共威海市委党史研究院编：《中国共产党威海历史图集》第一卷（1931—1949），中国文史出版社2020年版。

[16] 中共烟台市委党史研究院、烟台市地方史志研究院编著：《中国共产党烟台历史大事记》（1921—2021），新华出版社2021年版。

[17] 铁流、赵方新著：《烈火芳菲》，北京十月文艺出版社、山东文艺出版社2022年版。

后　记

　　《丛书》的编纂，是在山东省委宣传部直接领导下完成的。省委常委、宣传部部长白玉刚同志统筹策划部署，并担任编委会主任，多次主持召开编委会会议，提出明确目标要求和指导意见。省委宣传部分管日常工作的副部长、省文明办主任、省新闻办主任袭艳春同志对本书的立项出版、风格设计等方面提出了许多宝贵意见。在魏长民、毕司东、程守田、张同海、冷兴邦等同志的大力指导支持下，以教育部人文社科重点研究基地山东师范大学齐鲁文化研究院为学术挂靠单位，组建了《丛书》编纂学术委员会，具体负责编纂工作。山东师范大学特聘资深教授王志民任主任，山东大学儒学高等研究院教授杨朝明、中共山东省委党史研究院原一级巡视员韩延明、鲁东大学原副校长刘焕阳任副主任，全省相关高校、科研单位的15名学者为委员。

　　编纂过程中，《丛书》被列为山东省社科规划3个重大委托项目和16个一般项目。杨朝明为传统文化重大项目组首席专家，韩延明为红色文化重大项目组首席专家，刘焕阳为河海文化重大项目组首席专家。编委会经反复研讨，制定了《编撰体例》《编撰指导意见》；在省委宣传部支持下，采取主任统一领导与首席专家具体负责相结合的方式，认真落实各卷主编为质量第一责任人、首席专家和学术委员为主要质量把关人的运作机制；多次召开线上与线下、全体与分组相结合的研讨会，对提纲设计、样稿研讨、通稿审稿等关键环节，深入研讨、反复审议，编委会与全体编纂人员团结合作、齐心协力，付出了艰辛劳动。山东文艺出版社提前介入，对编纂工作和撰稿体例等提出了许多宝贵意见。在此，我们谨向为《丛书》编纂付出心血的各位领导、专家、作者和所有相关同志们表示诚挚感谢！

本册编纂，得到首席专家韩延明教授和学术委员吕志俊教授、章猷才教授、田同军教授、李金陵教授、汲广运教授以及李丕志、邹德宝同志的悉心指导，并得到烟台市委宣传部、烟台市委党史研究院的大力支持。主编王晓鸽同志（中共烟台市委党史研究院副院长）全面负责本册的编纂工作。具体撰稿分工如下：王晓鸽、李永军、姜俊英、韩兆蕾、董琳琳负责撰写稿件，王亚楠负责编校稿件，徐斯睿负责稿件、图片的组织协调工作。

由于水平和条件所限，不妥之处在所难免，欢迎有关专家和广大读者批评指正。

编者

2023 年 8 月